DUMONT

Das letzte große Abenteuer: Ferien mit der Familie!

Der Sommer steht vor der Tür, die Vorfreude auf den Familienurlaub wächst – blöd nur, dass sich jeder auf etwas anderes freut. Rainer will vor allem fernsehen und ausschlafen, das Kind erwartet 24-Stunden-Entertainment und sie möchte endlich am Strand in Ruhe ein Buch lesen. Kurz: Statt Familienglück und Erholung gibt es Stress mit dem Partner (»Wie? Du hast nur eine Badehose für mich eingepackt?«), ein nörgelndes Kind (»Hunger, Pipi, Durst!«) sowie Ereignisse, die jeder noch so sorgfältigen Planung den Garaus machen (»Und auch in den nächsten Tagen bleibt es regnerisch und zu kühl für diese Jahreszeit«).
Als sich Tochter Sofie auch noch mit dem falschen Kind anfreundet und sich Rainer mit dessen Vater verbündet, wird der Erzählerin endgültig klar: Diesmal erfordert es ihren vollen Einsatz, will sie die heißgeliebten Ferien noch retten.

Anke Schipp, geboren 1966, studierte Germanistik, Theater-, Film- und Fernsehwissenschaft sowie Geschichte und absolvierte ein Aufbaustudium Journalistik. Während des Studiums arbeitete sie beim Hessischen Rundfunk. Seit 2001 ist sie im Ressort Gesellschaft der *Frankfurter Allgemeinen Sonntagszeitung* tätig. Anke Schipp ist glücklich verheiratet, hat zwei Töchter und fährt nach wie vor gern mit allen dreien in den Urlaub.

Anke Schipp

Hunger, Pipi, Durst!

Eine Chaosfamilie
macht Urlaub

DUMONT

FSC
www.fsc.org
MIX
Papier aus verantwortungsvollen Quellen
FSC® C083411

Originalausgabe
Mai 2013
DuMont Buchverlag, Köln

Umschlagillustration: Silke Schmidt
Gesetzt aus der Dante und der Arbitrary
Druck und Verarbeitung: CPI – Clausen & Bosse, Leck
Gedruckt auf säurefreiem und chlorfrei gebleichtem Papier
Printed in Germany
ISBN 978-3-8321-6224-5

www.dumont-buchverlag.de

Für meine Eltern

1. Kann Tom Cruise Tierstimmen imitieren?

»Mama, wann sind wir da?«

Das ist Rekord. Wir sind seit genau siebzehn Minuten unterwegs. Vor uns liegen laut Navi noch vier Stunden und dreißig Minuten. So früh kam die Frage noch nie. In der Chartliste der zehn nervigsten Kinderfragen steht sie ganz oben.

Meine Tochter Sofie stellt sie in einem gedehnten Jammerton, der im Laufe der Fahrt den Klang einer jaulenden Katze annehmen wird, bevor sie die Frequenz ins Unerträgliche steigert und uns alle zehn Minuten damit terrorisiert. Sie erwartet dann auch keine Antworten mehr. Die Frage ist zuletzt nur noch ein Instrument, um Mama zu zermürben und die Schokoladenzufuhr auf ein Maximum zu erhöhen.

Ich blicke nach links. Mein Mann Rainer schaut stoisch durch die Windschutzscheibe, als säßen wir in einem Linienbus mit dem Hinweisschild »Das Fahrpersonal während der Fahrt nicht ansprechen«. Er trägt seine neue Ray Ban, obwohl der Himmel wolkenverhangen ist. Ich glaube, er denkt, dass er damit ein bisschen wie Tom Cruise in Top Gun aussieht. Mit dem Unterschied, dass sich bei ihm Geheimratsecken in die grau melierten Haare fräsen, sich ein Bauchansatz unter seinem Poloshirt wölbt und wir nicht in einem Starfighter sitzen, sondern in einem Opel Zafira auf der A5 in Richtung Norden.

»Maama, wann sind wir daaa?«

Der Ton verschärft sich. Panik steigt in mir hoch. Soll ich jetzt schon meine Joker ziehen? CD, DVD, Gummibärchen? Lieder singen, Kennzeichen raten, Tierstimmen imitieren?

Mein Rücken versteift sich. Natürlich lasse ich mir das nicht anmerken. Ich schaue aus dem Fenster und zähle die Leitpfosten am Autobahnrand. Schon als Kind hat mich diese sinnlose Tätigkeit in eine Art Trance versetzt. Jetzt hilft sie mir, gelassen zu bleiben. Ich bin schließlich die Mutter. Der Kapitän, der das Familienschiff durch den Ozean des Alltags lotst, durch unwegsames Gewässer, bei Sturm und Hagel, fehlenden Toiletten, blutenden Knien, tödlicher Langeweile.

»Ach, Schätzchen«, sage ich also in Richtung Rückbank in einem Tonfall, der nach warmem Karamellpudding klingen soll. »Es dauert nicht mehr lange!«

Wir fahren in die Ferien! Wie schön das klingt. Ferien. »Urlaub« hört sich nach Arbeitswelt an. Ferien nach unbeschwerter Kindheit. Ferien, das war das, worauf ich hinlebte in der Schulzeit, wenn ich morgens keine Lust hatte aufzustehen. Wenn ich in der zweiten Stunde von Frau Lindemann an die Tafel gerufen wurde und eine Textaufgabe lösen musste, von der ich nur verstand, dass ein Zug von A nach B fährt und dreimal seine Geschwindigkeit ändert. Wie lange er dafür braucht, das blieb mir schleierhaft. Oder wenn ich in der großen Pause alleine mein Butterbrot aß, weil Susanne mit Silvia spielte, obwohl sie eigentlich meine beste Freundin war.

Solche Probleme hatte man in den Ferien nicht. Ferien, das bedeutete ausnahmslose Freiheit. Lange schlafen, faulenzen, spät ins Bett gehen, die Schwester ärgern, Pipi ins Meer machen, vier Eis hintereinander essen.

Ferien sind grundsätzlich unbeschwert. Jedenfalls so lange, bis man vom Kind zur Mutter mutiert ist. Dann sind Ferien vor allem Arbeit, für die es Organisationstalent, Einfühlungsvermögen, Führungsqualitäten und Autorität braucht. Vergleichbar mit einer Position im gehobenen Management. Mit dem Unterschied, dass Kindererziehung ein Ehrenamt ist, das nicht honoriert wird.

Nur Anfänger glauben, dass das Projekt Ferien mit dem Tag der Abreise beginnt. Der Startschuss fiel auch in diesem Jahr schon Monate vorher, als ich meinem Mann abends kurz nach der *Tagesschau* nebenbei die Frage stellte: »Wohin fahren wir eigentlich in den Ferien?«

Rainer bekam einen leeren Blick. Den bekommt er stets bei Fragen, die auch nur entfernt mit Familienorganisation zu tun haben, zum Beispiel bei »Wer geht heute einkaufen?« oder »Wer bringt das Auto in die Inspektion?« oder »Wer ruft verdammt noch mal endlich den Klempner an, weil diese Scheiß-Toilettenspülung seit dreieinhalb Wochen hängt?«

Rainer wollte an diesem Abend lieber *Alarm für Cobra 11* sehen, das wusste ich. Aber es war nun mal der Tag, an dem ich mit anderen Müttern auf dem Spielplatz zusammengestanden hatte. Über den Sandkästen lag ein dünner Film Schnee, ich hatte kalte Füße, aber ich folgte der eisernen Regel, dass Kinder jeden Tag an die frische Luft müssen.

Sofie hangelte sich am Klettergerüst entlang und wäre beinahe mit Linus zusammengekracht, der von der entgegengesetzten Seite entlanggehangelt kam. Im Kindergarten hat er den Ruf, alles niederzumähen, was in seine Nähe kommt. Seine Eltern hatten sich sicher vorgestellt, dass er mal so süß wird wie der Linus aus der Comicserie, der immer mit der Schmusedecke rumrennt. Aber Linus aus Frankfurt hatte leider so gar nichts Niedliches. Er hätte die Figur eines Action-Comics sein können, freigegeben ab sechzehn.

Ich war froh, dass es diesmal kein Geschrei gab und Vanessa, die Mutter von Linus, mit ihrem kleinen Rambo nicht wie schon so oft fluchtartig den Spielplatz verlassen musste. Ich trat von einem Fuß auf den anderen, die Nässe hatte sich durch meine cognacfarbenen Lederschuhe gefressen. Es war Carola, die in diesem Moment arglos in die Runde warf:

»Wohin fahrt ihr eigentlich im Sommerurlaub?«

Mir wurde sofort mulmig bei der Frage. Den anderen offenbar nicht. Vanessa erzählte wie immer etwas zu laut, dass sie diesmal nach Südfrankreich in den Club Med fliegen, was mit drei Kindern nur möglich ist, wenn man viel Geld verdient.

Petra und ihre Lieben, erfuhr ich, verbringen den Sommer auf einer Berghütte in Südtirol. »Wir liiieben das einfache Leben!«, rief sie in den kalten Winterhimmel, während sie mit ihren cremefarbenen Lederhandschuhen die Louis-Vuitton-Tasche umklammerte. Ich dachte bei mir, dass man das einfache Leben schnell lieb gewinnen kann, wenn man in der restlichen Zeit des Jahres in einer 250-Quadratmeter-Wohnung lebt, einen Porsche Cayenne fährt und über eine Vollzeit-Nanny verfügt.

Carola erzählte, dass sie diesmal nicht wie sonst nach Sardinien fliegen, sondern nach Sizilien: »Erst Bildung, dann Strandurlaub zum Entspannen. Und was macht ihr?«

Drei Köpfe drehten sich in meine Richtung. Die Frage erwischte mich eiskalt.

»Keine Ahnung«, antwortete ich betont lässig.

»Wieee?«, rief Carola. »Ihr habt noch nichts gebucht?«

Ich spürte, wie mein Gesicht rote Flecken bekam und mir auf einmal gar nicht mehr kalt war. Hitze stieg in mir auf. Sie kommt immer dann, wenn mir klar wird, dass ich wieder mal mit irgendwas Wichtigem zu spät dran bin.

Frauen wie Carola machen immer alles rechtzeitig: Melden die Kinder schon vor der Geburt (ach, was sage ich, wahrscheinlich schon vor der Schwangerschaft!) in der Krippe an, haben kurz nach der Geburt schon den Pekip-Kurs, Babyschwimmen und English for Kids gebucht, kaufen Schneehosen schon im Herbst und nicht erst beim ersten Schnee (wenn sie bei H&M längst ausverkauft sind) und haben selbstverständlich einkalkuliert, dass man sich um einen Platz an der Musikschule sechs Monate im Voraus bewerben muss.

Wir dagegen wussten im Februar noch nicht, wohin wir im Juli in Urlaub fahren wollten, was in Mütterkreisen in etwa so fahrlässig ist, als würde man sein Kind alleine eine Autobahn überqueren lassen.

Zum Glück musste ich Carola nicht antworten, denn in diesem Moment hatte Linus den kleinen Julian auf der Rutsche so fest geschubst, dass der kopfüber im angefrorenen Sand landete und laut schrie. Seine Mutter kam ihm zu Hilfe und tröstete ihn wortreich. Vanessa packte ihren Linus und zog laut schimpfend ab, während ich Sofie an der Hand nahm und cin »Bis bald!« in dic Mütterrunde warf.

Mir war klar: Ich musste an diesem Abend das Gespräch mit meinem Mann suchen.

Rainer tippte immer noch mit seinem Daumen hektisch auf der Fernbedienung herum. Der einst leuchtend weiße Pfeil auf der Programmtaste war kaum noch zu erkennen. Rainer liebt Zappen. Ich hasse es, weil er nur innehält bei Verfolgungsjagden, Schießereien oder wenn ein zerschossener Körper am Boden liegt. Jetzt suchte er den Sender, auf dem *Alarm für Cobra 11* lief. Es ist seine Lieblingsserie, nicht nur, weil gefühlte dreihundert Autos pro Folge in die Luft fliegen, sondern auch, weil er weiß, dass ich bei ihrem Anblick in die Küche flüchten und die Spülmaschine einräumen würde, obwohl er eigentlich dran wäre.

»Rainer«, insistierte ich, »wir *müssen* über den Urlaub reden.«

Ich hasse es selbst, wenn meine Stimme einen flehenden Ton annimmt, ich fühle mich dann so püppihaft. Aber die jahrelange Erfahrung hat mich gelehrt, dass ich mit dieser Strategie weiter komme als mit der anderen, die mir eigentlich mehr liegt: Ich reiße ihm die Fernbedienung aus der Hand, knalle sie auf den Boden und schreie: »Hör mir endlich zu, du Idiot!« Rainer stellt dann immer auf stur und wir kommen zu keinem Ergebnis.

Also dann püppihaft: »Schau mal, Rainer, es sind nur noch vier Monate bis zum Sommer, dann hat der Kindergarten zu, halb Deutschland fährt in die Ferien. Es ist jetzt schon fast alles ausgebucht. Und wenn wir nicht schnell handeln, müssen wir zu Hause bleiben. Was glaubst du, wie Sofie sich dann fühlt?«

Das wirkte. Wenn *ich* keinen Urlaub hätte, obwohl ich ihn im nervenaufreibenden Spagat zwischen Arbeit und Familie wirklich verdiene, würde er vermutlich sagen: »Gibt Schlimmeres. Überleg doch mal, wie schön wir es hier haben!« Aber wenn seine kleine Sofie mit ihren nussbraunen Rehäuglein und den Engelslocken ihren Urlaub im Stadtpark verbringen müsste – das hielte auch er nicht aus. Es kam also Leben in den »Stell-dich-nicht-so-an«-Rainer. Er machte tatsächlich den

Fernseher aus, blickte betroffen zu mir rüber und sagte dann, allerdings weniger entschlossen, als man vermuten könnte: »Stimmt ja, das ist wirklich nicht mehr lange hin. Hast du eine Idee?«

Ich hatte mir am Nachmittag bereits auf die Schnelle ein paar Urlaubs-Destinationen auf einen Zettel gekritzelt. »Wie wäre es mit Kroatien?« Da war ich zuletzt als Kind mit meinen Eltern und meiner Schwester gewesen.

»Hmm … hab' ich so gar keine Vorstellung von«, sagte Rainer.

»Französische Atlantikküste?«

Den Club Med, in den Vanessa mit ihrer Familie fahren würde, ließ ich außen vor. Das würde unser Reise-Budget sprengen. Rainer ist IT-Manager in einem Software-Unternehmen, das im vergangenen Jahr fast pleitegegangen wäre, woraufhin erst mal das Urlaubsgeld für alle gestrichen wurde. Und ich bin Journalistin in Teilzeit. Außerdem hatten wir uns vor Weihnachten ein italienisches Designer-Sofa gekauft, dessen grau-weiß changierender Stoff ziemlich edel aussah, bis Sofie ihn an der Seite mit ihrem pinkfarbenen Filzstift vollkritzelte. Das riss ein großes Loch in die Haushaltskasse. In diesem Jahr konnten wir uns also partout keine großen Sprünge leisten.

»Ach, ich weiß nicht, die Franzosen sind immer so arrogant«, sinnierte Rainer.

Ich probierte es noch mit Gardasee, italienischer Riviera und Mallorca. Aber es war wie immer: Rainer hatte zu allem keine richtige Meinung. Sein Problem ist, dass er als Kind jeden Sommer ins Zillertal fahren musste, Pension »Alpenglück«. Seine Eltern hatten stets Zimmer 8 und 9 im ersten

Stock gebucht, Frühstück inklusive. Wie hätte er jemals lernen sollen, beim Thema Urlaub Phantasie zu entwickeln? Fernweh blieb ein Fremdwort für ihn. Er überließ es also – wie immer – mir, ein Ziel auszusuchen, mit der winzigen Einschränkung: »Keine Berge!« Fünfzehn Jahre »Alpenglück« hatten eben doch ihre Spuren hinterlassen.

Also wälzte ich tagelang Kataloge und Spezialausgaben über *Reisen mit Kindern*. Ich informierte mich über Vor- und Nachteile von Kinderhotels, in denen man für viel Geld seine Kinder rund um die Uhr bespaßen lassen konnte.

Vanessa hatte mir von einem Hotel an der Zugspitze vorgeschwärmt, in dem sie letztes Jahr während des Skiurlaubs wohnten. Die Kinder wurden morgens mit einem Bus zur Skischule gebracht und kamen um 18 Uhr wieder zurück ins Hotel. »Du, Anke, das war so klasse. Markus und ich saßen dann schon entspannt am Kaminfeuer und tranken ein Gläschen Champagner.« Um 20 Uhr kam dann noch mal der Kinderanimateur und bastelte mit den Kleinen im Gaudi-Kids-Workshop eine Stunde lang lustige Tierfiguren, damit Mama und Papa in Ruhe essen konnten. Nur das Zubettbringen war in den 350 Euro pro Nacht nicht enthalten. »Du, das ging aber immer ganz schnell, die Kinder waren ja total müde«, schwärmte Vanessa. »Anke, ehrlich, wir haben uns da echt wahnsinnig gut erholt.«

Ein Kinderhotel kam vom Preis her nicht infrage für uns. Aber auch, weil ich davon ausging, dass Rainer im Urlaub mehr wollte, als Sofie nur »Guten Morgen« und »Gute Nacht« zu sagen. Das machte er ja schon oft genug im Alltag, wenn es bei der Arbeit mal wieder später wurde.

Ich verglich also Preise, rechnete aus, ob wir uns in der

Hauptsaison einen Flug für drei Personen leisten konnten. Da ich die Frühbucher-Rabatte knicken konnte und viele Hotels längst ausgebucht waren, entschieden wir uns am Ende für die Nordsee, das heißt: Ich entschied und Rainer nickte ab. Zugegeben, keine besonders originelle Wahl, aber eine, die bezahlbar ist. Petras »Wir liiieben das einfache Leben!« hallte noch in meinem Ohr. Na dann, probieren wir das eben auch mal.

Im Internet hatte ich eine Anzeige gefunden:

»Genießen Sie die gute Nordseeluft und entspannen Sie sich in angenehmer Atmosphäre. Gut ausgestattetes Ferienhaus, Nähe Meer. Das komfortable, sehr familien- und kinderfreundlich eingerichtete Ferienhaus bietet auf 75 qm reichlich Platz für bis zu sechs Personen. Haus und Garten sind in gutem und gepflegtem Zustand bei ruhiger und schöner Lage mit qualitativ höherwertiger Inneneinrichtung. Ein Parkplatz in unmittelbarer Nähe zum Haus ist vorhanden.«

Auf dem Foto sah man ein zweigeschossiges Backsteinhaus, eine Terrasse mit weißen Plastikmöbeln, einen Langnese-Sonnenschirm, hinter dem ein Dreibein-Grill stand.

Das alles sah zugegebenermaßen eher schmucklos aus, trotzdem löste es bei mir wohlige Erinnerungen an meinen ersten Urlaub mit Rainer auf Norderney aus. Wir hatten damals nicht viel Geld und wohnten in einer Ein-Zimmer-Ferienwohnung über einer Bäckerei. Es regnete zwar die meiste Zeit, aber wir schliefen morgens bis 11 Uhr und saßen abends in unseren Steppjacken auf dem Balkon und quatschten bei Rotwein aus dem Tetrapack bis tief in die Nacht.

Als ich die Anzeige sah, stellte ich mir lange Abende auf der Terrasse vor, wie damals, nur dass ich vielleicht nicht mehr ganz so verliebt in den Sternenhimmel blicken würde, wenn Rainer seine *Best-of's* runterspulte.

Damals kicherte ich unentwegt, als er von den Heldentaten seiner Schulzeit berichtete. Die Geschichte zum Beispiel, als er einmal mit seinem Freund Andreas Unmengen von Stinkbomben in der Mädchenumkleide deponierte, in der Hoffnung, die Mädels müssten sich dann bei den Jungs umziehen. Die Rechnung ging nicht wirklich auf: Die beiden mussten zur Strafe acht Wochen lang auf dem Schulhof Pausenaufsicht machen.

Ich habe das Gefühl, selbst dabei gewesen zu sein, so oft habe ich die Geschichte schon gehört, genauso wie all die anderen: das *Best of Studium*, *Best of Urlaubspannen* oder *Best of Partygelage*. Wahrscheinlich hat Rainer auch ein *Best of Anke* parat, wenn er sich mit seinen Kumpels trifft. Ich werde allerdings wohl nie erfahren, was er da für Knallergeschichten erzählt. Natürlich alle total übertrieben.

Aber wer weiß, vielleicht würde der Urlaub an der Nordsee Rainer dazu inspirieren, frischen Wind in seine Anekdoten-Kiste zu lassen. Und ich bekäme bei dem Klang seiner tiefen Stimme vielleicht doch wieder eine Gänsehaut.

2. Wo ist Bärli?

Ich war beim Zählen der Leitpfosten eingenickt. Das Navi zeigt noch drei Stunden und zehn Minuten an. Komisch, denke ich, Sofie hat sich seit sage und schreibe mehr als einer Stunde nicht mehr gemeldet. Eigentlich wäre schon längst »Mama, ich muss mal!« fällig gewesen. Einer der Top-Ten-Aussprüche, auf die ich ausnahmsweise bestens vorbereitet bin. Zu Hause hatte ich auf der Landkarte die Raststätten markiert, die beim großen ADAC-Raststätten-Test für gut befunden wurden. Schmutzige Toiletten, fades Essen und gesalzene Preise, das sollte uns nicht passieren.

Darüber hinaus hatte ich im Internet recherchiert, welche Raststätten über hygienische Sanifair-Toiletten verfügen. Schließlich hatte ich noch drei Gutscheine vom letzten Urlaub übrig, die es einzulösen galt. Bis zur Raststätte Siegerland-Ost, die ich orange markiert hatte, ist es aber noch ein gutes Stück zu fahren. Sie verfügt über eine Kinderspielecke, das Essen soll angeblich ganz passabel sein und Sanifair gibt es auch. Es klingt perfekt. Nix wie hin.

Ich blicke besorgt nach hinten. Sofie schläft zum Glück. Ihre kleinen, wilden Locken sind ihr über die Stirn gefallen und ihr Kopf schmiegt sich an die Lehne des Kindersitzes, den wir vor zwei Jahren gekauft haben, weil er bei Stiftung Warentest die Bestnote bekommen hatte. Leider sieht das blau-weiß karierte Futter gräulich fahl aus, seit Sophie beim letzten Urlaub auf Höhe des Bad Homburger Kreuzes den frisch geraspelten Karottensalat darauf gekotzt hatte. Anschließend hatte ich es fünf Mal gewaschen und sogar mit einem Pulver behandelt, das mit »Powerlift« Flecken entfernt. Keine Ahnung, wie das genau funktioniert, aber der Stoff hat es mir auf jeden Fall übel genommen.

Trotzdem bin ich zufrieden, als ich meinen Blick über die Rückbank gleiten lasse. Ein friedliches Kind, eine frisch gesaugte Rückbank. Seltsam, dass mein Mutterherz schon höher schlägt, wenn ich auf eine krümelfreie Fläche blicke. Ich lehne mich zufrieden an die Kopfstütze, schließe die Augen und lasse ein wohliges Gefühl der Entspannung zu. Läuft doch alles glatt!

»Mama!!!«

Ich fahre erschrocken hoch. Sofies Aufschrei fährt mir in die Glieder, denn in ihrer Stimme schwingt Panik mit.

»Maaama!!«

»Was ist denn?«, frage ich besorgt und blicke nach hinten. Meine Tochter schaut mich mit weit aufgerissenen Augen an. Ihr wird doch nicht wieder schlecht sein? Wo sind die Kotztüten? Ich werfe einen Hilfe suchenden Blick zu Rainer, der Tacho und Straße nicht aus den Augen lässt. Vermutlich hätte es Lieutenant Pete »Maverick« Mitchell in seinem Kampfflugzeug genauso gemacht, aber langsam nervt's, Rainer!

»Was ist denn?«, flöte ich und versuche, nicht hysterisch zu klingen.

»Wo ist Bärli?«, ruft Sofie.

Mein Herz setzt für einen kurzen Moment aus. Sollten wir tatsächlich Bärli vergessen haben?

NEIN!

DAS KANN NICHT SEIN!

DAS DARF NICHT SEIN!

Zur Erklärung: Bärli ist Sofies Schmusetier. Es handelt sich dabei allerdings um keinen Bären, sondern um einen Hasen. Sein ursprünglicher Name war Löffel. Aber seit Sofie die Zeichentrickserie *Heidi* auf Kika schaut, hat sie Löffel in Bärli umbenannt, weil eines von Heidis süßen Zicklein so heißt.

Die letzten fünf Jahre, ungefähr tausendfünfhundert Nächte, hat Sofie also mit Bärli verbracht. Das ist an ihm nicht spurlos vorübergegangen: Ihm fehlt ein Auge, sein Fell ist platt gelegen und seine sind Ohren zerfranst. Aber es ist Sofies große Liebe.

Ich weiß nicht, was schlimmer wäre: eine ganze Woche ohne Essen oder ein Urlaub ohne Bärli.

Das bedeutet vierzehn Tage Einschlafterror:

»Noch 'ne Geschichte …«

»Ich muss heute Nacht bei euch schlafen …«

»Ich hab' noch Durst …«

»Licht an!«

»Mama, zu mir legen …«

Alles nur wegen Bärli. Ich sehe ihn vor mir, wie er alleine und verlassen auf dem roten Teppich des Kinderzimmers liegt.

Diese Horrorvorstellung hat nun selbst Rainer aus dem Fahrer-Koma gerissen: »Au Backe, kein Bärli!« Er blickt zum ersten Mal auf, seit wir Frankfurt verlassen haben, und sieht mich vorwurfsvoll von der Seite an. Für gute fünf Minuten weiß ich nicht, was ich sagen soll. Ich suche in meiner blauen Handtasche nach einer Tüte Gummibärchen, um Zeit zu gewinnen.

Sofie schluchzt ununterbrochen. Ich reiche ihr Taschentücher nach hinten. Die, die sie so liebt, mit dem Lillifee-Print. Währenddessen kreisen die Gedanken in meinem Kopf: Wie hatte es zu dieser Katastrophe kommen können?

Ich hatte vor dem Packen vier Listen erstellt, auf denen ich den Sofie-Bedarf fein säuberlich notiert hatte, sortiert nach: Spiele, Reise, Textiles, Sonstiges. Bärli, da bin ich mir ganz sicher, stand auf zwei Listen an erster Stelle. Sicherheitshalber. Wo war also das Loch im engmaschigen Netz? Menschliches Versagen? Sabotage?

Rainer kann ich schlecht die Schuld geben. Seit er vor zwei Jahren einmal Sofies Koffer für den Skiurlaub gepackt hat und wir weder Skihose noch Winterstiefel dabei hatten, wurde er lebenslang von sämtlichen Reisevorbereitungen ausgeschlossen.

Die Schuld lag also allein bei mir. Und trotzdem – Hilfe suchend schaue ich Rainer an: »Hast du vielleicht Bärli in den Koffer gepackt?« Rainer schaut mich stumm an und schüttelt nur den Kopf.

So hilflos und allein gelassen habe ich mich zuletzt vor Sofies Geburt gefühlt, als die Wehen einsetzten und Rainer auf einer Dienstreise in München war. Was sollen wir jetzt tun? Ich gehe im Kopf alles durch: Zweieinhalb Stunden zurückfahren? Bärli nachschicken lassen? Ein Double besorgen?

Beruhig dich, Anke, denke ich.

Was würde *Connis* Mutter jetzt tun? Die patente, stets freundliche Mama von Conni Klawitter, die mein Leben seit einem Jahr begleitet. Sofie liebt die *Conni*-CDs. Dass ich sie hasse, lasse ich mir natürlich nicht anmerken. Stattdessen ertrage ich den Alltag eines Kindes, das immer alles richtig macht. Und eine Mutter, die nie die Nerven verliert. Sofies aktuelle Lieblings-CD ist *Conni lernt Skifahren*. Dreimal am Tag hört sie die – mindestens. Als ich vor Wochen heimlich die CD versteckt hatte, heulte sie einen ganzen Nachmittag lang, bis ich sie abends »ganz plötzlich« wiederfand.

In der Welt von Conni wäre der Verlust eines Kuscheltiers halb so schlimm. Connis Mama würde vermutlich sagen: »Conni, mein Schatz, meinst du, dass du heute ohne Kuscheltier einschlafen kannst?« Und die so vernünftige Conni würde antworten: »Ja, Mama, mit deiner Hilfe schaffe ich das!« So einfach ist das auf dem Planet Conni. Dort hört man kein Geschrei, keine Geheule, keine ins Leere laufenden Dialoge wie diese:

»Sofie, es gibt kein Eis mehr!«

»Blöde Mama!«

»Warum sagst du das jetzt?«

»Darum!«

»Dann gibt es heute kein Kinderfernsehen!«

»Scheiß-Mama!«

Okay, Fehler.

Seltsam, Sofie ist jetzt fünfeinhalb Jahre alt und treuer Conni-Fan, aber es kommt ihr überhaupt nicht komisch vor, dass sie selbst nicht einen Hauch so vernünftig ist wie ihr Idol. Deshalb habe ich auch jetzt das Gefühl, dass Sofie keine Reife beweisen wird, wenn es um Bärli geht. Also entschließe ich mich, eine krude Geschichte von Bärlis Cousin zu erzählen, den wir an der Nordsee treffen werden, als Ersatz für Bärli. »Wir sind morgen früh am Strand mit ihm verabredet«, fabuliere ich. »Bärlis Cousin hat mir einen Brief geschrieben. Um

11 Uhr treffen wir uns am Strand. Er sieht Bärli sogar ein bisschen ähnlich, aber nur ein bisschen.«

Immerhin stoppt das Sofies Tränenfluss, auch wenn ich im Rückspiegel sehe, dass sie ein ungläubiges Gesicht macht.

Ich habe ein mulmiges Gefühl bei der Geschichte. Wo sollen wir jetzt einen Hasen auftreiben? Dazu noch einen, dem man die Verwandtschaft ersten Grades mit Bärli abnimmt?

3. Walking on Sunshine im Schritttempo

»A 45: Unfall zwischen Haiger-Burbach und Kreuz Siegen-Nord, die linke Fahrspur ist gesperrt. Fünfzehn Kilometer Stau nach einem Unfall. Achtung, das Stauende befindet sich hinter einer Kurve. Bitte fahren Sie vorsichtig. Wir wünschen Ihnen eine gute Fahrt.«

Die Radio-Moderatorin hebt ihre Stimme am Ende. *Gute Faaahrt!* Was soll dieses Geflöte? Soll das optimistisch klingen? Danke, aber das kann ich jetzt nicht gebrauchen. Ich sitze nämlich im Auto mit meiner fünfjährigen Tochter, die ihr Schmusetier vergessen hat. Das ist ein Gefahrguttransport. Wie fahren mit Sprengstoff: ein falsches Manöver und – peng! Erhöhte Sprengkraft droht bei akuter Langeweile. Davon haben Sie natürlich keine Ahnung, liebe Moderatorin. Sie sitzen am Mikrofon, lesen vom Computerbildschirm die Katastrophenmeldungen auf deutschen Autobahnen ab, um gleich danach durch die Glasscheibe Ihres schallisolierten Studios mit dem gut aussehenden Toningenieur zu flirten. Wahrscheinlich haben Sie keine Kinder, und nach Dienstschluss trinken Sie mit den Kollegen noch ein Glas gekühlten Chardonnay.

Ich aber fühle, wie mein Nacken steif wird, meine Hände sich um das Lenkrad krampfen und meine Urlaubsstimmung auf ein vorläufiges Rekordtief sinkt.

Vor zehn Minuten habe ich das Steuer übernommen. Rainer ist sofort auf dem Beifahrersitz eingenickt. Sein Kopf kippt regelmäßig zur Seite und richtet sich nach einigen Minuten Schieflage wieder auf.

Ich überlege, ob ich ihm mal ein aufblasbares Nackenhörnchen schenken sollte, wie Sofie es auch hat. Nur ohne Bärchen drauf. Andererseits sieht das irgendwie unwürdig aus – zumal für ein Tom-Cruise-look-alike-Model.

Auch Sofie schläft. Ihr Gesicht ist immer noch rot verquollen, aber ein friedlicher Zug hat sich in ihrem Gesicht breitgemacht. Vielleicht träumt sie gerade von Bärli. BÄRLI!!!! Mir wird kurz flau im Magen. Aber ich verdränge den Gedanken an das Bärli-Beschaffungsproblem gleich wieder und atme tief durch.

Autofahren kann ja sehr entspannend sein – vorausgesetzt, alle schlafen. Sofie stellt dann keine bohrenden Fragen oder feilscht wie eine Drogenabhängige um Gummibärchen / Butterkekse / Schokolade.

»Nur noch eins.«

»Nein.«

»Och bitte, Mama! Das ist das allerallerallerletzte, versprochen!«

»Nein.«

»Dann bist du auch die liebste Mama der Welt!«

Ja sicher, für die nächsten zehn Minuten. Nein, meine Liebe, Mama durchschaut dein Spiel. Weder antichambrieren noch Drohungen machen mich weich. Na ja, außer vielleicht im Stau. Aber das warten wir mal ab.

Auch Rainer ist schlafend besser zu ertragen. Das liegt schlicht daran, dass er in der Rolle des Beifahrers eine Fehlbesetzung ist. Rainer denkt beim Autofahren in anderen Kategorien: Man muss schnell, effizient und rücksichtslos sein. Ich fahre selbstverständlich, wie man als Mutter zu fahren hat: vorausschauend, umsichtig und dem Verkehrsaufkommen angemessen. Schließlich bin ich in den Siebzigerjahren mit dem *7. Sinn* aufgewachsen. »Achtung, eine regennasse Fahrbahn kann gefährliche Folgen haben«, informierte mich der Sprecher mit seiner sonoren, aber stets mahnenden Stimme. Er war es, der mir den Respekt vorm Autofahren schon im zarten Alter von zwölf Jahren beigebracht hat.

Rainer muss bei der Sendung immer schon geschlafen haben. Sonst gäbe es jene Situationen nicht, die an die Belastbarkeitsgrenze unserer Beziehung gehen. Wie letztens, als wir durch Frankfurt auf einer zweispurigen Straße fuhren. Ich am Steuer, Rainer daneben. Vor uns fuhr ein silberfarbener Golf, in dem entweder ein Ortsunkundiger, ein Fahrschüler oder ein Mann saß, der seine Führerscheinprüfung vor mehr als sieben Jahrzehnten absolviert hatte. Er fuhr jedenfalls geschätzte 20 Stundenkilometer. Ich setzte zum Überholen an, merkte aber dann, dass uns, zugegebenermaßen in einigem Abstand, ein Auto entgegenkam. Ich blieb also sicherheitshalber hinter dem Golf.

»NEIIIN!!!! Was machst du denn?«

Rainer schrie auf dem Beifahrersitz so laut, dass ich eigentlich, wenn ich nicht eine so umsichtige Fahrerin wäre, auf den Pkw vor mir hätte knallen müssen. Rainer hielt es kaum in seinem Sitz. Zum Glück bewahrte ihn der Gurt davor, in die Luft zu gehen und gegen das Autodach zu knallen.

»Warum fährst du denn nicht nach links und überholst?«, rief er vorwurfsvoll und warf seine Arme in die Luft. Ich schwieg und blieb auf der rechten Spur. Schon aus Trotz.

Für Rainer ist so ein Fehlverhalten unentschuldbar. Er hält mich für eine absolut unfähige Fahrerin. Natürlich merke ich, dass er heimlich mitbremst wie ein verhinderter Fahrschullehrer. Da nützt es auch nichts, dass ich regelmäßig meine Referenzen herunterleiere:

1. Glänzend absolvierte Fahrschulprüfung in Theorie und Praxis;
2. Fünfundzwanzig Jahre unfallfreies Fahren;
3. Nachweisliche Unschuld an der hässlichen Beule oberhalb des hinteren linken Reifens. Die hat nämlich Rainer beim Ausparken verursacht. Aber darüber spricht er nicht gerne.

Das Problem ist wahrscheinlich, dass Rainer sich nicht nur selbst für einen Seelenverwandten von Michael Schumacher hält. Er denkt, dass auch ich die A45 zwischen Gießen und Dortmund wie den Formel-1-Parcours von Monte Carlo begreifen müsste: Gas geben in den Kurven, Bremsen nur im Notfall und, ganz wichtig, bei anderen Verkehrsteilnehmern Eindruck schinden durch blitzschnellen Fahrbahnwechsel.

Ich aber will mich nicht hetzen lassen. Schon gar nicht in den Ferien! Und bald ist es sowieso vorbei mit Durchbrettern bis zur Nordsee. Dann kommt der Stau!

Im Radio läuft jetzt »Walking on Sunshine« von Katrina and the Waves. Schon wieder so ein Zynismus! Die hoch bezahlten Menschen in den Sendeanstalten müssen doch wissen, dass die Ferien gerade angefangen haben, hohes Verkehrsaufkommen herrscht und Kinder auf den Rücksitzen quengeln. Da wäre es nur pietätvoll, für ein neutrales Musikprogramm zu sorgen. Dezente Balladen, zurückgenommene Lieder wären angebracht. Leonard Cohen vielleicht. Oder Norah Jones. Aber bitte keine aufgesetzte Fröhlichkeit von Katrina and the Waves.

Ich bin mir sicher, dass Sofie aufwacht, wenn der Wagen zum Stoppen kommt. »Vorsicht, der Stauanfang liegt hinter einer Kurve«, hallt es in meinem Kopf. Bloß nicht zu scharf bremsen, Anke!

Ich denke seit zehn Minuten angestrengt darüber nach, ob wir genug Proviant dabei haben und eine ausreichende Flüssigkeitszufuhr gewährleisten können, wenn wir zwei Stunden im Stau stehen. Rainer hat sich vor der Abfahrt darüber lustig gemacht, dass ich eine blaue Ikea-Tüte voll mit Essen dabei habe. Auch wenn ich nicht zu übertriebener Mütterlichkeit neige, glaube ich doch fest an den therapeutischen Aspekt des Essens. Wenn gutes Zureden, lustige Lieder singen oder Spiele spielen nicht mehr hilft, ziehe ich meine Joker: »Wer will eine Mini-Salami?« Oder: »Lust auf Karottenschnitzchen?« Oder: »Hanuta gefällig?« Deshalb habe ich vorgesorgt und mein komplettes Tupperware-Sortiment gefüllt mit: sechs mit Salami belegten Brötchen, vier Äpfeln, drei Karotten, einer Packung Erdnüsse, zwei Tüten Minibrezeln, 500 Gramm Mini-Salamis, zwei Packungen getrocknete Apfelstückchen und zwei Bananen, die ich in einer praktischen Bananen-Box verstaut habe. Diese hat sich beim letzten Urlaub absolut bewährt: gelb, gekrümmt, geruchssicher und wiederverschließbar. Dazu ein gutes Kilo Hanutas, Schoko-Bons, Mini-Kitkats, Haribo-Goldbärchen, Smartie-Tütchen, Kinderschokolade plus zwei Prinzenrollen, drei Tuc-Packungen, ein Zehnerpack Tic Tacs, Erdbeer-Kaugummis und alles, was ich noch in unserer Süßigkeitenbox in der Vorratskammer gefunden habe.

Zugegeben, man könnte das alles für übertrieben halten, schließlich gibt es ja Raststätten. Aber vielleicht bin ich ein gebranntes Kind, seit ich mit Sofie vor vier Jahren mal nach Berlin geflogen bin. Vor dem Rückflug nach Frankfurt mussten wir zwei Stunden am Flughafen Tegel in einem verglasten Raum mit mindestens hundert Menschen ausharren, weil die Maschine einen technischen Defekt hatte. Wir waren zuvor schon durch die Security gegangen und hatten alle Geschäfte und Restaurants hinter uns gelassen. Und ich ohne Essen! Ein absoluter Anfängerfehler!

Sofie begann zu schreien. Ich nahm sie auf den Arm, ich machte Fingerspiele, ich warf sie in die Luft. Sofie schrie! Ich schwitzte und hörte mir die gut gemeinten Ratschläge der Mitreisenden an, die, ich kann es ihnen nicht verübeln, natürlich total genervt waren: »Vielleicht muss sie mal gewickelt werden?«

Sofie schrie!

»Ist wahrscheinlich müde, das arme Kind!«

Sie schrie noch lauter.

»Hat sie vielleicht Hunger?«

Bingo! Sie hatte Hunger! Eine ältere Frau hatte schließlich Erbarmen mit uns und war so nett, uns ein Stück von ihrem belegten Brot zu geben. Sofie stopfte es in sich hinein und fiel zehn Minuten später völlig erschöpft ins Koma.

Im Flugzeug Richtung Frankfurt schlief sie selig auf meinem Bauch ein und begann irgendwann übel zu müffeln. Sie hatte die Windel voll! Auch das noch! Mein Sitznachbar schaute mich vorwurfsvoll von der Seite an. Ich aber ignorierte ihn, schließlich wollte ich kein Risiko eingehen und Sofie wecken. Vielleicht wäre das Geschrei dann wieder von vorne losgegangen. Seit diesem Erlebnis ist meine Handtasche so etwas wie ein mobiler Kiosk.

Der Himmel reißt auf. Ich fische mit einer Hand nach meiner Sonnenbrille in der Mittelkonsole und schalte die Klimaanlage an. Wieder mal ärgere ich mich, dass wir uns beim Kauf des Family-Vans gegen die computergesteuerte Aircondition entschieden haben. Jetzt verfügen wir nur über die einfache Version: an- und ausschaltbar. Entweder wird dann so kalte Luft in die Kabine geblasen, als führen wir in einem Drei-Sterne-Eisfach über die Autobahn. Oder es wird, macht man sie wieder aus, augenblicklich so heiß wie in der Westsahara. Das führt zu einem Wechselbad der Temperaturen und dazu, dass ich mich bei längeren Autofahrten regelmäßig erkälte. Spüre ich nicht schon jetzt ein leichtes Kratzen im Hals?

Wir sind jetzt fast anderthalb Stunden unterwegs. Als Teamchef stelle ich folgende Überlegungen an: Der letzte Boxenstopp war vor einer Stunde. Sofie hat danach ihre Lillifee-Trinkflasche komplett geleert, ca. 0,5 Liter. In gut zwanzig Minuten dürften wir den Stau erreicht haben. Wie voll ist jetzt ihre Blase? Selbstverständlich scheitere ich auch an dieser Textaufgabe. Aber ich habe das diffuse Gefühl, dass wir an der nächsten Raststätte abfahren sollten, um auf die Toilette zu gehen. Aber wann kommt die nur? Ich will Rainer nicht wecken, um ihn zu fragen, schließlich würde er nur wieder sagen: »Ja, hast du nicht auf die Schilder geachtet?« Nein, mein Lieber, ich habe auf den Verkehr geachtet, während du hier ein hübsches Schönheitsschläfchen machst.

Tatsächlich bin ich vorhin in Gedanken an einer Raststätte vorbeigefahren und ärgere mich jetzt, dass ich falsch kalkuliert habe. Rainer hätte natürlich auch mal daran denken können, aber der kann ja zur Not auch an einem Parkplatz im Stehen pinkeln. Aber was ist mit Sofie und mir?

»A 45 zwischen Haiger-Burbach und Kreuz Siegen aktuell zwanzig Kilometer Stau. Wir wünschen Ihnen weiterhin eine gute Fahrt.« Das Jingle ertönt im Radio und dann Whitney Houston mit »I Wanna Dance with Somebody«. Ich schalte das Autoradio aus und sehe plötzlich, wie bei den Autos vor mir die Warnblinkanlagen angehen. Scheiße, der Stau!

4. »Ruhe dahinten!«

Ich muss scharf bremsen. Und natürlich wacht Sofie sofort auf.

»Mama, sind wir da?« sind ihre ersten genuschelten Worte.

Rainer blinzelt kurz. Und schläft weiter.

Er hat einfach einen gesegneten Schlaf. Nachts würde er nur aufwachen, wenn ein Polizeiwagen mit Blaulicht durchs Schlafzimmer führe. Als Sofie noch Baby war, wachte er selbst dann nicht auf, wenn sie um 3 Uhr morgens laut schreiend nach ihrer Flasche verlangte. Sogar die Nachbarn sprachen mich am nächsten Morgen im Hausflur an, ob mit dem Baby alles in Ordnung sei.

Jetzt fahren wir bereits seit zwanzig Minuten im Schritttempo. Ich drehe mich zu Sofie um und lächele aufmunternd. Innerlich spüre ich eine leichte Nervosität und gehe alles durch, was wir an Reise-Entertainment dabei haben: Einen tragbaren DVD-Player hatte ich vor der Abfahrt für 39,95 besorgt. Nach Angaben von Freunden ist er offenbar ein Garant für eine total entspannte Urlaubsreise. Natürlich war Vanessa die Erste, die ihr Auto hochgerüstet hat, mit einem DVD-Player für die Kopfstütze, mit dem die Kinder gleichzeitig Musik hören und Computerspiele spielen können. Kaufpreis allerdings knapp tausend Euro. Das hätte natürlich unser Budget gesprengt.

»Anke, du glaubst es nicht. Die Fahrt verging wie im Fluge«, schwärmte Vanessa damals. »Ich habe die Stimme von Linus nur dreimal gehört. Einmal sagte er, er muss mal, und zweimal: ›Die DVD ist fertig.‹ Da hab ich einfach die nächste eingelegt.«

Skrupel habe ich ehrlich gesagt schon deswegen. Sind die Kinder nicht total paralysiert nach vier Stunden Bildschirmglotzen? Und wie lange braucht man, um sie ins wirkliche Leben zurückzuholen? Wenn Sofie Kika schaut, ist sie jedenfalls nicht ansprechbar.

»Sofie, magst du Apfelstückchen?«

Keine Reaktion.

»Sofie, hör doch mal zu!«

Sofie starrt weiterhin auf den Bildschirm. Ich verschärfe den Ton und stelle mich vor den Fernseher: »Sofie, du antwortest mir sofort, sonst mache ich den Kasten augenblicklich aus!« Das wirkt, weil ein schwarzer Bildschirm in Sofies Weltbild eine totale Katastrophe wäre. Auch das macht mir Sorgen. Ist womöglich etwas falsch gelaufen in der Erziehung? Und das, obwohl ich mindestens vier Elternratgeber gelesen, die Zeitschrift *Eltern* abonniert und an einem Abend mit Jesper Juul, dem Trend-Pädagogen aus Dänemark, teilgenommen habe. Trotzdem mache ich mir Gedanken: Sofies Schokoladenabhängigkeit. Ihre Fernsehabhängigkeit. Reden wir womöglich schon von einer Suchtdisposition?

Das Stop-and-go macht mich mürbe. Ich sehe zum dritten Mal einen türkisfarbenen Toyota, der neben mir auf der rechten Fahrspur zum Stehen kommt. Ich fahre selbstverständlich auf der linken Spur, weil Rainer das die »Sieger-Spur« nennt. Angeblich kommt man hier bei Stau und stockendem Verkehr grundsätzlich schneller vorwärts. Ich glaube nicht daran, sonst würde ja nicht immer wieder der Toyota neben mir auftauchen. Aber ich habe aufgehört, mit Rainer jegliche Fragen des laufenden Verkehrs zu diskutieren, und ordne mich beim kleinsten Anzeichen von Stau ganz brav links ein.

Auf der Rückbank des Toyotas sitzen zwei Jungs mit strohblonden Haaren. Sie tragen Kopfhörer und schauen starr auf die Rückenlehnen der Vordersitze. Vermutlich schauen sie gerade eine DVD. Papa hält mit beiden Händen das Lenkrad umfasst und schaut konzentriert nach vorne, Mama knabbert auf dem Beifahrersitz Salzstangen. Es sieht so aus, als herrsche in dem Auto Totenstille. Das also soll entspanntes Reisen im 21. Jahrhundert sein: vier einsame Individuen, gefangen in einem klimatisierten Stahlgehäuse.

Ich denke an früher, als ich mit meinen Eltern in die Ferien gefahren bin. An Stille kann ich mich nicht erinnern. Es gab nichts, was meine Schwester und mich hätte ablenken können: keine CDs, keine DVDs, nur das alte Autoradio, an dem meine Mutter unermüdlich drehte, weil die Sender ständig verschwanden. Sobald wir auf dem Weg in Richtung Süden die deutsche Grenze passiert hatten, hörten wir nur noch ein Gewirr aus Rauschen, Musikfetzen und Stimmen, die je nach Lage österreichisch oder italienisch sprachen.

Wir konnten noch nicht mal Bücher lesen, weil uns dabei sofort schlecht wurde. Das Entertainment-Programm der Siebzigerjahre war überschaubar: Kennzeichenraten und schlafen. Am schönsten war eigentlich, wenn unsere Mutter die »Mundorgel« auspackte und wir lauthals »Wir lagen vor Madagaskar« sangen. Selbst mein Vater stimmte dann mit seinem tiefen Bass ein. Ich gebe zu, das ist ein etwas geschönter Blick, denn je länger die Fahrt dauerte, desto stärker bröckelte das Familienidyll. Denn es gab auch Jugoslawien.

Es war der Sommer nach dem Hausbau, als meine Eltern beschlossen, aus Kostengründen diesmal nicht nach Italien zu fahren. Gute 1200 Kilometer Strecke, ein Drittel davon nicht ausgebaute Küstenstraße. Wir fuhren mit unserem eidottergelben K70 mitten in der Nacht los. Spätestens am Brenner-Pass begannen meine Schwester und ich mit den ersten Grabenkämpfen: »Mama, die blöde Kuh legt immer ihren Fuß auf meine Seite.« Die Frontlinie war die Naht der Sitzbezüge, die sich quer über den Rücksitz zog. In jeder Kurve kam es selbstverständlich zu Grenzüberschreitungen, weil wir wie Flummis unangeschnallt hin- und herflogen.

Mama schaute stoisch nach vorne und drehte an den Knöpfen des Autoradios. Es rauschte. »Mach's doch aus!«, zischte mein Vater vom Fahrersitz rüber.

Ich weiß nicht mehr, was schlimmer war für meine Eltern: Wenn meine Schwester und ich uns in Phase 1 dauernd stritten und an den Haaren zogen. Oder wenn wir nach drei Stunden Kurvenfahrt an der dalmatischen Küste bei vierzig Grad Innenkabinentemperatur Phase 2 erreichten: eine Art Reisedelirium, in dem wir uns bis auf die Unterhosen auszogen, auf die Hutablage quetschten, den vorbeifahrenden Autos die Zunge rausstreckten und so laut giggelten, bis mein ansonsten gelassener Vater explodierte: »SOFORT! RUHE! DAHINTEN!« Wir hielten uns die Kissen vor den Mund, bis wir vor Lachen keine Luft mehr bekamen.

Meine Mutter fungierte bei unseren Reisen stets als Routenplaner, konzentrierte sich darauf, die Maut-Gebühren bereitzuhalten, oder versuchte mit langsam dahinschmelzenden Manner-Waffeln die Stimmung auf der Rückbank in Balance zu halten. Bis Phase 3 eintrat: Uns war schlecht!

Im Vergleich dazu ist die Fahrt in die Ferien für die meisten Kinder heute wie ein Upgrade in die Businessclass. Sie sind zwar eingezwängt in ihre Kindersitze, aber sie haben Klimaanlage, können sich mit CDs oder DVDs ablenken. Zum perfekten Bordprogramm kommt die angenehme Fürsorge des Bordpersonals mit Rund-um-die-Uhr-Betreuung.

Die Bremslichter des Autos vor mir leuchten plötzlich auf. Ich trete auf die Bremse, so heftig, dass Rainer tatsächlich aufwacht. »Was ist los?«, fragt er mit erschrockenem Blick. Ich antworte, vielleicht eine Spur zu pampig: »Was soll schon los sein? Ich habe gebremst, um meine Fingernägel zu lackieren.« Rainer schließt kurz die Augen, als wolle er sich wieder in den Schlaf flüchten, aber dann richtet er sich mit einem lauten Schnaufen auf: »Oh Scheiße, Stau!«

»›Scheiße‹ sagt man nicht«, kräht es vom Rücksitz.

Es hat mich einiges gekostet, Sofie davon zu überzeugen, dass das S-Wort gar nicht erst in ihren Wortschatz aufgenommen wird. Leider hat das dazu geführt, dass es für mehrere Monate zu ihrem Lieblingswort wurde. Wenn sie mich provozieren wollte, legte sie eine Schippe nach: »Scheiße! Kacka! Pippi!« Ich rief sämtliche Erziehungsmethoden auf den Plan: Fernsehverbot, Süßigkeitenverbot, »geh auf dein Zimmer«, ich ließ sie sogar eine ganze halbe Stunde Schimpfwörter sagen. Erst als ich es aufgab und dachte, mein Kind wird nie die höhere Schule besuchen können, weil sie redet, als wäre sie in einem Brennpunktviertel aufgewachsen, hörte es plötzlich wie von alleine auf.

Nur verhält sich Sofie jetzt wie militante Nichtraucher: »Scheiße«-Sagen wird aufs Schärfste geahndet. Und leider ist es meistens Rainer, der gerügt wird und kleinlaut sagen muss: »Okay, ja, sagt man natürlich nicht, 'schuldigung.«

Aber um ehrlich zu sein, würde ich mich jetzt auch gerne mal gehen lassen und das Fenster herunterkurbeln, um zu rufen: Wann ist endlich dieser Scheiß-Stau zu Ende?

Und wann kommt endlich die Scheiß-Raststätte mit einer beschissenen Toilette? Denn gerade eben fiel das Damoklesschwert, das die ganze Zeit über uns pendelte, mit voller Wucht herunter: »Mama, ich muss mal!«, rief Sofie, und es hörte sich nicht so an, als könnte sie noch lange einhalten. Was soll ich tun? Wir stehen! Im Stau! Selbst wenn die nächste Raststätte in drei Kilometern käme – wir würden mindestens eine Stunde brauchen. Wenn wir wenigstens auf der rechten Spur stünden, dann könnte Rainer mit ihr über die Standspur hechten und sie über die Leitplanke pinkeln lassen.

Ich verfluche kurz, dass ich nicht doch den »Pinkelwurm« für 9,95 Euro im Internet bestellt habe, der unterwegs bei Kindern für Erleichterung sorgen soll. Allerdings schien mir die Handhabung bei Mädchen nicht ganz einleuchtend: Das Plastikrohr sah eher so aus, als könnten Jungs ihren Pipimann reinhalten. Hätte ich wenigstens das faltbare Reisetöpfchen mit geruchsneutralen Tüten von zu Hause mitgenommen. Das hatten wir immer dabei, als Sofie gerade sauber geworden war, aber es kam nicht ein Mal zum Einsatz.

Es hilft nichts. Wir stehen! Es geht nicht einen Zentimeter vorwärts. Die ersten Autofahrer steigen aus und recken ihre Köpfe, um zu sehen, was los ist. Sofies Tonfall wird leiernd: »Oh Mama, ich muss echt ganz dringend.«

Mir fällt die Szene ein, als Conni mal im Kaufhaus ganz dringend musste und die Toilette überfüllt war. Natürlich löste sich das Problem sofort in Luft auf, weil es in der Conni-Welt keine unlösbaren Probleme gibt: Eine nette Frau ließ Conni vor und sie konnte auf Toilette gehen. Was aber würden Sie, Frau Klawitter, in dieser schier ausweglosen Situation machen? Ja, da wären auch Sie verzweifelt. Vielleicht würden Sie ja sogar mal fluchen oder »Scheiße« sagen.

Ich blicke zu Rainer auf den Beifahrersitz. Sein leerer Blick signalisiert mir, dass ich erst gar nicht zu fragen brauche, ob er vielleicht zufällig eine Idee hat.

Sofie quengelt: »Ich halte es nicht mehr aus!«

Komischerweise weiß ich, dass es sich diesmal nicht um eine ihrer üblichen Übertreibungen handelt. Eine volle Blase würde auch mich fertigmachen. Als Teamchef muss ich endlich handeln. »Okay, Rainer, hol dein Taschenmesser raus!« Rainer hat immer sein Schweizer Taschenmesser dabei. Mit dem multifunktionalen Goldstück hat er schon manche Situation gerettet. Dazu gehörte nicht nur, Bier- und Weinflaschen jederzeit öffnen zu können und Äste zu Spazierstöcken umzufunktionieren. Wenn Sofie bei einem Spaziergang mitten im Wald einfiel, dass das Etikett ihres T-Shirts plötzlich so wahnsinnig juckt, dass es sofort entfernt werden muss: schnipp, schnapp. Rainer konnte es sofort mit seiner ausklappbaren Schere abschneiden.

»Was willste denn jetzt mit dem Messer?«, fragt Rainer.

»Wir basteln uns eine Toilette!«

»Hä?«

Ich ziehe die halbvolle Plastikflasche neben meinem Sitz hervor und gebe sie Rainer: »Ausleeren!«

Rainer kurbelt das Fenster herunter und schüttet das Wasser aus.

»Mama, was hast du vor?«, fragt Sofie und beugt sich so weit nach vorne, wie es ihr Sitzgurt zulässt.

»So, und jetzt schneide bitte den Flaschenhals mit dem Messer ab!«

Ich komme mir vor wie einer dieser gut gelaunten Moderatoren im Kinderfernsehen, die ein wahnsinnig aufregendes Experiment machen. Habe ich vielleicht doch ein kreative Ader? Und das, obwohl ich beim Laternenbasteln zur Adventszeit im Kindergarten stets dafür sorge, dass Sofies Exemplar mit Abstand das hässlichste ist. Letztes Jahr weigerte sie sich sogar, ihren Lampion, der mit schief geschnittenen Sternen aus Goldpapier beklebt war, zum Laternenumzug mitzunehmen. Sie ließ sich dann von Rainer eine fertige Lillifee-Laterne kaufen.

Rainer sticht mit seinem Messer auf die Flasche ein und reißt an ihr herum, aber schließlich schafft er es, den Flaschenhals einigermaßen akkurat abzusäbeln.

»So, meine Liebe«, sage ich in Richtung Rückbank. »Fertig ist dein Reiseklo!«

Rainer schaut mich an, als hätte ich gerade angekündigt, mich einer Geschlechtsumwandlung zu unterziehen.

»Guck nicht so«, erwidere ich. «Wir befinden uns in einer Notsituation. Geh' nach hinten und halte ihr die Flasche zwischen die Beine.«

Wahrscheinlich befindet sich Rainer in einer Art Schockzustand. Jedenfalls schnallt er sich ohne Widerwort ab und quetscht sich zwischen den Vordersitzen durch, um sich neben Sofie zu setzen.

»Mama spinnt jetzt, oder?« Sofie scheint sich mit ihrem

Papa verbünden zu wollen. Er hebt die Schultern als Zustimmung. Man hält mich wohl für unzurechnungsfähig.

»Los, jetzt macht, solange wir stehen«, drängele ich, weil ich sehe, wie der türkisfarbene Toyota sich auf der rechten Spur langsam wieder in Bewegung setzt. Sofie schnallt sich ab und zieht tatsächlich ihre rosafarbenen Leggings samt Unterhose runter. Sie kniet sich hin und macht die Beine auseinander, Rainer hält die Flasche drunter. Aber es passiert nichts. »Ich kann nicht«, jammert Sofie. Ich diagnostiziere Harnverhalt. Wir müssen Sofie ablenken. Ich stimme Sofies Lieblingslied an: »Die Räder vom Bus drehen rundherum, rundherum, rundherum.« Sofie singt mit, Rainer konzentriert sich darauf, die Flasche auf Position zu halten. Bei Strophe vier: »Die Lichter vom Bus machen blink, blink, blink«, höre ich ein Rauschen.

Es läuft!

Wir lachen alle vor Erleichterung, und ich komme mir vor, als hätte ich eine Mount-Everest-Expedition erfolgreich zum Gipfel geleitet. Doch leider wird meine Euphorie jäh unterbrochen. Rainer stellt die unpassende Frage: »Und was mache ich jetzt damit?«

Tja, das hatte ich natürlich nicht bedacht. Was soll man, gefangen im Auto, mit einer offenen Plastikflasche voller Pipi anstellen? Der Wagen vor mir setzt sich in Bewegung. Ich fahre langsam an und sage schnell: »Stell sie doch zwischen deine Füße und halte sie fest.« »Super«, entgegnet Rainer. »Wir stehen im Stau und ich halte mit den Füßen eine Flasche Pipi fest.«

Ich sage nichts mehr und konzentriere mich auf den Verkehr, schließlich geht es jetzt Stop-and-go. Nach kurzer Zeit fängt das Pipi an zu riechen. Sofie ist längst im Jammermodus und sagt abwechselnd »Ich langweile mich« oder »Wann sind wir daaa?« Oder: »Es stinkt!«

Ich bringe Rainer dazu, eine DVD einzulegen. Dazu braucht er gut eine Viertelstunde, weil er vermeiden will, die Pipiladung zwischen seinen Füßen zu verschütten. Ich höre eine hohe Frauenstimme singen: »Heidi. Heidi. Deine Welt sind die Berge.«

Nein! Rainer! Er hat tatsächlich die *Heidi*-DVD eingelegt. Und im Vorspann hüpfen Schwänli und Bärli über die Wiese.

Sofie fängt sofort an zu heulen und krächzt: »ICH WILL MEIN BÄRLI!!!!«

5. Bärlis Verwandtschaft

Wir stehen in der Schlange vor der Toilette am Rastplatz Siegerland-Ost. Schon seit einer Viertelstunde. Vor uns stehen etwa zehn entnervte Mütter mit quengelnden Kindern an der Hand. Meine Haare hängen verschwitzt ins Gesicht, das T-Shirt klebt mir am Rücken und Sofie mosert: »Hab doch schon Pipi gemacht.«

Natürlich muss sie nicht mehr dringend, seit sie in die Plastikflasche gepinkelt hat. Den Inhalt hatte Rainer diskret in eine Hecke des Parkplatzes geschüttet, als wir endlich die Raststätte erreicht hatten. Trotzdem machen wir jetzt das, was ich dank meiner Erfahrung »Sicherheitspipi« nenne. Denn Sofie sagt grundsätzlich auf die Frage: »Musst du mal?«: »Nein!«

Früher, als ich noch nicht die Geheimnisse eines funktionierenden Familienlebens durchschaut hatte, bin ich weitergefahren. Spätestens zehn Kilometer nach der Raststätte kam dann von der Rückbank die Anweisung: »Anhalten, Mama, ich muss mal.«

Diesmal sollte uns das nicht passieren. Ich spielte gedankenverloren mit einer 50-Cent-Münze, die wir schon bereithielten, denn ich hatte richtig recherchiert: Man ist hier mit Sanifair ausgestattet. Meine Freundin Carola, die ich wegen ihrer Sparsamkeit belächele und gleichzeitig bewundere, hält das für Geldmacherei, schließlich wolle man ja nicht immer an der Raststätte etwas kaufen, werde aber durch die Gutscheine dazu verführt. Andererseits sind die Toiletten wirklich sauber. Meine Meinung ist ja, dass es mit den deutschen

Raststätten wie mit der Deutschen Bahn ist: Sie werden schlechter gemacht, als sie sind.

Man denke nur mal an früher. Als wir zum Beispiel nach Jugoslawien in die Ferien fuhren, waren die Raststätten kaum mehr als vergrößerte Imbisse mit trostlosem Inventar und ungenießbarem Essen. Sie hatten keine Spielecken, die Toiletten waren schmuddelig und das Personal unfreundlich. Letztens habe ich mal gelesen, dass die Raststätten damals noch zur bundeseigenen *Gesellschaft für Nebenbetriebe der Bundesautobahnen* gehörten. Später gab es dann McDonald's an den Autobahnen, die Raststätten wurden privatisiert und die Konkurrenz brachte Leben in die Bude. Aber da waren meine Schwester und ich schon erwachsen.

Allerdings funktioniert das Sanifair-Prinzip auch nicht, wenn die Raststätten in der Ferienzeit von Familien geflutet werden. Die Kabine, die gerade frei geworden ist, müffelt, und auf dem Boden liegen Klopapierfetzen. Vermutlich hat die Reinigungskraft die Flucht ergriffen, als die ersten staugeschädigten Familien vor der Tür parkten. Es gibt keine Papierhandtücher mehr, der Seifenspender ist leer. Wir schütteln unsere Hände trocken, als wir die Toilette verlassen.

An der Raststätte ist das komplette Chaos ausgebrochen: Schlangen an den Zapfsäulen, Schlangen an den Tankstellenkassen, Schlangen an der Selbstbedienungstheke. Die Spielecke für Kinder sieht aus wie ein Flüchtlingslager. Nur bei der Herrentoilette vis à vis herrscht angenehme Leere, soweit ich den Bereich einsehen kann. Das liegt nicht nur daran, dass die Natur es so angelegt hat, dass Männer sich schneller erleichtern können, sondern auch, dass es stets die Frauen sind, die ihre nervenden Kinder mit auf die Toilette nehmen müssen.

Rainer wollte eigentlich am Zeitschriftenstand auf uns warten. Aber da ist er nicht mehr. Ich laufe mit Sofie die Selbstbedienungstheke ab und lasse meinen Blick über die Tische schweifen. Es ist, als wäre ich in einem von Sofies Wimmelbüchern gelandet: überall Menschen, Tische, Stühle. Aber wo ist Rainer? Ich drehe mich einmal um meine eigene Achse, während Sofie an mir zerrt: »Mama, kann ich den haben?« Sie zeigt auf einen rosafarbenen Elefanten-Schlüsselanhänger, der an einem Regal in der Nähe der Kasse hängt.

»Och nee, Sofie!«

»Bitte, Mama!«

»Das ist doch Schrott.«

»Das ist soo süß!«

Ich stöhne laut auf. »Wo ist denn nur Rainer?«

»Will den Elefant«, jammert Sofie, als ich sie fest an der Hand nehme und aus der Raststätte zerre. Auf dem Weg zum Auto entdecke ich Rainer vor der Tankstelle im Gespräch mit einem ADAC-Mitarbeiter im gelben Overall. Typisch Rainer! Seine Familie vergessen und seelenruhig über Autos fachsimpeln. Ich rufe ihm nur kurz zu: »Gehen schon zum Auto!« Er nickt und redet weiter. Wahnsinn! Wahrscheinlich verheimlicht er auch noch, dass er Familie hat und in einem spießigen Family-Van mit 120 km/h über die Autobahn schleicht.

Ich hatte nach der Geburt von Sofie auf einem familienfreundlichen Auto bestanden. Vorher fuhr Rainer einen silbergrauen Mercedes Coupé, Baujahr 1981. Das Ding war nicht nur ständig kaputt, es war auch alles andere als familientauglich. Die Rücksitzbank existiert in solchen Autos nur pro forma, um seinen Trenchcoat abzulegen oder so, aber bestimmt nicht, um einen Kindersitz zu installieren.

Als Rainer den Mercedes an einen Auto-Liebhaber verkaufte, konnte ich tatsächlich einen feuchten Film in seinen Augen erkennen. Seitdem beschwert er sich permanent über die Schwächen des Opel Zafira und nörgelt über das langweilige Design und die blöde Farbe. Der Wagen war wahrscheinlich deshalb so günstig, weil er hellblau ist. »Kloblau«, wie Rainer es nicht ganz zu Unrecht zu bezeichnen pflegt. Aber dass er wahnsinnig praktisch ist, wenn ich Sofie nebst Freundinnen vom Kindergarten abhole, erwähnt er mit keinem Wort.

Als ich die hintere Tür des Autos öffne, sehe ich, dass Sofie die Rückbank in eine Müllhalde verwandelt hat. Überall liegen zerbrochene Brezelstücke, leere Kaugummipapiere und angefressene Gummibärchen herum. Offenbar ist auch Sofies Trinkflasche mit Apfelsaftschorle ausgelaufen. Der Bezug ihres Kinderautositzes klebt jedenfalls und riecht süßlich.

Ich schimpfe vor mich hin: »Gestern habe ich alles ausgesaugt, und wie sieht es jetzt hier aus? Wie im Schweinestall!«

Sofie steht unbeteiligt neben mir und spielt mit ihrer Sonnenbrille, die ich ihr vor dem Urlaub noch schnell gekauft habe, in der Hoffnung, dass sie an der Nordsee auch gebraucht wird.

Ich koche innerlich! »Kannst du nicht einmal deine Sachen wegräumen? Und die Sachen in den Müll werfen? Muss ich mir immer den Mund fusselig reden?«

Ja, okay, diese Sprüche sind nicht originell. Die musste ich mir als Kind auch schon anhören. Wenn mein Vater sagte, dass er sich den Mund fusselig redet, stellte ich mir immer vor, dass an seinen Lippen Staubreste hängen müssten. Damals hätte ich im Traum nicht geglaubt, dass ich mal selbst so schimpfen könnte. Seit ich mir für zu Hause einen Handstaubsauger zugelegt habe, um Herr über die Krümel zu werden, komme ich mir vor wie eine Hausfrau aus den Fünfzigern. Fehlen nur noch die Kittelschürze und Plastikhandschuhe für die Spüle.

Überhaupt bemerkte ich mit der Mutterschaft erstmals meine fatale Neigung zur Perfektion und den hohen Grad an Frustration, dass ich diese niemals erreichen werde, weil ich eben nicht so patent bin wie meine Freundin Carola zum Beispiel. Sie ist Weltmeisterin im Organisieren. Sie weiß stets, wann welcher Online-Anbieter Rabatte vergibt, dass Aldi gerade Kinderskiwäsche im Sortiment hat und bei Vente-Privée Lacoste-Shirts für Drei- bis Vierjährige im Angebot sind. Ich muss nur den Satz fallen lassen: »Sofie braucht neue Winterschuhe«, schon spult Carola herunter, wo es die besten und billigsten gibt. Oft sagt sie aber auch nur: »Da bist du aber ein bisschen spät dran. Die sind schon fast alle ausverkauft.«

Diesmal wollte ich alles richtig machen. Zur Urlaubszeit haben wir unser Auto hochgerüstet. Zur Ausstattung gehört der Janosch-Sonnenschutz mit Saugnäpfen fürs Fenster, ein SleepFix-Schlafkissen mit Smileys aus Frottee, eine Autositzschutzunterlage, damit es keine Flecken gibt, und ein Beintablett mit Seitentaschen für Stifte, damit meine Tochter malen kann. Das ganze Equipment inklusive Isofix-Kindersitz hat uns alles in allem zwar an die 500 Euro gekostet, aber das ist uns eine harmonische Autofahrt wert.

Aber selbst die beste Ausstattung scheitert an den Personen, die damit umgehen. Konkret: an Sofie.

Ich brodele innerlich, lenke aber meine Wut in andere Bahnen, weil ich weiß, dass ich sonst sinnlos rumschreien würde. Konkret: in Rainers Umlaufbahn.

»Oh, was quatscht denn Papa da wieder? Wir müssen weiter«, nörgele ich, während ich versuche, unterm Sitz ein festgeklebtes Kaugummi abzukratzen. Als ich auf dem Beifahrersitz die CDs sortiere, taucht Rainer endlich auf. Ich schlucke zweimal, um meinen Ärger zu unterdrücken. Aber er kann wohl an meinem Blick erkennen, was Sache ist. »Ich hatte etwas Wichtiges zu besprechen«, sagt er. Und: »Erzähl ich dir später.«

Zu besprechen? Was denn? Die Zunahme des Verkehrsaufkommens auf deutschen Autobahnen seit 2001? Oder die neueste Unfall-Statistik?

Ich schnappe nach Luft und schweige, während Rainer den Wagen startet. Sofie kräht: »Darf ich eine DVD sehen?«

»Nein, wir machen jetzt mal Pause vom Fernsehen«, sage ich knapp.

»Och bitte.«

»Nein.«

»Dann eine *Conni*-CD.«

Na gut, wenigstens denkt sie dann nicht an Bärli. Ich lege *Conni fährt in die Berge* ein. Rainer stöhnt. »Nee, bitte nicht. Ausgerechnet die Berge.« Auf Rainers Trauma kann ich leider keine Rücksicht nehmen, schließlich gilt es, ein fünf Jahre altes Mädchen mit dem Willen eines zehn Jahre alten Elefanten bei Laune zu halten, und *Conni fährt an die Nordsee* gab es nun mal nicht. Ich versuche beim Conni-Lied wegzuhören, was mir nicht gelingt. »Conni, die ist immer gut drauf. Conni, die mit der Schleife im Haar«, höre ich die Mädchenstimme, die mich seit zwei Jahren beinahe täglich begleitet. Ich kann mittlerweile verstehen, warum Vanessas Mann seinen Audi A6 zur Conni-freien Zone erklärt hat. Obwohl ich das damals, als Vanessa es mir erzählte, ziemlich egoistisch fand.

Eigentlich wären wir jetzt schon fast an der Nordsee. Der Stau hat uns aber zurückgeworfen. Ich werde unruhig, denn es ist schon später Nachmittag und ich würde ungerne erst am Abend ankommen. Und als hätte er meine Gedanken erraten, fragt Rainer unvermittelt: »Haben wir eigentlich den Schlüssel vom Haus?«

»Nein, den müssen wir bei einem Verwalter holen«, entgegne ich.

Ein Herr Janssen hat den Schlüssel. Eigentlich sollten wir ihn bis 18 Uhr abholen. Ich schaue auf die Uhr: Schon zehn vor fünf!

Wenigstens ist jetzt der Stau vorbei, vor einer Viertelstunde haben wir die Unfallstelle passiert. Ein Campingbus war in einen Wohnwagen gefahren, der quer zur Fahrspur stand. An der Leitplanke hatten sich die Insassen aufgereiht und warteten offenbar auf die Polizei. Das Ende einer Urlaubsfahrt! Sie hatten mein aufrichtiges Mitgefühl.

Gemeinerweise stieg seitdem meine Laune. Wir haben nur den Verlust eines Stofftiers und eine zugemüllte Rückbank zu beklagen. Das ist doch gar nichts! Voller Enthusiasmus frage ich: »Auf was freut ihr euch am meisten?«

»Leise! Ich will Conni hören«, sagt Sofie leicht genervt.

Ich blicke zu Rainer. Er spult herunter: »Das Meer, die Luft, das Bier und Ausschlafen.«

Ich weiß, dass er Meer und Luft seiner Liste nur vorangesetzt hat, damit ich mich nicht wieder darüber aufrege, wie wenig naturverbunden er ist und eine Session am PC einem Ausflug in den Taunus vorzieht (»Muss nur mal schnell was programmieren«). Das Stichwort »Fernsehen« hat er weggelassen, auch wenn ich sicher bin, dass er sich darauf freut, donnerstagabends *Alarm für Cobra 11* zu schauen, während ich den Abwasch mache. Warum sollte es im Urlaub anders sein als zu Hause?

Ich blicke auf die Uhr, sollte ich Herrn Janssen anrufen? Ich entscheide, noch mal abzuwarten, und schaue aus dem Fenster, während ich mir anhöre, wie die gut gelaunte Conni beim Wandern ein putziges Murmeltier entdeckt hat.

17.30 Uhr: Sofie ist eingeschlafen. Ich merke es daran, dass die CD zu Ende und kein »Noch eine!« von hinten zu hören ist.

»Jetzt können wir reden«, sagt Rainer in gedämpftem Tonfall. Ich schaue ihn fragend an.

»Na ja, Sofie schläft«, erklärt er, »und dann kann ich dir von meinem Plan erzählen.« Er nestelt an seiner linken Hosentasche herum und zieht plötzlich einen freundlichen, kleinen weißen Bären heraus, der einen gelben Overall mit Schraubschlüssel und eine gleichfarbige Mütze trägt, auf der ADAC steht.

»Was ist das?«, frage ich.

»Na, ein Bär. Kapierst du nicht? Die Verwandtschaft …«

»Hä?«

»Mann, Anke. Bärlis Cousin!«

»Was? Das sollen wir als Bärli-Cousin verkaufen?«

»Ja, den hat mir vorhin der freundliche ADAC-Mann geschenkt, als ich ihm die Geschichte von Bärli erzählt habe.«

Irgendwie ist es ja rührend, dass Rainer einen Automechaniker mit unserer Geschichte behelligt. Ich nehme den kleinen Bären in die Hand, drehe und wende ihn, aber er hat einfach überhaupt keine Ähnlichkeit mit Bärli. Zumal Bärli ja kein Bär, sondern ein Hase ist. Rainer schaut enttäuscht, vermutlich weil ich seinen durchaus kreativen Einsatz für das Wohl seines Kindes nicht ausreichend honoriere.

»Wo willst du denn sonst jetzt einen Bären herkriegen, der morgen früh am Strand auftaucht?«, sagt er vorwurfsvoll.

»Okay«, lenke ich ein, »dann müssen wir uns eine Geschichte dazu ausdenken. Das wird nicht leicht.«

Ich erinnere mich daran, wie Lara, die Tochter von Carola, mal mit vier Jahren ihr Schmusetier verloren hat, einen grellgrünen Frotteefrosch. Lara hat kein Auge mehr zugetan. Carola war so verzweifelt, dass sie im Park Zettel an die Bäume hängte, auf denen ein Foto des kleinen Froschs zu sehen war. »Wer hat Froschi gesehen?« stand darüber. Finderlohn: »ein dankbares Lächeln von Lara«. Natürlich meldete sich angesichts des kargen Finderlohns niemand. Daraufhin irrte Carola in der Stadt herum auf der Suche nach einem ähnlichen Modell. Schließlich fand sie einen Frosch mit Filzkrone. Lara erzählte sie eine abenteuerliche Geschichte, dass der kleine Schmusefrosch verzaubert worden und nun ein kleiner Märchenfrosch sei, aus dem eines Tages ein hübscher Prinz werde.

Meiner Einschätzung nach ein gefährliches Unterfangen: Was, wenn Lara in fünfzehn Jahren noch mal darauf zurückkommen und ihre Mutter zur Rede stellen wird, weil der Frotteefrosch ein Frotteefrosch geblieben ist?

Ich versuche dennoch optimistisch zu sein und sage aufmunternd zu Rainer: »Das kriegen wir schon irgendwie hin.«

Immerhin: Der Verkehr läuft. Ich betrachte die Landschaft, die immer flacher geworden ist. Beim Anblick grasender Kühe auf der frischen grünen Wiese wird es mir warm ums Herz. Dort hinter dem Horizont liegt das Meer und vor uns ein wunderbarer Urlaub. Ich bin sogar überhaupt nicht genervt, als Sofie aufwacht und gleich nach Schokolade verlangt. Na und, ist doch Urlaub! Ich reiche ihr einen Riegel, den ich sorgsam in einer gestreiften kleinen Kühltasche aufbewahrt habe, die so wahnsinnig praktisch ist, weil sie in den Fußraum des Beifahrersitzes passt.

Dann hole ich eine Box mit Karten hervor, *Die 50 besten Reisespiele*. Wir fangen an mit *Ich packe meinen Koffer*, Rainer steigt nach fünf Gegenständen aus, ich schaffe acht und Sofie gewinnt. Ich drehe mich nach hinten und spiele *Schnick-Schnack-Schnuck* mit ihr. Dann noch Tiere raten. Zum Schluss singen wir lauthals »Auf der Mauer, auf der Lauer«. Wir lachen viel.

Als wir die Ausfahrt in Richtung Küste nehmen, ist es schon 18.30 Uhr und mir fällt siedend heiß ein, dass ich Herrn Janssen noch anrufen wollte, um zu sagen, dass wir später kommen.

6. »Wir sind so gut wie da!«

Sofie: »Mama, ich will aussteigen!«

Ich: »Das geht jetzt nicht!«

Seit wir die Autobahnabfahrt genommen haben, läuft es nicht mehr rund. Am weiten Himmel rasen die Wolken vorüber. Und auch die Landschaft zieht an uns vorbei. Es ist merkwürdig, aber die Gleichförmigkeit des Fahrens auf der Autobahn, das monotone Grau des Asphalts geben dem Familienreisechaos noch einen gewissen Rahmen. Vielleicht wirken auch die Leitplanken rechts und links der Fahrbahn sedierend auf Kinder. Aber sobald die Bilder außerhalb der Windschutzscheiben variieren, die Landschaft also an Abwechslung gewinnt, die Stimmung also steigen müsste, fangen Kinder erst richtig an zu nerven.

Aus dem Mund von Sofie brabbelt ein Jammerbrei, dem nur einzelne Wortfetzen zu entnehmen sind: »will aussteigen«, »sind da-aa?«, »keine Lust« und immer wieder »Mama, Maama«. Sie lässt sich nicht mehr mit Durchhalteparolen abspeisen. Als ich es noch mal im ruhigen Tonfall mit »Wir sind bald da« versuche, trommelt sie mit den Füßen gegen den Vordersitz.

»Du spinnst ja wohl«, sage ich aufgebracht und blicke Hilfe suchend zu Rainer, der den Blick geradeaus haltend »Lass das, Sofie« ruft.

Ich kann sie ja verstehen. Die letzte Etappe ist für alle anstrengend. Das war schon in meiner Kindheit so. Spätestens nach sechs Stunden Autofahrt fühlten wir uns wie Hühner in

Käfighaltung. Man hatte zu nichts mehr Lust, wollte keine Lieder singen, keine doofen Autospiele machen.

Aus lauter Langeweile fingen meine Schwester und ich an zu streiten. Darüber, dass eine das Fenster zu weit aufgemacht hat. Oder von der anderen die Stifte über die Frontlinie an der Mittelkonsole rübergerollt sind oder die »dumme Kuh« alle roten Gummibärchen aufgefuttert hat und jetzt nur noch grüne und gelbe in der Tüte waren. Wir stritten uns immer so lange, bis mein Vater im »Letzte-Etappe-Stress« – zu dem meistens auch gehörte, dass man sich kurz vor Erreichen des Urlaubsziels noch mal ordentlich verfuhr – vorne ausrastete und wahllos mit seinem rechten Arm nach hinten schlug. Wir fingen an zu heulen – und waren plötzlich wieder Verbündete: »Blöder Papi«, flüsterten wir uns zu und hielten uns an den Händen.

Sofie hat keine Geschwister und nur uns als Sparringspartner, um ihren Frust rauszulassen. Ich verstehe also ihr Gejammer. Ertragen kann ich es dennoch nicht. Ich reiche ihr angebräunte Apfelschnitze aus der Tupperbox nach hinten, die – »bääh!« – umgehend unter dem Autositz landen. Wahrscheinlich finden wir sie erst in einem halben Jahr wieder und wundern uns bis dahin, warum unser Van einen vergorenen Geruch angenommen hat.

Ich krame weiter in meiner Ikea-Wundertüte, deren Inhalt merklich geschrumpft ist. Nicht nur wegen Sofie, muss ich zugeben. Rainer verlangt eigentlich alle zehn Minuten nach einem Keks, einem Salamibrötchen oder Schokolade. Wie oft ich selbst schon genascht habe, kann ich nicht sagen. Ich habe es verdrängt!

Seit etwa sechs Wochen arbeite ich an einer Bikinifigur,

wobei ich meine Ziele nicht besonders hoch gesteckt und von vornherein ausgeschlossen habe, jemals wie das Titelmodel der *Sports Illustrated* auszusehen. Meine Freundin Carola hatte mir die Diät *Schlank im Schlaf* empfohlen. Das hieß vor allem: abends keine Kohlenhydrate. Die Hollywoodstars machen das angeblich auch so. Carola hat damit fünf Kilo abgenommen. Bei mir waren es vielleicht 400 Gramm. Gut möglich, dass das Projekt an den kurzen Unterbrechungen litt: zwei Stückchen Schokolade am Nachmittag, einem Schokosahnepudding vor dem Zubettgehen oder dem einen Gläschen Wein zu Weißbrot und Käse. Zu blöd, dass ich mir auch noch einen neuen türkisfarbenen Bikini mit Goldapplikationen im Online-Versand bestellt hatte.

In den Tiefen der Ikea-Tasche finde ich Bio-Apfelringe und reiche sie nach hinten. »Ich will was Süßes!«, kräht Sofie. Was soll's. Ich werfe meine Not-Ration Bonbons nach hinten und verspreche ein Eis, sobald wir da sind.

Innerlich denke ich aufgebracht: Als wir damals in die Ferien gefahren sind, ja, da gab es noch keine Klimaanlage, meine Liebe, keine CDs, DVDs, Nintendo oder iPads.

Aber ich stelle nur schweigend die CD von *Conni feiert Weihnachten* an. Draußen scheint zwar die Sonne, aber es ist Sofies absolute Lieblings-CD, die sie seit Weihnachten fast täglich hört. Die aufgesetzte Fröhlichkeit von Connis Mama erinnert mich allerdings leider sofort daran, dass mein Flugbegleiterlächeln schon nach einem halben Tag Urlaub erstarrt ist. Wenigstens schafft es das Happy Life von Familie Klawitter, Sofies Jammern zu unterbrechen.

Ich schaue aus dem Fenster und seufze. Wir passieren gerade einen idyllischen Bauernhof aus rotem Klinker. Im Vorgarten blüht üppig der Mohn.

Unter anderen Umständen hätte dieses platte Land ein wohliges Gefühl in mir erzeugt und mich an die Gedichte von Theodor Storm denken lassen, die ich in der Schule auswendig lernen musste.

Oder zumindest an Wayne Carpendale, der im ZDF als *Landarzt* die norddeutsche Tiefebene heilt. Das würde ich natürlich nie laut sagen. Rainer nervt es immer, wenn ich im Fernsehen so seichtes Zeug sehe. Manchmal schaue ich auch mit Sofie den Kinderkanal und ertappe mich dabei, wie ich bei der *Kleinen Prinzessin* kichere, wenn der Admiral mit seinem Schiffchen im Schlossteich kentert. Die Comicserie für Kinder ab drei hat alles, was ich brauche, um abzuschalten: eine einfache Dramaturgie, eine überschaubare Darstellerkonstellation – und am Ende wird alles wieder gut.

Ich schließe die Augen und lehne meinen Kopf gegen die Nackenstütze. Meine Schläfen spannen. Gut möglich, dass ich jetzt auch noch eine Migräne bekomme. Na ja, dann gehe ich eben zu einem Landarzt. Ich stelle mir das sanfte Lächeln von Wayne Carpendale vor, wie er mir die Hand auf die Schulter legt und flüstert: »Das kriegen wir wieder hin, Frau Schipp.« Und mit diesem Gedanken nicke ich ein.

»Nach zweihundert Metern halten Sie sich rechts. Sie haben Ihr Ziel erreicht. Sie haben Ihr Ziel erreicht. Sie haben …«

Rainer zieht den Stecker des Navigationsgeräts aus dem Zigarettenanzünder.

»Endlich, wir sind da«, sagt er und atmet tief durch. Er hat

Rückenschmerzen. Das sehe ich, ohne dass er es sagen muss, denn er sitzt leicht schief auf dem Fahrersitz. Vermutlich redet er nicht gerne darüber, weil sich das Gefühl »Being Tom Cruise« nicht mit schmerzenden Lendenwirbeln verträgt.

Sofie ist in eine Art Wachkoma gefallen und scheint gar nicht gemerkt zu haben, dass A: die Conni-CD fertig ist, B: sie fünfzehn Minuten lang vergessen hat, zu fragen, wann wir endlich da sind, und C: wir endlich da sind. Sie starrt stumm aus dem Fenster.

Es ist mittlerweile 19.30 Uhr. Unser Ferienort ist auf den ersten Blick überschaubar: Bisher haben wir eine Tankstelle an der Ortseinfahrt, einen Bäcker und einen Souvenirladen gesehen. Die Hauptstraße scheint so etwas wie der Ortskern zu sein, an der entlang zahllose Ferienhäuser angesiedelt sind. Unseres steht in einer kleinen Seitenstraße und ist ein funktionaler Klinkerbau mit Sprossenfenstern aus Plastik.

»Ich muss nur schnell die Schlüssel besorgen«, sage ich zu Rainer.

Als ich die Beifahrertür öffne, werde ich vom Wind fast wieder in den Sitz gedrückt. »S-teife Briese«, rufe ich lachend mit norddeutscher Betonung. Na ja, wir haben eben nicht an der Côte d'Azur gebucht.

Wir wohnen in Haus 9. Direkt gegenüber ist Haus 8. Dort wohnt Herr Janssen, unser Vermieter. Ich klingele und warte. Niemand öffnet. In mir steigt Panik auf. Gut, wir hatten ausgemacht, dass ich bis 18 Uhr den Schlüssel abhole, aber Herr Janssen wird ja wohl nicht eine Familie mit kleinem Kind im Auto übernachten lassen? Ich klingele nochmals. Vergeblich.

Vielleicht hätte ich doch noch mal anrufen sollen. Aber ehrlich gesagt wusste ich auch nicht mehr, wo ich die Nummer von Herrn Janssen hingesteckt hatte. Ich traue mich nicht zurück zum Auto, Rainers Kommentare will ich jetzt nicht hören.

Also klingele ich nebenan bei Haus Nummer 6. Hinter den Fenstern hängen weiße Gardinen mit kleinen blauen Ankern. Über der Klingel, an der *Drechsler* steht, zwinkert ein dicker Kapitän aus Keramik. Nach einer kleinen Ewigkeit öffnet eine ältere Dame in einem pastellgelben T-Shirt, auf dem ein Pfau appliziert ist. Sie schaut mich nur fragend an. Es riecht nach Bratfett.

»Entschuldigen Sie bitte, äh, die späte Störung«, stammele ich verlegen. »Ich suche Herrn Janssen. Wissen Sie vielleicht, wo er ist? Er hat den Schlüssel für unser Ferienhaus.«

»Frrreilich«, antwortet die Frau. Ich schaue etwas irritiert. Ich hatte mich auf norddeutschen Dialekt eingestellt, aber dass eine waschechte Fränkin vor mir steht, überrascht mich.

»Der Frrritz isch wie immer abends im *Wattwurrrm*, dees is a Kneipe, glei' an deä Hauptschdrass.«

Das »R« im »Wurrrm« rollt sie besonders stark.

»Danke, das ist nett«, sage ich und laufe zum Auto zurück. Da fällt mir ein, dass ich vergessen hatte zu fragen, wie Herr Janssen aussieht.

Rainer murrt natürlich, weil die Schlüsselübergabe nicht einwandfrei funktioniert.

»Ich warte hier mit Sofie!«, sagt er vorwurfsvoll und setzt sich wieder ins Auto. Also tappe ich in Richtung Hauptstraße und gehe versuchsweise links, vielleicht ist da ja gleich der

Wattwurm. Ich komme an einer Bäckerei, einem Souvenirladen, einem Imbiss und einem Teegeschäft vorbei. Aber kein *Wattwurm*. Nach zehn Minuten erreiche ich das Ende des Ortes. Die Kneipe muss also in der anderen Richtung sein. Ich laufe einigermaßen genervt zurück und sehe am Ende der Straße den Deich, auf dem ein paar Schafe grasen.

Der Himmel hat sich verdüstert. Ich bin mir nicht sicher, ob es schon die Dämmerung ist oder einfach nur schlechtes Wetter, das sich ankündigt. Ich erreiche eine hell erleuchtete Eckkneipe: *Zum Wattwurm*. Endlich!

Als ich die Türe öffne, überlege ich noch, woran ich Herrn Janssen eigentlich erkennen soll. Doch das ist gar nicht nötig, denn nur zwei Tische sind besetzt, jeweils mit Pärchen um die 30. Herr Janssen, da bin ich mir sicher, muss mindestens 50 sein und so aussehen wie das Exemplar, das alleine an der Theke steht: grauer Vollbart, runder Bauch und eine dicke rote Knollennase. Er erinnert mich an den Keramik-Kapitän an der Tür der fränkischen Hausfrau.

»Herr Janssen?«, frage ich in seine Richtung.

»Jo! Dat bin ich«, sagt Herr Jansen im Tonfall von Käpt'n Blaubär. (Den kenne ich aus der *Sendung mit der Maus*, die ich manchmal sonntags mit Sofie sehe. Rainer nennt das die Infantilisierung einer Akademikerin, ich nenne es: Abschalten vom Alltagsstress.)

Ich stammele einen Schwall von Entschuldigungen.

»Is' ja gut«, sagt Herr Jansen und reicht mir einen Schlüssel mit einem kleinen Seehund als Anhänger. Ich warte auf weitere Anweisungen. Doch Käpt'n Blaubär hatte offenbar nicht vor, viele Worte zu verlieren. »S-teht alles im Ordner in der Küche. Was wo ist.«

Dann dreht er sich wieder zur Theke und nippt an seinem Bier. »Tausend Dank, wir finden uns jetzt sicher problemlos zurecht«, entgegne ich. Die leichte Ironie scheint er nicht bemerkt zu haben, jedenfalls widmet er sich ungerührt seinem Bier.

Fröhlich laufe ich zum Ferienhaus zurück und winke Rainer von Weitem mit dem Schlüssel. Als er aus dem Auto aussteigt, höre ich das Röhren einer E-Gitarre. Oh nein! Rainer hat *Conni* gegen AC/DC ausgetauscht. Ich will mir gar nicht vorstellen, wie sich das auf Sofies Stimmung auswirkt. Aber als ich ihre Türe hinten öffne, wackelt sie gerade fröhlich mit dem Kopf hin und her.

Das ist ja das Gemeine: Väter machen sich mindestens 80 Prozent weniger Gedanken um das Wohlergehen ihrer Kinder. Und wenn sie auf dem Feld der Pädagogik, Hygiene oder Kulinarik alles falsch machen, was man falsch machen kann, finden die Kinder das auch noch toll.

»Lass uns erst mal reingehen, bevor wir auspacken«, schlägt Rainer vor. Es dauert etwas, bis ich den richtigen der drei Schlüssel finde. Die Tür knarzt. Wir stehen in einem kargen Flur mit drei Plastikhaken, die wohl die Garderobe darstellen sollen. Geradeaus führt eine Tür ins Wohnzimmer. Rainer streicht rechts an der Wand entlang, auf der Suche nach einem Lichtschalter.

Wir erschrecken alle drei, als es plötzlich taghell wird im Zimmer. Unter der Decke ziehen sich zwei Reihen Neonröhren entlang. Links an der Wand steht ein Sofa mit moosgrünem Cordbezug, gegenüber ein Tisch mit karierter Wachstuchdecke. Rechts von der Tür befindet sich eine Küchenzeile in der Farbe Schlamm. Der einzige Schmuck an der Wand ist ein Setzkasten, in dem angestaubte Porzellantiere stehen.

»Da lässt sich was draus machen!«, sage ich aufmunternd, obwohl ich einigermaßen entsetzt bin. Aber schließlich betrachte ich es als meine Pflicht, die Moral der Truppe aufrechtzuerhalten. Nur schade, dass ich keine Schokolade mehr habe, die eigentlich genau für solche Fälle wie jetzt gedacht war: zur Erzeugung kurzfristiger Glücksgefühle.

Sofie scheint so müde zu sein, dass sie gar nicht viele Worte über die trostlose Unterkunft verliert. Vermutlich ist es Kindern ohnehin nicht so wichtig, in welcher Farbe die Wohnzimmergarnitur gehalten ist. Als sie den Fernseher entdeckt, ruft sie fröhlich aus: »Super, dann kann ich ja abends *Bibi Blocksberg* sehen!«

Rainer schweigt und verkneift sich offenbar, mir wie schon so oft vorzuwerfen: »Was hast du denn da ausgesucht?« Das wäre unfair. Erstens, weil er die Unterkunft im Internet auch gesehen hat. Er sich zweitens um nichts kümmert. Und er drittens nicht so viel Geld wie Vanessas Mann verdient. Sonst würden wir ja jetzt nicht in einem trostlosen Ferienhaus stehen, sondern mit einem Glas Aperol Spritz in der Hand die Abendshow im Club Med verfolgen.

Und so lässt er erst Luft ab, als wir die Koffer aus dem Auto räumen: »Das ist ja mal wieder viel zu viel Gepäck. Wahnsinn! Was hast du denn wieder alles mitgenommen?«

Er ist ein »Freund des kleinen Gepäcks«, wie er immer stolz sagt, weil er nie mehr mitnimmt als einen Trolley, der im Flugzeug noch als Handgepäck durchgeht. Allerdings ist er dann auch stets der Erste, der feststellt, dass er keine Badehose dabei hat. Der seine Taucherbrille vermisst. Oder nach vier Tagen sagt: »Uuups, ich habe gar keine Unterhose mehr. Anke, hast du noch eine eingepackt?«

Deshalb gehe ich auf seine Vorwürfe gar nicht mehr ein, obwohl ich genügend Gegenargumente parat habe: »Für Kinder muss man eben mehr mitnehmen«, »das Auto ist doch groß genug.« Oder: »Dann muss ich nicht so viel waschen.«

Schweigend und friedlich verstauen wir also unsere Sachen im Obergeschoss, das aus zwei kleinen Zimmern und einem Badezimmer besteht, die funktional eingerichtet sind: Bett, Nachttische, zwei Schränke. Ich lege Zeitschriften und Bücher aus und dekoriere ein bisschen um. Für morgen nehme ich mir vor, Kerzen zu besorgen, damit es abends ein bisschen gemütlich wird. Wir legen uns ins Bett und teilen uns die letzten Salamibrötchen, Krümel hin oder her.

Sofie schläft natürlich bei uns, »hab doch kein Bärli!« Wir kuscheln uns ganz eng aneinander. Und kurz bevor ich einschlafe, denke ich noch: Pfeif auf das Ferienhaus! Hauptsache, wir haben uns!

7. Bobo versagt

Keine Ahnung, woran es genau lag. Aber das Treffen mit Bärlis Verwandtschaft war ein ziemlicher Flop. Rainer, der den Coup mit freundlicher Unterstützung des *Allgemeinen Deutschen Automobil-Clubs* eingefädelt hatte, war schon um 6 Uhr aufgestanden, um einen Schlachtplan zu entwerfen. Er ging den Deich zwei Straßen hinter unserem Ferienhaus ab und suchte nach einer geeigneten Stelle für das Treffen. Er glaubte es in Form eines Stegs, der ins Wasser ragte, gefunden zu haben. Dort platzierte er den goldgelben ADAC-Bären. Sicherheitshalber war er vorher noch zur Tankstelle am Ortseingang gelaufen, um Schokolade und Gummibärchen zu besorgen: Sie sollten das Treffen »versüßen«.

Wir beeilten uns mit dem Frühstück. Sofie war ganz aufgeregt. Sie spekulierte darüber, wie Bärlis Cousin wohl aussehen würde. Hatte er auch so lange Ohren? Und eine rote Schnauze?

»Mama, wie alt ist denn Bärlis Cousin?«

Ich kam mir schlecht vor. Was für eine miese Lügengeschichte.

»Hm, ich schätze, dass er etwas älter ist als Bärli. Ich glaube, er arbeitet schon.«

»Was denn?«

»Das müssen wir ihn dann mal fragen. Magst du noch eine Scheibe Brot?«

Sofie wollte keine. Sie wollte Bobo treffen, Bärlis Cousin. Rainer hatte sich diesen Namen ausgedacht, inspiriert von *Bobo Siebenschläfer*. Das war Sofies Lieblingslektüre gewesen, als sie zwei Jahre alt war. Ich weiß nicht, was schlimmer ist: eine Stunde lang eine *Conni*-CD zu hören oder eine Bildergeschichte von Bobo Siebenschläfer zu lesen. Die Geschichten um das putzige Tierchen sind natürlich wahnsinnig kindgerecht, aber leider auch so sterbenslangweilig, dass ich beim Vorlesen fast immer eingeschlafen bin: »Bobo ist jetzt müde. Bobo will schlafen. Mama liest Bobo etwas vor. Bobo ist jetzt eingeschlafen. Mama macht das Licht aus.«

Eine Zeit lang haben Rainer und ich uns in Bobo-Sprech unterhalten und uns kaputt gelacht: »Rainer will heute nicht aufstehen. Rainer hat jetzt Hunger. Rainer ist müde.«

Heute geht so was natürlich nicht mehr. Wenn wir uns beispielsweise über Conni Klawitter lustig machen würden, finge Sofie wahrscheinlich sofort an zu heulen. Sarkastisch veranlagte Menschen müssen als Eltern äußerst vorsichtig sein, wenn sie nicht als Terminator dastehen wollen, der süße Kinderträume zerstört.

Immerhin sah unser ADAC-Werbebärchen mit seinem gelben Overall tatsächlich ein bisschen aus wie Bobo Siebenschläfer. Ich glaubte, dass das die Sache vereinfachen könnte.

Um 9 Uhr liefen wir los. Rainer tat so, als hätte Bobo ihm gesagt, wo wir ihn treffen sollen. Ich war tatsächlich ein bisschen aufgeregt. Die erste Enttäuschung kam aber schon, als wir den schmalen Weg hoch zum Deich gingen. Wir keuchten, als wir oben auf der Kuppe standen. Aber wo war das Meer? Vor uns nichts als eine dunkelgraue Schlammmasse, die sich bis zum Horizont zog.

Natürlich wussten wir, dass wir an der Nordsee sind und dass es dort Watt gibt. Aber dass man bei Niedrigwasser überhaupt nichts vom Meer sieht, außer ein paar einsamen Pfützen, das war uns nicht klar.

»Und wo soll ich schwimmen?«, fragte Sofie und setzte ihr Motzgesicht auf. »Das klären wir später«, sagte Rainer ungeduldig. Ich merkte, dass er seine Bobo/Bärli-Geschichte durchziehen wollte. Schließlich ist er IT-Spezialist und hat es gerne, wenn alles, was er programmiert hat, auch zügig ausgeführt wird. Von Weitem sah ich den Steg, an dessen Ende etwas Gelbes leuchtete. Immerhin ein Lichtblick im grauen Schlick. Wir fädelten es so ein, dass Sofie diejenige war, die den »Cousin« entdeckte: »Da hinten, da ist was!« Sie rannte aufgeregt den Steg entlang und hob Bobo hoch. An ihrem Blick erkannte ich sofort, dass sie dem ADAC-Bären nichts abgewinnen konnte.

»Sehen sich ja gar nicht ähnlich«, war ihr Kommentar, bevor sie die Gummibärchen-Tüte aufriss. Auch meine Erklärungen halfen nichts: Dass Sofie ja schließlich ihrer Cousine auch nicht ähnlich sehe. Dass Bobo ein lieber kleiner Kerl sei und dass er mit nach Frankfurt fahren wollte, um Bärli kennenzulernen.

»Und was arbeitet der Bobo?«, fragte Sofie. Als ich das Wort »Kfz-Mechaniker« ausgesprochen hatte, wurde mir klar, wo der Fehler lag: Was soll ein Mädchen mit einem Bären anfangen, der Autos repariert? Balletttänzerin, Tierärztin, Friseuse, Bäckereifachverkäuferin – alles wäre besser gewesen als ein Kfz-Mechaniker. Bobo taugte nicht zum Bärli-Ersatz, das war die bittere Wahrheit.

Mir graute vor den dreizehn Abenden, die vor uns lagen.

Jetzt ist es schon fast Mittag und ich trete in die Pedalen eines klapprigen Damenrads. Nach dem Bobo-Bärli-Desaster hatten wir uns Räder geliehen, um am Deich entlang zum nächsten Ort zu fahren. Laut unserer Mappe im Ferienhaus soll es dort einen kleinen pittoresken Hafen geben. Zum Glück hat sich die Stimmung merklich gebessert, auch wenn am Himmel asphaltgraue Wolken aufziehen.

Sofie singt vor sich hin und hat Bobo gnädigerweise auf ihren Gepäckträger geklemmt. Rainer scheint auch ganz zufrieden. Er trägt sein T-Shirt von der AC/DC-Tour 2000 und natürlich seine Ray Ban, obwohl die Sonne sich die meiste Zeit hinter den Wolken versteckt.

Meine Fahrradkette knarzt die ganze Zeit und meine Haare wehen mir ins Gesicht. Ich hätte mir einen Zopf binden sollen. Aber als Nordsee-Greenhorn muss ich eben noch dazulernen. Wenigstens hatte ich noch dran gedacht, uns allen die Windjacken anzuziehen, denn der Wind bläst uns ziemlich um die Ohren.

Wir fahren an grasenden Schafen vorbei. Sofie hält an, als sie ein Lämmchen entdeckt. »Wie süß, das Kleine«, murmelt Sofie. Sie scheint sich wieder gefangen zu haben. Ich atme auf.

Der Hafen ist ziemlich klein, aber idyllisch. Es liegen eine Handvoll Krabbenkutter am Kai und ein altes Segelschiff aus Holz. Rainer erklärt Sofie, für was welches Segel genutzt wird. Er fachsimpelt über den Unterschied von Schrat- und Rahsegeln. Donnerwetter! Woher weiß Rainer das? Schließlich ist er im Spessart aufgewachsen und verbrachte den Urlaub immer in den Bergen.

»Als Kind habe ich immer Windjammer gebastelt«, erklärt er kurz, als er mein ungläubiges Gesicht entdeckt. »Wahrscheinlich, weil ich gehofft habe, dass wir irgendwann mal ans Meer fahren. Die müssen alle noch im Keller bei meinen Eltern liegen.« Interessant, man weiß eben auch nach zwölf Jahren immer noch nicht alles vom Mann an seiner Seite.

Sofie hört seinen Ausführungen gespannt zu. Ich schleiche mich derweil in den kleinen Souvenirladen gegenüber der Kaimauer.

»Moin«, begrüßt mich eine Frau hinter dem Tresen. Ich kaufe ein Buddelschiff, als »Betthupferl«, falls es heute Abend schwierig wird.

»Wetter könnte man besser sein«, sagt die Frau beim Bezahlen.

»Aber die Luft ist ja trotzdem sehr erholsam«, sage ich brav und frage bei der Gelegenheit: »Wissen Sie eigentlich, wo man mit Kindern am besten schwimmen kann?«

»Jo, da gibt es die *Watt-Lagune*, das ist wie ein Strand«, antwortet sie und spricht das »S-t« norddeutsch korrekt aus. Ich danke und verabschiede mich.

Wunderbar, unser Programm für morgen: die *Watt-Lagune*.

Als ich aus dem Laden rauskomme, hockt Sofie mit Motzgesicht auf einem dicken Schiffstau und Rainer scrollt an seinem Smartphone herum. Meine Güte, kaum lässt man die Familie mal alleine, läuft schon was schief. »Was'n los?«, frage ich betont locker.

»Sofie will ein Eis, aber ich habe gesagt, erst nach dem Mittagessen.«

Ich bin erstaunt. Hat Rainer heimlich doch *Jedes Kind kann Regeln lernen* gelesen? Normalerweise gibt er immer nach, wenn Sofiechen was möchte – und ich bin dann die Spaßbremse, die wieder mal was nicht erlaubt.

»Da hat Papa recht«, sage ich. »Eis gibt's erst am Nachmittag.«

»Ihr seid gemein«, sagt unser Engel und stampft noch mal auf den Boden.

Ach herrlich, so ein entspannter Urlaubstag!

Die Rückfahrt ist schon deutlich beschwerlicher. Ich weiß nicht, ob es am Hunger liegt oder daran, dass der Wind jetzt noch stärker bläst.

»Wann sind wir da-a?«, ruft Sofie, die neben Rainer fährt.

Ich reagiere allergisch auf diesen Satz und lasse mich zurückfallen. Im Windgetöse kann ich Rainers Antwort nicht hören.

Wir halten an einem Restaurant mit Terrasse, das direkt am Watt liegt. Sofie hatte schon mehrmals den Satz fallen lassen, der auf Platz 3 der 10 nervigsten Kindersätze steht: »Ich hab Hunger!« Wenn er im nasalen Jammerton geboten wird, hat er sogar das Potenzial für Platz 2.

Wir überlegen kurz, ob wir draußen sitzen sollen. Es ist ziemlich windig und die meisten Gäste sitzen drinnen. Aber schließlich hatte ich mir vorgenommen, meine Familie an der Nordsee bei Wind und Wetter rauszuscheuchen, und belege einen Tisch ganz vorne auf der Terrasse. Wir bestellen zwei Fischbrötchen. Sofie möchte Pommes mit Ketchup und eine Fanta. Die stand bis vor Kurzem noch auf unserer »Das-ist-noch-nichts-für-dich«-Liste, schließlich besteht sie nur aus Zucker und künstlichem Aroma. Ein Graus für jede urbane Bio-Mama. Mittlerweile aber hat es die Fanta auf die Liste der Lebensmittel geschafft, die unter der Rubrik »na ja, ausnahmsweise« anzutreffen sind. Die tritt immer dann in Kraft, wenn Knie bluten, es draußen regnet oder Mama länger arbeiten muss. Komischerweise wird diese Liste ohne mein Zutun immer länger.

Also heute »okay, eine Fanta, aber nur ausnahmsweise! Weil Ferien sind!«

Die Leute am Nachbartisch trinken Kaffee und schauen uns merkwürdig an. Liegt es vielleicht daran, dass Sofie jetzt schon drei Mal gefragt hat: »Wann kommt meine Fanta endlich?« Nachdem die Bedienung mit den roten Backen sie gebracht hat, fährt Sofie fort: »Wann kommt endlich das Essen?«

»Sofieeee!«, ermahne ich sie. Da kommt endlich Rotbäckchen mit den Tellern. Die am Nachbartisch schauen sich vielsagend an. Na ja, ist jetzt schon ein bisschen unverschämt.

Als ich Sofie gerade den Ketchup aus der Verpackung quetsche, verdunkelt sich plötzlich der Tisch und ich spüre einen Luftzug. Eine Möwe kommt im Sturzflug zu unserem Tisch geflogen, schnappt sich eine Pommes Frites mit Ketchup und fliegt damit steil in den Himmel hinauf.

Sofie schreit auf. Rainer springt vom Stuhl. Ich fühle mich kurz wie Tippi Hedren in *Die Vögel*, halte meine Hände schützend über Sofies Kopf und rufe: »Oh Gott, das ist ja unglaublich!«

In Frankfurt habe ich schon erlebt, dass Spatzen vom Tisch im Park Brotreste klauen. Aber wenn das eine mindestens fünf Kilogramm schwere Möwe tut, ist das wohl lebensgefährlich. Als ich in Richtung des Restaurants blicke, sehe ich, wie die Gäste am Fenster lachen. Die Kellnerin kommt auf die Terrasse und lacht ebenfalls. Was soll denn das? Meine Familie ist gerade dem Tode entronnen und die Leute amüsieren sich.

»Nichts für ungut«, sagt die Kellnerin, als ich ansetze, mich über schlechte Manieren auszulassen. »Wir nennen das hier ›Möwen-Kino‹. Daran erkennt man, wer gerade neu angekommen ist. Alle anderen wissen, dass man hier nur drinnen essen kann. Die Viecher mögen besonders gern Pommes mit Ketchup.«

Ich lächele säuerlich. Rainer sagt, ich solle mich nicht so haben, es sei doch ganz lustig. Sofie ist total aufgeregt: »Das muss ich daheim unbedingt Lara erzählen!«

Rainer denkt laut darüber nach, ob es eine Mantel- oder Silbermöwe war, die uns gerade attackierte. Rainer, der Segler. Rainer, der Ornithologe. Mal sehen, als was er sich noch alles entpuppt. Mir ist jedenfalls der Appetit vergangen. »Zahlen!«, rufe ich.

»Soll ich Ihnen das Fischbrötchen einpacken?«, bietet Rotbacke an.

»Danke, nein«, sage ich knapp. Wir bezahlen schnell und radeln nach Hause. Der Wind ist noch stärker geworden. *Nordsee ist Mordsee.* Keine Ahnung, warum mir jetzt dieser Filmtitel einfällt.

Im Supermarkt besorgen wir noch schnell ein paar Sachen fürs Abendbrot. Ich packe Kerzen und mit Schiffchen bedruckte Servietten in den Einkaufswagen. Und Schokopudding für den Nachtisch, das war immer das Allheilmittel meiner Mutter, wenn es sonst nicht so gut lief, in der Schule oder anderswo. Rainer nimmt eine Flasche Rotwein für 5,99

Euro aus dem Regal. Immerhin, die Tetrapack-Zeiten sind vorbei!

Obwohl das Wetter nicht gerade dazu einlädt, machen wir es uns mit unseren Fleecejacken auf der Terrasse gemütlich. Ich stelle die Kerze in ein Glas, damit sie nicht im Wind ausgeht. Sofie knabbert an den Wiener Würstchen, nachdem sie schon eine ganze Packung Kartoffelsalat verdrückt hat. Die frische Luft macht offenbar hungrig.

Während Rainer eine Spur zu schwärmerisch davon erzählt, dass sein Kollege Markus, alleinstehend und ohne Kinder, zum Tauchen auf die Malediven geflogen ist, leere ich mein zweites Glas Rotwein. War ein schöner Tag! Na gut, das mit Bobo hätte besser laufen können, und unser Leben hing an einem seidenen Faden, wenn ich an die Hitchcock-Szene auf der Restaurantterrasse denke. Aber irgendwie schweißt das auch zusammen.

Ich nehme Sofie auf den Schoß und schnuppere an ihren seidigen Locken. Vermutlich bilde ich es mir nur ein, aber sie duften nach Salz. Sofie plappert vor sich hin. Ein Windstoß bläst fast die Kerze im Glas aus. Ich stopfe Salzstangen in mich rein und bin für einen Moment wunschlos glücklich. Bis Rainer mich in die Wirklichkeit zurückholt, indem er den hässlichen Satz sagt: »Wer bringt eigentlich Sofie ins Bett?«

8. »Jürgen, wo is dat Sonnenöl?«

Durch das Fenster sehe ich die Wolken vorbeiziehen. Ich atme tief durch und bilde mir ein, dass die salzhaltige Luft wie ein Geschirrspültab wirkt, der kraftvoll und schonend reinigt. Als Kind hat mich der therapeutische Aspekt des Urlaubs nie interessiert, auch wenn unser Vater den ersten verträumten Blick aufs Meer stets prosaisch mit dem Satz untermalte: »Kinder, tief durchatmen. So eine Luft gibt es zu Hause nicht.« Hinter seinem Rücken schnitten wir Grimassen. Die gute Luft war uns piepegal, wir wollten Spaß haben und so schnell wie möglich ins Wasser. Natürlich verändert sich der Blickwinkel, wenn man die vierzig überschritten und Kinder hat: Ich scheuche Sofie so oft wie möglich an die frische Luft, kaufe nur Bio-Obst und lese neuerdings die Apothekenumschau.

Im Erdgeschoss höre ich Geschirrgeklapper. Rainer und Sofie sind offenbar schon wach. Der vergangene Abend endete, wie erwartet, im Fiasko: Sofie weigerte sich, auch nur an Schlaf zu denken. »Mir fehlt Bärli«, jammerte sie in einem fort. Irgendwann platzte mir der Kragen: »Dein blödes Bärli! Wenn du nicht endlich mit Bobo vorliebnimmst, gebe ich Bärli zu Hause in die Altkleidersammlung.« Das führte nur dazu, dass Sofie noch lauter heulte. Ich änderte also meine Strategie. In dem Buch *Jedes Kind kann Regeln lernen* hatte ich von der Taktik der »kaputten Schallplatte« gelesen: »Wiederholen Sie mehrmals, was Sie von Ihrem Kind wollen.«

Das erschien mir in diesem Fall einfach:

»Sofie, geh jetzt bitte ins Bett.«

»Nicht ohne Bärli.«

»Ins Bett gehen, habe ich gesagt.«

»Aber ich kann dann nicht einschlafen.«

»Du gehst bitte ins Bett.«

»Neiiiiin!«

»INS BETT GEHEN, JETZT!«

In Gedanken schmiss ich die kaputte Schallplatte in den Müll: Sie taugt einfach nichts.

Ich versuchte es also mit den dänischen Patentrezepten von Erziehungsguru Jesper Juul: »Machen Sie dem Kind Ihre eigenen Bedürfnisse klar.«

Also zweiter Versuch: »Sofie, ich möchte mit Papa noch in Ruhe ein Glas Wein trinken.«

»Ihr seid gemein, ihr habt euch beide. Und ich muss alleine im Bett liegen.«

»Morgen bin ich wieder für dich da.«

Sofie fing an zu heulen und legte ihre kaputte Schallplatte auf:

»Ich will Bärli. Ich will Bärli. Ich will …«

Gegen 22 Uhr kapitulierte ich. Ich blieb so lange bei ihr, bis sie eingeschlafen war, und gab ihr zudem noch mein Hermèstuch als Schnuffeldecke.

Als ich später noch mal ins Zimmer schaute, sah ich, wie ihr die Spucke aus dem Mund auf den teuren Seidenschal floss. Er hinterließ einen immer größer werdenden Fleck am Sattel eines Pferdes. Egal, um mein Kind zum Schlafen zu bringen, würde ich wohl mein letztes Hemd verkaufen. Ich weiß, Herr Juul aus Dänemark würde jetzt sagen: »Geben Sie sich niemals für Ihr Kind auf! Bleiben Sie authentisch.«

Aber soweit ich mich erinnere, habe ich in keinem seiner Bücher gelesen, wie man mit dem emotionalen Verlust von Kuscheltieren umgeht.

Von unten dringt Musik in den ersten Stock. Es hört sich nach Metallica an. Sehr schön, Rainer, zum Ferienfrühstück eine Runde Heavy Metal! Sollten wir Sofie nicht noch einen Jack Daniels servieren?

Als ich die Wohnküche betrete, sehe ich drei einsame Teller auf dem Tisch stehen. Rainer und Sofie sitzen auf dem Boden und machen ein Dinopuzzle. »Und was ist mit Frühstück?«, frage ich und versuche nicht zu enttäuscht zu klingen. Sofie zuckt mit den Schultern. Rainer hat gerade das Schwanzende des Tyrannosaurus Rex gefunden und klatscht begeistert in die Hände. Was soll's, decke ich halt mal wieder den Tisch, wie zu Hause.

Aus dem Lautsprecher trällert jetzt Anna Netrebko eine Verdi-Arie. Rainer hat seinen iPod mit Ladestation und zwei Lautsprechern mitgenommen und ihn auf Zufallsmodus eingestellt, so laut, dass sicher schon die Nachbarn mithören.

»Mach doch mal die Musik leiser«, sage ich genervt.

»Is' ja gut!«, antwortet Rainer und schlurft zu seiner Ladestation.

Unterdessen denke ich angestrengt darüber nach, wie ich unser neues Zuhause etwas schöner gestalten kann. Erst mal ersetze ich das Wachstischtuch durch eine Blümchendecke, die ich von zu Hause mitgebracht habe. Passende Servietten hatte ich gestern im Supermarkt gekauft.

Dann stecke ich Brot in den Toaster und schlage zwei Eier auf, die ich in der Pfanne brate. Ich hacke Schnittlauch und streue es drüber, schneide Tomaten und Gurken, sortiere den Wurstaufschnitt nach Farben und lege zum Käse noch ein paar Träubchen. Am Ende bin ich ganz zufrieden mit dem Frühstückstisch und mit mir als bestenfalls mittelmäßig begabter Hausfrau. Erwartungsvoll rufe ich: »Frühstück ist fertig!«

Widerwillig reißen sich Rainer und Sofie von ihrem Dinopuzzle los.

Sofie blickt über den Tisch: »Und wo ist Nutella?« Mein bereits mehrfach geflicktes Bild von der Happy-Rama-Family zerbricht augenblicklich in tausend Stücke. In mir steigen kleine Wutbläschen auf. »Weißt du was, Sofie, mach doch dein Frühstück selber, ich bin nicht eure Angestellte«, platzt es aus mir heraus.

»Ist ja gut«, sagt Rainer schlichtend. »Sonst ist ja alles da. Ein tolles Frühstück hast du da gezaubert, Schatz!«

Ich schlucke meinen Ärger runter und setze mich.

»Na, ihr beiden Hübschen, was machen wir denn heute?«, fragt Rainer munter.

»Schwimmen, schwimmen!«, ruft Sofie.

Ich schaue nach draußen. Noch scheint die Sonne, aber vermutlich ist der Wind kühl. Egal: »Lasst uns doch zur *Watt-Lagune* gehen.«

»Eine Lagune?«, fragt Rainer ungläubig. »Das klingt ja nach Karibik.«

»Was ist Kabirik?«, fragt Sofie.

»Da, wo wir niemals hinkommen werden«, sage ich leicht sarkastisch.

Auch als Rainer und ich noch ohne Kind waren, sind wir nie über Europa hinausgekommen. Unsere Hochzeitsreise machten wir mit vier Monaten Verspätung, weil Rainer damals so viel arbeiten musste. Wir fuhren nach Stockholm. Es war eine tolle Reise, an die ich noch oft denke. Trotzdem bekam ich große Augen, als Vanessa – wer denn sonst? – mir von ihrer Hochzeitsreise nach Barbados erzählte: Mit ihrem Mann wohnte sie in einem Fünf-Sterne-Resort in der »Honeymoon«-Suite mit Schlafzimmer, Wohnzimmer und einem Whirlpool im Bad. Am Strand begegneten sie angeblich Jennifer Aniston und Brad Pitt, die damals noch ein Paar waren. Es könnte sich dabei aber auch um eine von Vanessas Übertreibungen handeln. Vielleicht war es einfach nur ein Pärchen, das von fern so aussah wie die Hollywoodstars. Aber dass Vanessa nach dem Frühstück Hand in Hand mit ihrem Markus durch den feinsandigen Strand in das türkisfarbene Wasser schlenderte, das macht mich bis heute neidisch.

Ich verbanne die Karibik aus meinem Kopf und klatsche optimistisch in die Hände: »Auf zur *Watt-Lagune*!«

Wir packen unsere Sachen. Das läuft wie immer so harmonisch ab wie ein EU-Gipfel zur Euro-Krise: Rainer spielt an seinem iPhone rum, ich drängele und Sofie heult, weil sie ihr aufblasbares Krokodil nicht mitnehmen darf. Dazu muss man wissen, dass sie schon ihren quietschgelben Schwimmreifen mit Entenkopf im Gepäck hat, eine pinkfarbene Luftmatratze, einen Hello-Kitty-Strandball mit passenden Flügelchen sowie ein Lillifee-Badehandtuch. Es reicht!

»Lass sie doch«, sagt Rainer.

»Nein!«, sage ich.

»Doofe Mama«, kontert Sofie.

Ich erinnere Rainer an sein Versprechen, den Erziehungsratgeber zum Thema »Konsequenz im Urlaub« zu lesen.

»Liegt zu Hause auf dem Nachttisch«, entgegnet er und wirkt darüber nur mäßig betroffen, während er das Haus verlässt.

Ich trete gegen das aufgeblasene Krokodil. Sofie heult sofort auf wie eine Katze, deren Schwanz gerade verstümmelt wurde.

Im Ferienhaus nebenan wird ein Fenster geöffnet, und ein Mann mit akkuratem Seitenscheitel und randloser Brille schaut uns mit besorgtem Blick an. Es dürfte Herr Drechsler sein, der Mann von der Pfauen-T-Shirt-Dame.

»Was glotzt du so?«, würde ich ihn am liebsten anblaffen. Schließlich hat nur ein Kind geschrien. Kein Grund, das SEK zu rufen. Aber der Blick des Nachbarn reicht mir schon, um meine Laune dem plötzlichen Wetterumschwung anzupassen: Am Himmel haben die Schäfchenwolken den hässlichen Ton von Großstadtasphalt angenommen und legen sich blickdicht über die Sonne.

Nein, nein, nein! Ich will mich nicht schon am zweiten Tag am Meer so fühlen wie am Ende eines Arbeitstags. Besser also, ich versuche, mich in die stets gut gelaunte Conni-Mama zu versetzen und Haltung zu bewahren. »Abmarsch!«, rufe ich. Mein Tonfall soll freudige Erwartung vorspielen, klingt aber eher wie der Aufruf eines depressiven Animateurs.

Wir laufen die Hauptstraße entlang in Richtung Deich. Ich vorneweg, hinter mir Sofie – das grüne Krokodil unter dem Arm. Von da aus folgen wir der Beschilderung *Watt-Lagune* auf einem Weg, der über den Deich führt. Nach 100 Metern sehen wir das schmiedeeiserne Tor, auf dem in großen Buchstaben *Watt-Lagune* steht.

Ein bisschen sieht es hier aus wie in einem Themenpark Karibik. Offenbar war hier ein begabter Requisiteur am Werk. Ich stelle mir einen Kurdirektor vor, wie er von seinem Büro aus auf die trostlosen Weiten des Watts schaut und über den Rückgang der Touristenzahlen nachdenkt.

»Ich hab's«, mag er vielleicht ausgerufen haben. »Wir brauchen eine Lagune!« Und jetzt schwanken kleine Plastikpalmen zwischen den Strandkörben im Wind, heller Sand zieht sich um den kleinen, künstlich angelegten Salzwassersee. Am Strand stehen bunte Strandkörbe und in Richtung Deich ist ein Piratenspielplatz angelegt.

Die Strandbar direkt am Wasser ist mit Bast verkleidet. An der Theke baumeln verblasste Plastikkokosnüsse. »Happy Hour ab 17 Uhr, Caipirinha für drei Euro« steht auf einer Schiefertafel.

Fehlen also nur noch Brad Pitt und Jennifer Aniston.

Stattdessen fragt die pummelige Kassiererin: »Haben Sie Ihre Nordsee-Service-Card dabei?«

Hä? Ich stehe einen Moment auf dem Schlauch und lege meinen Personalausweis vor.

»Ihre KURKARTE«, mault die Kassiererin betont deutlich.

Stimmt! Wir sind ja an der Nordsee. Da muss alles seine Ordnung haben. Aber wo bekommen wir die Karten nur her?

»Bei der Touristen-Info an der Hauptstraße«, sagt die Dame jetzt deutlich genervt. Ich danke Käpt'n Blaubär, unserem Vermieter. Das hätte er uns wirklich mal sagen können. Und im Ordner in der Küche habe ich auch nichts gesehen.

Rainer bietet an, schnell dorthin zu laufen. Aber ich mache es lieber selbst, vielleicht finde ich dort nützliche Urlaubs-Infos, um nicht wieder so blöd dazustehen.

Rainer lässt sich mit Sofie auf einer Bank nieder und holt das Bilderbuch zum Thema *Meer* heraus, das ich vor dem Urlaub schnell noch gekauft habe. Schließlich soll der Urlaub ja nicht nur Spaß bringen, sondern auch lehrreich sein.

Es dauert mindestens zehn Minuten bis zur Touristen-Info, die aus einem Raum mit einer lang gezogenen Theke besteht. Keiner da, außer mir und der Frau hinter dem Schalter, die gerade telefoniert. Ihr pausbackiges Gesicht wird von zwei dicken geflochtenen Zöpfen umrahmt. So stelle ich mir Frau Holle vor. In der linken Hand den Telefonhörer, in der rechten einen überdimensionierten Kaffeebecher mit einem Glücksschwein drauf, den sie in ihren Sprechpausen rhythmisch zum Mund führt.

»Glaub man nich', dass das so einfach war«, sagt sie gerade.

Ich warte und packe nebenbei Prospekte ein: *Der Freizeitpark in Ihrer Nähe, Tagestouren mit der Nordsee-Bahn, Wattwanderungen für die ganze Familie*. Dann blättere ich kurz in einem Shopping-Führer, aber Frau Holle denkt offenbar nicht daran aufzulegen.

»Ach nee?« hat sie jetzt schon mehrmals ausgerufen.

Ich hüstele und nicke ihr aufmunternd zu. Doch es vergehen noch weitere fünf Minuten, bis sie endlich in den Hörer sagt, als wäre ich gerade erst reingekommen: »Jo! Du, ik hew Kundschaft, ne! Denn mol bis bald!«

Ja, ja, ja, ich weiß, wir sind der Großstadt-Hektik entflohen, aber ich habe trotzdem nicht alle Zeit der Welt. Vielleicht regnet es ja gleich. Oder Sofie bekommt Hunger. Oder wird wieder von einer Möwe attackiert. Frau Holle lächelt mich erwartungsvoll an, ich blicke ernst zurück, vielleicht merkt sie ja was. Aber sie wirkt alles andere als schuldbewusst. »Ich hätte gerne zwei Kurkarten, äh, ich meine Nordsee-Service-Cards.«

»Jo!«, sagt sie und verschwindet erst einmal hinten im Büro. Dafür, dass hier jeder Tourist eine Kurkarte benötigt, ist sie bemerkenswert unvorbereitet. Jedenfalls entspricht das nicht meiner Vorstellung von »griffbereit«. Nach gefühlten zehn Minuten kommt Frau Holle zurück: »Zehn Euro, bitte.« Ich gebe ihr einen Fünfziger.

»Oh, haben Sie es nicht kleiner? Kann ich leider nicht rausgeben«, sagt sie jetzt betont hochdeutsch.

Ich merke, wie mein Gesicht von oben nach unten rot anläuft. Was ist das nur für ein Saftladen! Kein Wunder, dass die Touristenzahlen zurückgehen. Nicht nur, dass es so etwas Bescheuertes wie Kurkarten und Kurtaxe und Nordsee-Service-Cards noch gibt, auch sonst scheint man hier den Menschen gerne Steine in den Weg zu legen.

»Ach«, sagt Frau Holle. »Bringen Sie mir das Geld einfach morgen.« Das wiederum stimmt mich milde. Ich zeige sogar einen Anflug von Lächeln und merke, wie mein Ärger verfliegt. Beflissen biete ich ihr an, meinen Personalausweis dazulassen.

»Nee, nee, kommen Sie einfach morgen wieder«, sagt sie seelenruhig, während sie mir die Kurkarten gibt. Erleichtert laufe ich zur *Watt-Lagune* zurück. Sofie und Rainer blättern immer noch im Bilderbuch.

»Schau mal, eine Silbermöwe, wie die von gestern«, sagt Sofie gerade aufgeregt. Na also, praktisch angewandtes Lernen nennt man das. Wir bezahlen an der Kasse und mieten einen Strandkorb direkt am Wasser.

Zwischen den Wolken blitzt jetzt die Sonne auf. Es ist tatsächlich ein bisschen warm geworden. Ich ziehe Sofie das Kleidchen aus und den rosafarbenen Bikini mit weißen Herzchen an.

Während Rainer mit Sofie und ihren zahlreichen Schwimmaccessoires ins Wasser geht, packe ich mein Buch aus. Ein Schwedenkrimi, der seit einem Jahr angestaubt auf dem Nachttisch liegt. Lesen fällt mir schwer im Moment. Abends bin ich immer zu müde. Oder ich liege mit offenen Augen im Bett und gehe im Kopf Memos durch: morgen die Sportsachen von Sofie einpacken – Geschenk für die Nachbarin kaufen – Biogemüsekiste bestellen – Auto aussaugen – oder Rainer sagen: »Auto aussaugen!« Aber jetzt ist Urlaub und ich freue mich auf ein bisschen schwedisches Gemetzel. Der Prolog liest sich vielversprechend: Irgendein Irrer sitzt vor einem Berg Leichen und singt Kinderlieder.

»Nää, Marco, nich' ins Wasser ohne Flügel, dat is jefäalisch!«

Ich erschrecke mich zu Tode. Wer schreit denn da hinter unserem Strandkorb?

Als ich mich umdrehe, sehe ich eine Frau mit platinblonder Kurzhaarfrisur, neonfarbenem Tankini, die mit den Armen in Richtung Wasser wedelt. Der kleine Junge, dessen Haare zu einem Hahnenkamm gegelt sind und der unbeirrt ins Wasser läuft, ist offenbar Marco.

»Marco, jetzt hömma! Flügel anziehen!«

Marco reagiert nicht.

»Na, wat soll's«, sagt die Blondine und lässt sich in den Strandkorb hinter uns fallen.

Fünf Minuten später wieder Geschrei: »Jürgen! Sach mal,

wo is dat Sonnenöl?« Offenbar ist Jürgen der Mann, der gerade an der Strandbar steht und sich ein Bier bestellt. Misstrauisch beobachte ich, wie Sofie mit ihrem grünen Krokodil scheinbar unauffällig in Richtung Marco paddelt. Natürlich hatten wir gehofft, dass sie im Urlaub Kinder kennenlernt, aber müssen es gleich welche sein, deren Eltern aussehen, als seien sie für *Frauentausch* auf RTL II gecastet worden? Gefahr im Verzug!

Rainer ist mal wieder nicht zur Stelle. Er krault der Länge nach die Watt-Lagune ab. Also stapfe ich ins Wasser.

»Sofie, komm mal, wir müssen dich noch einschmieren.« Aber sie schaut noch nicht mal in meine Richtung.

»Willst du vielleicht ein Eis?«

Marco bespritzt sie jetzt neckisch mit Wasser. Sofie kichert amüsiert. Zu spät!

Ich gehe zurück zum Strandkorb. So richtig kann ich mich jetzt nicht mehr auf die schwedischen Leichenberge konzentrieren. Ich habe das Gefühl, Blondie sitzt mir im Nacken. Als Rainer aus dem Wasser kommt und sich abtrocknet, sage ich leise: »Wir haben neue Nachbarn«, und deute mit dem Daumen unauffällig nach hinten. »Ach so«, sagt Rainer nur.

Ihm ist mal wieder alles egal. Wenn wir im Restaurant den schlechtesten Tisch zugewiesen bekommen oder sich einer an der Wursttheke vordrängelt – Rainer bleibt gelassen.

»Jüürgen, komma!«, schallt es hinter unserem Strandkorb. »Hömma, Jürgen, ich kann dat zweite Handtuch nich' finden.«

Jürgen sieht nicht so aus, als könnte er das Problem lösen. Er zuckt nur mit den Schultern und nimmt einen Schluck aus der Flasche.

Rainer schaut interessiert rüber. Hoffentlich führt seine ewige Toleranz nicht dazu, dass er mit den NRW-Nachbarn ins Gespräch kommt. Er hat einfach keine Menschenkenntnis. Leute wie die, das sehe ich sofort, nehmen einen ruck, zuck in Beschlag.

Im Bemühen um Schadensbegrenzung versuche ich, Rainer in ein Gespräch zu verwickeln:

»Wo wollen wir denn heute Mittag essen?«

»Keine Ahnung!«

»Lust auf Fisch?«

»Hm, können wir machen.«

Ich versuche es mit einem anderen Thema: »Wolltest du nicht mit Sofie Schwimmen üben? Zu Hause soll sie doch endlich das Seepferdchen machen.«

»Mein Gott, Anke. Wir haben noch fast zwei Wochen Zeit zu üben. Lass sie doch mal spielen.«

Nervös beobachte ich, wie Sofie mit Marco auf den Felsen an der hinteren Seite der Lagune klettert. Marco vorneweg, Sofie hinterher. Ich merke an ihren Bewegungen, dass sie älter wirken möchte: Sie hat ihre Schwimmflügel ausgezogen und wirft immer wieder lachend ihre Locken in den Nacken. Wenn ich jetzt hinschwömme, fände sie das wahrscheinlich total peinlich.

Also stehe ich auf und hole mir an der Strandbar ein Eis. Ist ja auch schon egal! In meinem türkisfarbenen Bikini auf weißer Haut sehe ich sowieso schon aus wie ein überreifer Camembert. Warum also sollte ich auf ein kurzzeitiges Glücksgefühl in Form eines mit Schokolade überzogenen Vanilleeises verzichten?

Die Blondine aus dem Pott, das muss man ihr lassen, ist

groß und schlank und mindestens zehn Jahre jünger. Ich habe genau gesehen, wie Rainer sie vorhin gemustert hat. »Ich bin nicht eifersüchtig«, habe ich noch vor dem Urlaub einer Freundin erzählt, »nur aufmerksam.« Hektisch lecke ich an meinem Eis und lasse Rainer nicht aus den Augen.

Plötzlich tippt mir jemand von hinten auf die Schulter. Ich drehe mich um und blicke in das braungebrannte Gesicht von Blondie. Vermutlich liegt sie zweimal die Woche im Solarium. Vom Nordseewetter kann sie ihren Teint jedenfalls nicht haben.

»Sagen Sie, haben Sie vielleicht Sonnenöl, dat wir uns mal leihen könnten? Der Jürgen hat dat mal wieder vergessen.«

»Ja, klar«, sage ich freundlich. Innerlich denke ich nur an zwei Dinge:

Erstens: verbraucht die RTL II-Familie jetzt meine teure Naturkosmetik-Sonnencreme, die ich im Bioladen gekauft habe.

Zweitens: verwickelt sie mich hoffentlich nicht in ein Gespräch.

Meine Bedenken sind leider umfassend berechtigt.

Erstens schmiert sich Blondie überaus großzügig mit der Sonnencreme ein.

Zweitens steht sie nach dem Einschmieren vor unserem Strandkorb und redet auf mich ein. Der Vormittag ist noch nicht vorbei und ich kenne ihren Steckbrief: Tanja Schmittke, neunundzwanzig Jahre, tatsächlich Angestellte eines Nagelstudios, wohnhaft in Gelsenkirchen, verheiratet mit Jürgen Schmittke, Schalke-Fan, Raucher, ein Sohn, Marco, Schalke-Fan.

9. ›Baywatch‹ am Watt

»Wir sind zum dritten Mal an der Nordsee und stehen gleich hinterm Deich.« Es braucht eine Weile, bis ich verstehe, was Tanja meint: Sie stehen nämlich mit ihrem Wohnwagen auf dem Campingplatz *Seemöwe*, den wir gestern auf unserer Radtour gesehen haben.

»Das ist ja schön«, sage ich mit falschem Lächeln, während ich daran denke, wie wir gestern über die Camper gelästert haben. Ich blicke verstohlen zu meinem Schwedenkrimi und überlege, wie ich Tanja elegant wieder loswerde. Rainer würde sich sicher darüber aufregen: »Du mit deinem Dünkel.« Und vielleicht hat er sogar recht. Vermutlich bin ich schon verdorben, seit wir in einem Viertel wohnen, in dem die Mütter mit Tods-Noppenschuhen und Prada-Täschchen am Spielplatz stehen. Wie Vanessa zum Beispiel. Ich lernte sie vor knapp fünf Jahren beim Babyschwimmen kennen, als sie Linus und ich Sofie durchs Wasser zogen. Sie trug damals einen schwarzen Badeanzug, auf dessen Träger ein »CC«, das Logo von Coco Chanel, eingestickt war. Bei unserem ersten Treffen bei ihr zu Hause, es war ein kalter Tag im Dezember, ließ sie sich ausführlich über die Qualität von Kaschmirpullovern aus. »Es muss schon vierfädig sein, weißt du, alles andere macht keinen Sinn.« Ich konnte nicht so recht mitreden: Mein einziger Kaschmirpullover ist vermutlich einfädig, denn schon nach dem ersten Waschen bildete er kleine Knötchen. Trotzdem nickte ich damals sachverständig, weil ich froh war, eine andere Mutter kennengelernt zu haben, mit der ich gemeinsam Kinderwagen durch den Park schieben konnte.

Tanja wäre wohl nicht Vanessas Kragenweite. Wir sitzen immer noch nebeneinander im Sand, und sie erzählt gerade von ihrem Jürgen: »Der is' immer mortzkaputt abends.« Ich war für einen Moment unkonzentriert und habe nicht mitbekommen, was Jürgen genau arbeitet. Wahrscheinlich ist er Kfz-Mechaniker oder Lagerist, denke ich bei mir. Dann erzählt Tanja von der rüpelhaften Kundschaft im Einwohnermeldeamt Gelsenkirchen. Einwohnermeldeamt? Der rustikale Jürgen? Ein Beamter, der brav Pässe ausstellt?

»Ey, glaubze nich', wat da für Gesocks auftaucht«, empört sich Tanja weiter. Ziemlich ausführlich erzählt sie von einem betrunkenen Mann, der im Amt einen Kollegen von Jürgen mit der Bierflasche bedrohte. Als sie an der Stelle angelangt war, an der endlich die Polizei erschien, höre ich einen gellenden Schrei. Es ist Sofie. Ich entdecke sie auf der anderen Seite der Lagune. Sie sitzt auf einem Vorsprung und heult, während sie mit den Händen ihr linkes Knie festhält.

Rainer liegt auf dem Strandtuch und ist eingeschlafen. Sagte ich schon, dass er sich selten aus der Ruhe bringen lässt? Also rufe ich: »Sofieee, ich komme!« Und renne ins Wasser. Es dauert einige Zeit, bis es tief genug ist, damit ich endlich schwimmen kann. Schließlich biete ich sämtliche *Baywatch*-Qualitäten auf und kraule das letzte Stück zum Felsen.

Marco ist jetzt auch bei Sofie und starrt auf ihr Knie, aus dem tiefrotes Blut sickert. »Sie is' vom Felsen abgerutscht«, erklärt er trocken.

»Alles klar«, antworte ich und versuche, den Gedanken zu verdrängen, dass ich kein Blut sehen kann. Letztens erst habe ich mir das Brotmesser in den Zeigefinger gerammt und bin beim Anblick der sickernden Flüssigkeit auf dem Sofa ohnmächtig geworden. Aber das darf jetzt nicht passieren. Nicht hier, auf einem Felsen am Meer. Und schon gar nicht vor Blondie und ihrer Familie!

Ich ziehe kurzerhand mein Bikinioberteil aus und drücke es gegen Sofies Wunde. *Baywatch* ist jetzt wieder ganz weit weg und ich blicke Hilfe suchend zum Strand rüber. Rainer liegt noch immer unbeweglich auf dem Strandtuch. Dafür steht Tanja am Rande des Wassers und ruft: »Kann ich wat helfen?«

»Sofie blutet«, rufe ich zurück. Tanja sagt etwas zu Jürgen. Er nimmt sein Handtuch und watet ins Wasser. Dann schwimmt er auf dem Rücken zu uns und hält das Handtuch in die Höhe, vermutlich damit es nicht nass wird. Als er bei uns ankommt, wickelt er das Handtuch um Sofies Knie.

»Hört sicher gleich auf zu bluten«, muntert er sie auf.

Dankbar lächele ich ihn an. Schließlich nimmt er Sofie in seine tätowierten Arme und schwimmt rückwärts in Richtung Strand, sodass ihr Knie aus dem Wasser ragt. Sie hat sogar aufgehört zu heulen und lacht ein bisschen. Vermutlich hält sie das Ganze jetzt für ein Abenteuer, das sie zu Hause ihren Freundinnen erzählen kann. Rainer ist jetzt auch aufgewacht. »Was ist denn passiert?«

»Sofie hat sich wehgetan, aber schlaf ruhig weiter«, sage ich mit sarkastischem Unterton, der mir gleich leidtut. Sofie humpelt zu ihrem Papa und kuschelt sich in seine Arme.

Irgendwie sehe ich Retter Jürgen jetzt in einem anderen Licht. Er kommt mir plötzlich gar nicht mehr wie der Sachbearbeiter beim Einwohnermeldeamt, sondern eher wie David Hasselhoff vor. Also, als der noch kein Trinker, sondern Rettungsschwimmer bei *Baywatch* war.

»Ich bin übrigens Rainer«, höre ich meinen Mann sagen, als er Tanja die Hand gibt. Ich starre auf ihre türkisfarbenen Fingernägel, die mit Glitzersteinchen verziert sind. Da fällt mir ein, dass mein Bikinioberteil noch auf dem Felsen liegt und ich oben herum nichts anhabe. Mit rotem Kopf trippele ich zu unserem Strandkorb und ziehe mir ein T-Shirt über.

»Auch 'n Bierchen?«, fragt Jürgen Rainer.

Ich ahne, dass das der Beginn einer wundervollen Freundschaft ist.

Zum Mittagessen setzen wir uns mit Jürgen, Tanja und Marco an einen der vier Tische vor der Strandbar. Bevor ich bestelle, vergewissere ich mich, dass hier keine Möwen-Attacken zu erwarten sind. »Nee, nur vorne am Watt«, beruhigt mich die Bedienung. Ich erzähle Tanja und Jürgen von unserem bizarren Erlebnis am ersten Tag. »Nich' möchlich«, sagt Tanja.

Die Speisekarte ist eher bescheiden, aber das stört offenbar niemanden außer mir. Die Kinder wollen Pommes. Marco darf eine Cola trinken. Besorgt blicke ich zu Sofie. Will sie das jetzt auch? Zum Glück begnügt sie sich mit einer Fanta, die nach zwei Tagen Urlaub leise, still und heimlich von der Liste »na ja, ausnahmsweise« auf die Liste »geht okay« gewandert ist. Ich bestelle ein Fischbrötchen. »Nä, Fisch geht nich' an mich«, sagt Tanja und entscheidet sich für Bockwurst. Jürgen unterhält sich mit Rainer über die Sicherheitslücken in der EDV von Einwohnermeldeämtern. Tanja hingegen versucht, mich für das Leben auf dem Campingplatz zu begeistern, und schwärmt von den »1 A«-Sanitäranlagen. Sofie schaut Marco über die Schulter, der seinen Nintendo rausgeholt und irgendein blödsinniges Computerspiel gestartet hat. Ich komme mir vor, als säße ich in der Falle. Urlaubsbekanntschaften sind ja gut und schön, aber ich möchte nicht mit Haut und Haaren aufgefressen werden. Schließlich sind wir in Urlaub gefahren, um ein bisschen Zeit als Familie zu haben.

Rainer und ich haben mal vor Jahren auf Mallorca beim Wandern ein Ehepaar kennengelernt, mit dem wir dann dort ein paarmal essen gegangen sind. Sandra und Uwe aus Villingen-Schwenningen. Das war sehr nett und für eine Woche ganz interessant. Aber noch heute bekommen wir mindestens drei Mal im Jahr Postkarten von ihnen. Nicht nur an Weihnachten, auch an unseren Geburtstagen, die sich Sandra und Uwe natürlich gemerkt haben. Und auf allen Karten steht: »Kommt doch mal vorbei!«

Ich will aber nicht vorbeikommen und schicke einmal im Jahr schuldbewusst eine Weihnachtskarte mit dem P.S.: »Vielleicht klappt's ja nächstes Jahr!«

Über dem Meer ziehen dunkle Wolken auf. Es wird jetzt ziemlich kühl. Als die Kellnerin mein Fischbrötchen bringt, spüre ich die ersten Tropfen auf meiner Haut.

»Dat war's wohl mit der Sonne«, sagt Tanja heiter.

Die Männer unterhalten sich ungerührt weiter: »Weißt du, es gibt mittlerweile Softwareprogramme, die erfassen und analysieren Sicherheitslücken. Schon mal was von ›Compliance‹ gehört?« Jürgen wirkt jetzt etwas irritiert. Der Regen nimmt zu und die Bedienung spannt zum Schutz den Sonnenschirm auf. Wir rücken ein wenig zusammen, damit wir alle drunterpassen und nicht nass werden. Ich renne noch schnell zu unserem Strandkorb, um die Handtücher unter das Dach zu stopfen. Zurück am Tisch sehe ich, dass Sofie in ihrem Bikini schlottert. Also renne ich wieder zum Strandkorb und hole ihr ein T-Shirt zum Überziehen. Danach bin ich pitschnass.

Rainer wäre das natürlich nicht aufgefallen. Er hat sich beim Thema »Compliance« warm geredet. Abgesehen davon sind es sowieso immer die Mütter, die ihren Kindern die Reißverschlüsse hochziehen, Schuhe binden, wenn Schnürsenkel offen sind, den Ketchup-Mund mit einer Serviette abreiben, Erste Hilfe leisten, auch wenn sie kein Blut sehen können.

Und Männer? Haben keine Zeit. Sie müssen die Welt analysieren. Oder Fußballspiele. Rainer und Jürgen diskutieren jetzt plötzlich über die Bundesliga. Keine Ahnung, wie ihr Gesprächsverlauf dahingeführt hat. Jürgen lästert über Borussia Dortmund und ihren »Schicki-Micki-Trainer mit der Föhn-Frisur«. »Legendäär«, äfft er ihn nach und fügt an: »So wat gäb's bei Schalke nich'!« Rainer dagegen versucht Jürgen für Eintracht Frankfurt zu begeistern und faselt etwas von »Champions League« und »besserer Tordifferenz«. Eigentlich ist Rainer ja Bayern-München-Fan, aber ich habe das dumpfe Gefühl, dass er das gegenüber einem Schalke-Fan nicht zugeben will. Es könnte das vorzeitige Ende einer Freundschaft bedeuten.

Es ist jetzt ziemlich ungemütlich. Wir sind mittlerweile die einzigen Gäste in der *Watt-Lagune*, die sich nach den ersten Regentropfen schnell geleert hat. »Nach dem Essen gehen wir nach Hause«, werfe ich in die Runde. Sofie sieht mich enttäuscht an. Offenbar scheint ihr die Aussicht auf einen Nachmittag alleine mit Mama und Papa wenig verlockend zu sein.

»Ja, was sollen wir denn noch hier, wenn es regnet?«, entgegne ich.

»Kinners, wollt ihr nich' in die *Spielscheune*?«, fragt Tanja.

»Au ja«, ruft Marco.

Ich hatte davon gelesen: eine Turnhalle am Rande des Ortes, die zu einem Indoor-Spielplatz umfunktioniert wurde.

»Wir waren da vorgestern«, erklärt Tanja. »Da gibbet allet: Rutschen, Trampolin, eine kleine Kartbahn und Pipapo.«

Sofie ist natürlich sofort begeistert. »Bitte, Mama!«, sagt sie und schaut mich mit ihren dunklen Rehaugen an. Eigentlich hätte ich mehr Lust gehabt, gemeinsam ins Ferienhaus zu gehen und eines von den fünf Gesellschaftsspielen zu spielen, die ich für Schlechtwetterzeiten mitgenommen habe.

»Na gut«, sage ich trotzdem, schließlich kann auch ich Sofies Rehaugen nicht widerstehen.

Nachdem wir bezahlt haben, merke ich, dass es aufgehört hat zu regnen. Aber der Sand ist feucht. Es hat keinen Sinn, wir müssen aufbrechen. Ich ziehe mir ein trockenes T-Shirt und die Jeans über. Rainer steht noch immer bei Jürgen und philosophiert über die Spieler der Nationalmannschaft. Jetzt herrscht Einigkeit: »Der Neuer im Tor. Weltklasse!« »Und Özil – Hammer!« »Also, das muss man dem Löw lassen, ein Händchen für Spieler hat er!«

»Na ja, dat letzte Länderspiel hat er wohl vergeigt«, entgegnet Jürgen.

»Jürgen, jetzt hilf domma!«, sagt Tanja ungeduldig, während sie die Strandtasche packt. Jürgen lässt Luft aus der Luftmatratze und versucht noch mal kurz von den Qualitäten eines Abwehrspielers zu schwärmen. Doch Tanja treibt ihn mit einem scharfen »Jürgen!« zum Gehen an.

Mit zwei Strandtaschen und einem grünen Krokodil brechen wir endlich auf. Sofie hüpft mit Marco in Richtung Ausgang. Die Schmittkes aus Gelsenkirchen haben einen Bollerwagen, in den sie alles reinpacken.

»Genial! Wo gibt es den denn?«, frage ich begeistert.

»Beim Fahrradverleih an der Hauptstraße«, erklärt Tanja.

Den müssen wir uns morgen auch holen. Langsam zieht die Karawane den schmalen Weg am Deich entlang. Der Bollerwagen rattert im Rhythmus der Pflastersteine. Zwischen den Wolken blitzt jetzt die Sonne auf. Für die Leute, die gerne planen, ist die Nordsee nichts, so schnell, wie sich hier das Wetter ändert. Von Weitem sehe ich die *Spielscheune*, eine Turnhalle mit blau gedecktem Dach.

Als wir die große Glastür am Eingang öffnen, fällt mir wieder ein, dass ich Indoorspielplätze eigentlich furchtbar finde. Allein der Höllenlärm. Eine Bahnhofshalle ist nichts dagegen. Schreiende Kinder von null bis vierzehn Jahren, aus den Lautsprechern dröhnt Partymusik für Kinder. An den Tischen sitzen übergewichtige Mamas und stopfen Pommes in sich rein, während ihre Agro-Söhne auf den Trampolinen kleine Mädchen anrempeln. Die Kinder finden es natürlich toll. Sofie strahlt übers ganze Gesicht und rennt sofort mit Marco zu der Riesenrutsche, auf der man mit Teppichen runterrutschen kann.

»Rainer, vielleicht solltest du mal mitgehen«, schlage ich vor. Rainer bespricht noch immer was mit Jürgen. Es scheint wieder um Fußball zu gehen, jedenfalls redet er von irgendeinem »Vollidioten«, der eine »Superchance in der achtzigsten Minute« vertan habe.

»Na gut«, sagt Rainer. Zehn Minuten später sehe ich ihn

mit Jürgen und den Kindern die Riesenrutsche auf Teppichen runterflitzen und laut juchzen. Ich schlendere mit Tanja zum Café. Beim Cappuccino erzählt sie von Marcos Fußballkünsten: »Der kann rennen, glaubze nich'!« Ihr Vater spielte schon als Junge im gleichen Verein. Und wie ihre Mutter kümmert sich Tanja heute um die Trikots.

Ich erzähle, dass Sofie vor vier Monaten mit Ballettunterricht angefangen hat. »Alle Mädchen wollen Ballerina sein, so ist das eben.« Dabei bin ich selbst skeptisch: Nicht nur, dass mich die ganze Ausstattung – Trikot, Ballettschläppchen, Tutu, Stulpen, kurzes Bolerojäckchen – fast hundert Euro gekostet hat. Auch das Getue der Ballettlehrerin, einer ehemaligen Primaballerina mit strengem Zopf und herabhängenden Mundwinkeln, geht mir ziemlich auf die Nerven. Bisher hat sie Sofie nicht ein einziges Mal gelobt, sondern immer nur die kleine, zierliche Laetizia mit ihrer Ameisentaille.

Mit den Augen suche ich die Halle nach Sofie und Marco ab. Bei ihren Vätern sind sie nicht, die rutschen jetzt nämlich alleine. Es dauert eine Weile, bis ich die beiden im Bällebad entdecke. Im Moment schauen nur ihre Köpfe zwischen den bunten Kugeln heraus.

»Noch einen Cappuccino bitte«, sage ich zu der Frau hinter der Theke. Plötzlich steht Rainer vor mir: »Die Kinder wollen ein Eis. Ist das ok?«

»Klar!«, sage ich.

Langsam bekomme ich Kopfschmerzen von der lauten Musik, die durch die Halle dröhnt. Wie schön wäre es jetzt, mit meinem Krimi auf der Couch zu liegen. Warum eigentlich nicht? Wie sagte Jesper Juul: »Sei authentisch!«

»Rainer«, sage ich in sanftem Tonfall. »Wie wäre es, wenn ich schon mal nach Hause gehe und das Abendbrot vorbereite?«

»Ja, mach das ruhig«, antwortet er. »Ich komme dann mit Sofie nach.« In Windeseile schnappe ich mir die Strandtasche und verabschiede mich kurz von Tanja, die gerade die Eiskarte studiert: »Wir sehen uns bestimmt noch mal!«

Sie winkt mir mit ihren XXL-Fingernägeln zu und ruft: »Tschüssi! Bis morgen!«

10. Ich will lesen!

Zu Hause hänge ich die nassen Klamotten auf und schalte den Wasserkocher ein, um mir einen Tee zu machen. Herrlich, endlich alleine, kein Kindergeschrei, keine Kinderanimation, keine Kindermusik in *Spielscheunen*. Nichts. Nur das Brodeln des kochenden Wassers ist zu hören. Als ich mir einen Hagebuttentee aufgieße, fühle ich mich an die Ferien mit Oma erinnert. Ich fuhr mit ihr immer an Ostern in eine kleine Pension an den Achensee, und zum Abendbrot im kleinen Spielzimmer gab es roten Tee. Das war urgemütlich. Ein Ritual, das ich an kalten Tagen zu Hause mit Sofie wiederhole: Dann gibt es den »Oma-Tee«.

»Der schmeckt mir so lecker, Mama«, sagt Sofie dann. Ich streiche ihr übers Haar und komme mir ein bisschen vor wie die Mamas in der Werbung, die ihre Kinder in frische Bettwäsche mit Frühlingsduft packen oder ihnen Schokoriegel mit viel frischer Milch geben.

Ich lasse mich mit meinem Krimi aufs Sofa plumpsen. Gerade bin ich eingetaucht in das düstere Stockholm, in dem eine depressive, geschiedene Kommissarin nach einem Massenmörder sucht, als mein Handy klingelt. Ich schaue auf das Display: Irmgard! Meine Schwiegermutter. Natürlich würde ich es am liebsten klingeln lassen, doch ich weiß, dass sie es in zehn Minuten wieder probieren würde. Außerdem will sie sicher nur wissen, ob wir angekommen sind.

»Hallo Irmgard«, sage ich einigermaßen freundlich.

Irmgard hält sich nicht lange mit Begrüßungsfloskeln auf: »Ja, warum meldet ihr euch denn nicht?«

Irmgard liebt den Vorwurf, sie kann gar nicht anders. Irgendwas haben wir immer falsch gemacht:

1. Uns nicht gemeldet.
2. Geburtstag vergessen.
3. Vergessen, Onkel Walter eine Weihnachtskarte zu schicken.
4. Zu spät gekommen.

An Rainer perlt das alles ab. Man könnte auch sagen: Er hat gelernt, damit umzugehen. Er ruft auch nicht zurück, wenn sie dreimal auf den Anrufbeantworter gesprochen hat. Ich hingegen versuche noch immer, die brave Schwiegertochter zu sein.

»Tut mir leid, Irmgard, aber es war so hektisch bisher. Ankommen, auspacken und so weiter«, sage ich betont heiter.

Irmgard gibt sich nicht zufrieden: »Wir haben uns schon solche Sorgen gemacht, als wir im Radio von den vielen Unfällen und Staus auf der Autobahn gehört haben.«

»Wie gesagt: alles in Ordnung, Irmgard. Wir haben nur ein bisschen im Stau gestanden.« Ein bisschen ist gut, aber es hat gar keinen Sinn, mit Irmgard unsere Albtraum-Reise zu besprechen, es würde in weiteren Vorwürfen enden: »Warum seid ihr denn nicht schon um 6 Uhr losgefahren?« Oder: »Günther sucht schon vorher alternative Strecken auf der Landstraße raus. Das müsstet ihr auch mal machen.« Oder: »Fahrt doch lieber in die Berge, da ist nicht so viel los. Wir kennen da eine kleine Pension …« Aber Irmgard kommt nicht dazu. Ich würge sie so charmant wie möglich ab: »Du, Irmgard, ich muss jetzt das Abendbrot vorbereiten. Rainer und Sofie kommen gleich nach Hause und sind sicher hungrig.« Das ist die Sprache, die Irmgard versteht. Natürlich ist sie die beste Hausfrau, die ich kenne. Sie kann super kochen, das muss man ihr lassen. Es steht nichts herum in ihrer Küche, sie hat immer rechtzeitig eingekauft, und wenn Günther sein Bier wünscht, ist auch ein Bier im Hause.

»Ach so, Anke, ja, dann mach den beiden mal was Schönes«, sagt Irmgard also verständnisvoll. Dass es erst 18 Uhr ist, macht sie auch nicht stutzig, schließlich steht für ihren Günther dann auch immer schon das Essen auf dem Tisch.

Ich lege wieder die Beine hoch und klappe mein Buch auf. Die Kommissarin hat gerade den Tatort erreicht: »In die kalte, blau angelaufene Frauenleiche war ein Y eingeritzt. Die Hautfalten klaffen auseinander. Greta Sörenssen muss schlucken, bevor sie sich an den Pathologen wendet: ›Können Sie etwas über den Todeszeitpunkt sagen?‹«

Leider erfahre ich nicht, was der Pathologe erwidert: Mein Handy klingelt. Es ist mein Telefonanbieter. Eine nette Stimme aus dem Callcenter erklärt mir, dass ich mit einem neuen Tarif viel besser dastünde. »Deshalb bieten wir Ihnen als treuer Kundin …« Ich entscheide mich für den kurzen Prozess: »Keine Zeit. Bin im Urlaub. Auf Wiederhören!«

Inzwischen bin ich etwas unruhig, aber versuche trotzdem, weiterzulesen. Der Pathologe hält gerade einen Monolog über Todeszeitpunkt, Mordwaffe, Alter der Leiche etc. Ich muss mich also konzentrieren. Nach einer Viertelstunde klingelt es an der Tür.

Oh, nee! Rainer hat wieder mal seinen Schlüssel vergessen. Ich laufe zur Tür, reiße sie auf und setze an, eine Runde zu meckern, aber es sind nicht Rainer und Sofie, die vor der Tür stehen, sondern Frau Drechsler, die Fränkin von nebenan. Sie trägt heute ein T-Shirt, auf dem eine Blume aus Perlen appliziert ist.

»Grrrüß Gott«, sagt sie mit ernstem Gesicht. »San das Ihre RRRäder da?«

Frau Drechsler zeigt nach links. Ich folge ihrem Blick und starre auf unsere drei Fahrräder, die wir an den Zaun gekettet haben.

»Ja«, antworte ich kurz.

»Das ist unser Zaun«, sagt Frau Drechsler und blickt mich weiter vorwurfsvoll an.

»Ach so, ja, entschuldigen Sie bitte«, stammele ich, obwohl ich natürlich lieber sagen würde: »Was soll denn daran so schlimm sein? Brauchen Sie Ihren Zaun zum Wäscheaufhängen?«

Aber ich fürchte, dass das nichts bringt, und versichere: »Die kommen gleich weg, sobald mein Mann kommt, der hat die Schlüssel. Versprochen.«

Das ist natürlich gelogen, die Schlüssel liegen auf dem Küchentisch, aber ich will endlich zurück zu meinem Buch.

»Danke schön«, sagt Frau Drechsler und geht.

Ich nehme mir vor, in der nächsten halben Stunde weder ans Handy zu gehen noch die Tür zu öffnen. Doch es bleibt ruhig. Die Kommissarin ist zurück in der Dienststelle und streitet sich mit ihrem Vorgesetzten. Er will sie von dem Fall abziehen, weil sie ein Alkoholproblem hat.

Irgendwann schaue ich auf die Uhr. Schon nach 19 Uhr. Wo bleiben die anderen nur? Ich fange an, Paprika und Gurken kleinzuschneiden, lege Tomaten mit Mozzarella auf eine

Platte. Dann decke ich den Tisch, öffne schon mal einen Wein, stelle Kerzen auf den Tisch und freue mich auf ein gemütliches Abendessen.

Aber keiner kommt.

Schließlich rufe ich auf Rainers Handy an, aber erreiche nur seine Mailbox. Ich bin jetzt etwas ärgerlich. Schließlich machen wir hier gemeinsam Ferien.

Ich werde unruhig. Es wird doch nichts passiert sein? Neulich habe ich im Fernsehen einen Krimi gesehen, *Mord am Meer*. Ein kleines Mädchen lag tot in den Sanddünen. Verdächtigt wurde ein Krabbenfischer, am Ende aber war es der Dorfarzt. Ich schüttele den Kopf. So ein Unsinn! Und schließlich ist Rainer ja bei Sofie, was soll da schon passiert sein? Ich schaue in den Ordner, der auf dem Beistelltisch liegt. Die *Spielscheune* schließt um 19 Uhr.

Jetzt ist es 19.45 Uhr.

Ich gehe ins Bad und putze mir die Zähne, das mache ich immer, wenn ich nicht weiß, was ich sonst machen soll. Es beruhigt mich irgendwie. Aber als ich das Wasser ins Becken spucke, habe ich immer noch keinen Plan. Durch den Ort laufen? Frau Drechsler zurate ziehen? Heulen?

Stattdessen mache ich den Fernseher an und bleibe beim *Perfekten Dinner* auf Vox hängen. Ein dicker Mann mit Glatze nimmt gerade einen Fisch aus. Mir wird schlecht. Ich zappe sinnlos weiter und schalte ab. Schließlich versuche ich, meine Mutter anzurufen. Ihre Stimme würde mich beruhigen. Aber es ist keiner zu Hause.

Ich gehe hoch und räume Sofies Klamotten auf, die noch vom vergangenen Abend auf dem Boden verstreut liegen. Ich nehme mir vor, das Thema »Wie bringe ich mein Kind dazu, sein Zimmer aufzuräumen?« in einem von meinen vier Erziehungsratgebern nachzuschlagen, aber ich weiß schon, dass es wieder heißt: Zwingen Sie Ihr Kind nicht! Lassen Sie Ihr Kind die natürliche Konsequenz spüren! Lassen Sie es sein Zimmer zumüllen, bis es nicht mehr durchkommt und selbst merkt: Hoppla, ich muss ja mal aufräumen.

Auch das habe ich übrigens schon probiert, liebe Pädagogen. Aber nach zehn Tagen hatte ich das Gefühl, dass Sofie nicht vorhatte, ihre Kleider- und Spielzeugberge jemals aufzuräumen. Ich fand sie nachmittags auf einem Kleiderberg sitzend, wie sie mit einem Malblock auf dem Schoß rumkritzelte. Sie schien sich ziemlich wohl zu fühlen. Für einen kurzen Moment hatte ich die schrecklichen Bilder von den Messies auf RTL II vor Augen, die irgendwann keine Mülltüten mehr wegwerfen und das Dosenfutter für ihre zwanzig Katzen verschimmeln lassen. Mir lief ein Schauer über den Rücken.

Jetzt aber würde ich einiges dafür geben, meine Messie-Tochter im Arm halten zu können. Es ist jetzt schon fast 20 Uhr. Ich versuche mich mit der *Tagesschau* abzulenken, beschließe aber dann doch, mich auf die Suche zu machen.

Es ist kühl geworden, ich mache den Reißverschluss meiner Outdoor-Jacke mit integriertem Fleecefutter zu und stecke die Hände in die Taschen. Als ich auf die Hauptstraße abbiege, sehe ich von Weitem einen Mann. An seiner Seite ein kleines Mädchen, das fröhlich hopst. Rainer und Sofie!

Ich rudere sofort hektisch mit den Armen. Als Sofie mich erkennt, rennt sie los und wirft sich in meine Arme. Ich knutsche ihre Backen ab und drücke sie ganz fest. Das ist vielleicht etwas übertrieben, schließlich war sie ja bei Papa und ist nicht gerade aus den Armen eines Entführers gerettet worden. Als Rainer in Hörweite ist, poltere ich dennoch los:

»Ich habe mir solche Sorgen gemacht, wo wart ihr denn?«

Ich komme mir im gleichen Moment wie Irmgard vor, aber ich finde, in diesem Fall hätte Irmgard recht gehabt.

»Meine Güte, jetzt reg dich doch nicht so auf«, sagt Rainer beschwichtigend. Reue höre ich nicht aus seinen Worten heraus.

»Ich sitze seit Stunden zu Hause und warte. Auf dem Tisch steht das Abendbrot …«

Rainer entgegnet geradezu beiläufig:

»Wir haben gerade Hamburger gegessen in dem Imbiss da vorne. Mit Tanja, Jürgen und Marco.«

Ich merke, wie ein Funke Wut in meinem Bauch zündet, die Flamme immer größer und mein Gesicht puterrot wird. »Du hast sie doch nicht alle!«, bricht es aus mir heraus. Dann drehe ich mich auf dem Absatz herum und laufe nach Hause, ohne mich umzudrehen. Das kostet mich einiges an Kraft, denn Sofie ruft immer wieder: »Mama, was ist denn?« Aber ich will einfach nicht in ihrer Gegenwart weiter rumbrüllen, zumal gerade eine Großfamilie in regenbogenfarbenen Windjacken die Hauptstraße entlangläuft und uns interessiert mustert. Ich zwinge mich, die Sache noch mal nüchtern zu analysieren:

1. Mein Mann geht mit meiner Tochter und einer fremden Familie essen.
2. Ohne mir Bescheid zu sagen.
3. Ich sitze in dieser Zeit zu Hause.
4. Am liebevoll gedeckten Tisch.

Mein Urteil ist gefällt. »Der spinnt!«, rufe ich laut aus.

Ein Händchen haltendes Ehepaar, das mir entgegenkommt, schaut mich erstaunt an. Ich gehe einfach weiter.

Im Ferienhaus laufe ich die Treppe rauf und lege mich schmollend auf das Bett. Ich höre, wie unten die Türe geht.

»Mensch, Anke, komm. Ich dachte, du freust dich, wenn du mal Ruhe hast.«

Ich schweige. Klar freue ich mich, mal alleine zu sein. Eine Stunde lang oder so. Aber nicht den ganzen Nachmittag. Außerdem weiß ich, dass Rainer das nicht aus altruistischen Gründen gemacht hat, sondern weil er sich gerade ganz gut unterhalten hat und die anderen ihn gefragt haben, ob er nicht mitessen will. Ein, zwei Bierchen. Und schon ist Mutti zu Hause vergessen. Mir steigen Tränen in die Augen. Nein, ich gehe nicht hinunter, er soll noch schmoren, sein schlechtes Gewissen soll noch weiter anschwellen. Ich höre Schritte auf der Treppe. Sofie kommt rein und springt aufs Bett.

»Mama, stell dir vor, ich habe auf Marcos Nintendo gespielt.«

Na klasse, jetzt verderben die Schalke-Fuzzis auch noch meine Tochter mit hirnrissigen Computerspielen. Aber ich lächele Sofie an und sage: »Morgen können wir ja mal *Mensch ärgere Dich nicht* spielen.«

Ich merke ihr an, dass das jetzt nicht der Burner für sie ist. Aber sie sagt ganz lieb: »Mal sehen, Mama.«

In der Tür taucht jetzt auch Rainer auf. »Mensch, das tut mir leid. Ich wusste nicht, dass du schon Abendessen gemacht hast.« Immerhin: Er hat ein schlechtes Gewissen. Aber ich will noch einen kleinen Moment die Irmgard-Strategie fahren:

»Das war das letzte Mal, dass ich für euch Abendbrot gemacht habe.« Sofie schaut erschrocken. Sie weiß, was das bedeutet, wenn Papa das Abendessen macht: Er stellt Brot, Wurst und Käse hin, obwohl sie den gar nicht isst. Butter hat er vergessen zu kaufen, weil er selbst keine mag.

»Komm, wir machen die Küsschen-Therapie«, sagt Rainer jetzt zu Sofie. Beide werfen sich auf mich drauf und geben mir, einer von links, einer von rechts, Dauerküsschen auf meine Wangen. Die raffinierten Schweinehunde, meine Irmgard-Strategie bröckelt. Ich muss lachen, das kommt so gar nicht vorwurfsvoll rüber. Dann fangen sie noch an, mich an den Füßen zu kitzeln. Wie gemein!

»Hört auf, hört auf!«, rufe ich flehend und pikse Sofie unter den Armen – ihre kitzeligste Stelle.

Was soll ich sagen, ich habe vergeben und vergessen, in noch nicht mal zehn Minuten. Das ist schwach! Ich schlucke sogar meinen Ärger herunter, als Sofie mir erzählt, dass sie nach dem Hamburger, zu dem es natürlich Pommes mit Ketchup gab, noch ein Eis verdrückt hat. Das zweite an diesem Tag!

Wir gehen gemeinsam nach unten und setzen uns an den Tisch. Ich schmiere mir ein Brot, Sofie isst noch ein bisschen Mozzarella und Rainer öffnet sich eine Dose Bier und ich schenke mir ein Glas Rotwein ein. Ganz langsam setze ich jetzt dazu an, ihn seiner gerechten Strafe für dieses Fehlverhalten zuzuführen.

»Rainer«, sage ich sachlich.

»Ja?« Noch ist er ahnungslos – im Glauben, dass jetzt alles wieder im Lot ist.

»Rainer, mein Schatz.«

»Ja?«

»Heute … bringst … du … Sofie … ins … Bett.« Ich halte genüsslich die Pausen zwischen den Worten und genieße die Stille, die jetzt kommt. An seinem Blick erkenne ich, dass er jetzt lieber den Fernseher anschalten würde. Er weiß wohl selbst, dass es unklug wäre, eine Diskussion anzufangen. Dann schaut er Sofie an, vermutlich weil er hofft, dass sie ihm aus der Situation noch raushelfen könnte, indem sie wie so oft sagen würde: »Nein, die Mama soll mich ins Bett bringen.«

Sofie aber strahlt: »Au ja, Papa, du wolltest mir doch noch von dem Fußballclub erzählen, dem FC Schlacke oder wie der heißt. Der Marco geht doch immer da hin.«

Rainer schaut mich strafend an, als ob ich ihr das vorher eingebläut hätte. Ich zucke aber nur mit den Achseln und versuche, meine Freude zu verbergen. Tapfer steht er auf und klatscht in die Hände: »Dann hops, Sofie. Nach oben und den Schlafanzug anziehen.«

11. Schlaflos an der Nordsee

Sofie ist eingeschlafen.

Schon nach 20 Minuten.

Wie hat Rainer das nur geschafft?

Ohne Bärli!

Ich erinnere mich an die vergangenen Abende, an denen ich alles probiert habe:

1. Eine Geschichte vorgelesen.
2. Noch eine.
3. Eine Geschichte erzählt.
4. Einen Reim aufgesagt.
5. Den Tag noch mal Revue passieren lassen.
6. Auch gestreichelt.

Sogar meine Geheimwaffe habe ich gezogen: vier Strophen von »Der Mond ist aufgegangen«. Bei der letzten Strophe »So legt euch denn, ihr Brüder«, höre ich in der Regel den tiefen Atem von Sofie. Kurz danach schläft sie. Ich bin mir nie ganz sicher, ob sie sich in den Schlaf flüchtet, weil sie Mamas Gesangskünsten nur bedingt etwas abgewinnen kann. Oder weil sie das Lied so sterbenslangweilig findet, dass ihr nichts anderes einfällt, als zu schlafen. Jedenfalls kriege ich sie damit immer klein. Außer in den Ferien.

»War gar kein Problem«, sagt Rainer, als er ins Wohnzimmer kommt. Ich lege das Buch zur Seite, schweren Herzens, denn die Kommissarin wird gerade zum nächsten Tatort gerufen und es wird jetzt echt spannend. Aber noch hat keiner den Fernseher angeschaltet. Wir könnten uns also unterhalten.

»Wie war's denn noch mit den Gelsenkirchnern?«, frage ich harmlos. »Ach, ganz lustig, der Jürgen wirkt ja eher ruhig, aber der hat echt Humor!«

Verstehe. Auf der Herrenwitzeebene wahrscheinlich. Gut, dass ich nicht dabei war, sonst hätte ich mich mit Tanja wahrscheinlich über Nagellackfoundation unterhalten müssen.

»Was machen wir denn morgen?«, frage ich und denke sofort, dass ich mir das hätte sparen können. Rainer ist nicht der Typ, der im Urlaub Tagespläne ausarbeitet. Ganz im Gegensatz zu meinem Schwiegervater Günther. Wir waren mal alle zusammen für ein verlängertes Wochenende im Harz. Sofie war damals noch nicht auf der Welt. Günther hatte jeden Morgen einen Plan für den Tag ausgearbeitet, den er uns ausführlich vortrug, wenn wir endlich um 9 Uhr am Frühstückstisch erschienen. Es begann immer mit: »Wie fändet ihr das?« Und ging übergangslos weiter mit den Programmpunkten: »Um 10 Uhr fahren wir mit dem Bus zum Salzbergwerk. Um 10.45 Uhr beginnt dort eine Führung. Die dauert anderthalb Stunden. Sodass wir um 12.30 Uhr in Bad Lauterberg mittagessen können.«

Klar, theoretisch hätte man sagen können: »Wir finden das nicht so toll, weil wir erst mal in Ruhe frühstücken und dann mal sehen wollen, was der Tag so bringt.« Günther hätte das aber nicht verstanden. Für ihn hieße das: den Tag vergeuden. Also fügten wir uns, besichtigten Salzbergwerke, standen um 9 Uhr morgens auf dem Brocken und aßen um Punkt 18 Uhr zu Abend.

Es war allerdings die einzige und vorerst letzte gemeinsame Reise.

»Was ist mit der *Watt-Lagune*?«, fragt Rainer vorsichtig.

»Kommt aufs Wetter an: Morgen soll es mehr oder weniger bewölkt sein und ab und zu regnen«, entgegne ich, denn ich hatte selbstverständlich das Wetter auf meinem Smartphone gecheckt. Und deshalb vorsichtshalber schon einen Alternativplan ausgearbeitet: In der Touristen-Info hatte ich einen Prospekt über Wattwanderungen für die ganze Familie mitgenommen. Endlich kämen dann auch meine moosgrünen Hunter-Gummistiefel zum Einsatz. In der *Instyle* hatte ich gelesen, dass Kate Moss die auch immer trägt, wenn sie beim Glastonbury-Festival durch den Matsch watet. Okay, das klingt jetzt nach Vanessa. Aber ein bisschen Luxus muss mal sein.

»Also mal sehen«, sage ich zu Rainer, erwähne aber die Wattwanderung vorerst nicht. Schließlich möchte ich nicht so penetrant gut vorbereitet wirken wie mein Schwiegervater Günther.

Das ist dann auch schon das Ende unseres Gesprächs. Rainer schaltet den Fernseher ein. Es läuft gerade *The Mentalist*. Eine jener amerikanischen Serien, bei denen ich sofort abschalten würde. Aber ich will mal nicht so sein und kuschele mich an ihn. Nach zehn Minuten bin ich eingeschlafen. Was soll's. Im Urlaub muss man sich erholen.

»Mama!« Ich wache mitten in der Nacht auf. »Maaama!«

Es dauert einen Moment, bis ich wach bin. Sofie ruft.

Es ist 3.20 Uhr. Ich gehe nach nebenan.

»Was ist denn, Spätzchen?«, sage ich verschlafen.

»Ich habe von einem Gespenst geträumt«, jammert Sofie. »Darf ich bei euch schlafen?«

»Ja klar, komm rüber.« Sofie legt sich in die Mitte des Betts und kuschelt sich ganz eng an mich. Ich höre tiefe Atemzüge – sie ist wieder eingeschlafen. Ich liebe es, wenn ihr kleiner warmer Körper neben mir liegt.

Zu Hause jedenfalls. Denn hier ist das Bett leider nur 1,40 Meter breit, und gut einen Meter davon nimmt Rainer mit seinen breiten Schultern in Beschlag. Ich liege am äußersten Bettrand in seitlicher Position, um nicht herauszufallen.

Es dauert eine Weile, bis ich wieder einschlafe.

Ich träume davon, wie ich in der Redaktionskonferenz mit neonfarbenen Fingernägeln sitze. Mein Ressortleiter fragt nach dem Aufmacher, der längst hätte fertig sein sollen. Ich versuche, schnell etwas in den Computer zu tippen, aber meine Fingernägel sind so lang, dass ich zwischen den Tasten steckenbleibe.

»Anke, wo bleibt der Aufmacher?«, drängt der Ressortleiter.

Ich atme immer schneller und spüre, wie jemand an meinem Ohr zieht.

»Nein, ich muss doch den Text schreiben«, rufe ich. »Nein, nein! Der Text …« Plötzlich bin ich wach und merke, dass es Sofie ist, die an meinen Ohren zieht. »Mama? Bist du wach?«

Ich schaue auf mein Handy, das auf dem Nachttisch liegt. 6.25 Uhr.

»Oh, nein, Sofie, lass mich doch noch schlafen, bitte. Geh zu Papa.«

»Ich kann aber nicht mehr schlafen.«

»Bitte, bitte!«

»Kannst du mir was vorlesen?«

Als Rainer gegen 9 Uhr zum Frühstück kommt, bin ich schon seit zweieinhalb Stunden hellwach. Eine Stunde lang habe ich Sofie vorgelesen. Dann haben wir etwa zwanzig Mal *Uno* gespielt, bis Sofie die Karten in die Ecke feuerte, weil sie drei Mal hintereinander verloren hatte. Dann fing sie an zu malen. Aber an Schlaf war jetzt nicht mehr zu denken.

Immerhin weiß ich jetzt, wie mein Schwiegervater sich im Harz gefühlt haben muss, wenn sein Sohn um 9 Uhr im Pyjama am Frühstückstisch aufschlug,

»Guten Morgen, auch schon wach?«, frage ich deshalb sarkastisch.

Rainer geht gar nicht darauf ein: »Gibt's schon Kaffee?«

»Kannst du nicht erst mal ›Guten Morgen‹ sagen?«, raunze ich, als ich ihm den Kaffee hinstelle.

Das Lustige ist, dass Rainer zu Hause als Frühaufsteher gilt, denn er ist immer als Erster wach, trinkt einen Kaffee mit extra viel Milch und liest seine Zeitung. Manchmal geht er sogar schon vor 8 Uhr ins Büro. Im Urlaub ist genau das Gegenteil der Fall: Da lässt Rainerchen es gerne mal ruhig angehen.

Nach dem Frühstück gehe ich auf die Terrasse – Temperaturcheck! Die grauen Wolken rasen am Himmel in Richtung Osten. Ich spüre den kalten Wind auf meinen Wangen. Die Diagnose ist eindeutig: Kein *Watt-Lagunen*-Wetter! Drinnen bereite ich meine Familie sanft darauf vor: »Zum Baden ist es zu kalt, fürchte ich.«

»Manno«, jammert Sofie, »ich wollte doch heute mit Marco vom Felsen springen üben.«

Ich sage mitfühlend: »Tut mir leid, mein Schatz.« Insgeheim bin ich natürlich froh, dass wir nicht schon wieder den

Tag mit Familie Schmittke aus Gelsenkirchen verbringen müssen, auch wenn sie gar nicht so schlimm sind, wie sie aussehen.

»Wisst ihr was?«, läute ich meinen Vorschlag ein. »Ich habe eine tolle Idee, was wir machen können.« Rainer und Sofie schauen mich gespannt an.

»Wir machen eine Wanderung im Watt.«

Stille.

»Hmm«, sagt Rainer schließlich.

»Will nicht wandern«, nörgelt Sofie.

Aber als Mutter ist man immer auch Motivationscoach: »Schau mal, Schätzchen, da kannst du mit den Gummistiefeln in Matsche-Pampe rumlaufen. Und weißt du was? Ich werde noch nicht mal schimpfen.«

Sofie schaut jetzt schon ein bisschen interessierter.

Als Coach für Rainer versage ich hingegen: Er sieht immer noch so aus, als hätte er gleich einen Zahnarzttermin.

»Hast du eine bessere Idee?«, frage ich.

»Ist schon okay«, antwortet er. Natürlich hat er keine bessere.

Wir ziehen unsere Regenklamotten an, das heißt: Sofie und ich. Rainer ist nicht so der Outdoor-Typ. Er trägt seine Flieger-Jacke ohne Kapuze, die für das Cockpit des Starfighters geeignet wäre, aber weniger für eine Wanderung an der Nordsee. Dazu trägt er Sneaker aus Leder – null Prozent wasserabweisend. Aber das ist jetzt sein Problem. Ich packe noch Salzbrezeln, Müsliriegel, Apfelstückchen und drei Päckchen Apfelschorle ein, in der Annahme, dass es auf dem Watt keinen Kiosk gibt.

Gegen 10.30 Uhr watscheln wir los in Richtung Touristen-Info – dem Treffpunkt für die Familien-Wattwanderung. Von Weitem sehen wir schon eine kleine Menschenmenge vor dem Gebäude stehen. Offenbar Familien, die auf die Wattwanderung warten. Als wir näher kommen, erkenne ich einen platinblonden Kopf. Oh nein!

Tanja begrüßt mich überschwänglich mit Küsschen, als wären wir alte Freundinnen. Sie trägt eine zitronengelbe Windjacke zu pinkfarbenen Gummistiefeln.

»Das ist ja eine Überraschung«, sage ich in bewusst sachlichem Tonfall, den man so oder so auslegen kann. Als ich sehe, wie sehr Sofie sich freut, Marco zu sehen, bin ich schon wieder milde gestimmt.

»Ich dachte, dat tut dem Jürgen mal jut an die frische Luft zu kommn«, sagt Tanja. Zu frisch offenbar auch wieder nicht, denn Jürgen steht an der Straße und raucht eine Zigarette.

Am Himmel ziehen bedrohlich dunkle Wolken auf. Kann gut sein, dass es gleich noch regnet. Ich schließe den Reißverschluss meiner himmelblauen Goretex-Jacke, die ich letzten Winter im Schlussverkauf erstanden habe.

»Ich hol' schnell noch die Tickets«, rufe ich Rainer zu.

»Ich komm mit«, sagt Tanja.

Frau Holle steht am Tresen der Touristen-Info und kassiert eifrig. Während wir in der Reihe stehen, redet Tanja ununterbrochen auf mich ein. Es stört sie auch nicht, dass ich zwischendrin was zu Sofie sage oder prüfe, ob ich genug Geld für Kurkarten und Wanderung im Portemonnaie habe. Sie erzählt jetzt gerade von ihren Freundinnen in Gelsenkirchen, mit denen sie immer zum Shoppen nach Essen fährt, »wenn die Männer samstags auf Schalke sind«. Ich versuche, mich auf den Ticketkauf zu konzentrieren. Marco und Sofie rennen in dem kleinen Raum herum und gackern.

»Pass bitte auf, Sofie!«, ermahne ich, obwohl ich merke, dass Marco der Motor fürs Quatschmachen ist.

»Warten Sie dann bitte draußen, bis der Wattführer kommt«, vermeldet Frau Holle, als sie uns die Tickets aushändigt.

Draußen stehen Jürgen und Rainer, ins Gespräch vertieft.

Ich nutze eine zwei Sekunden dauernde Gesprächspause von Tanja, um auch mal was zum Thema zu sagen: »Ich komme ja gar nicht mehr zum Shoppen, seit ich wieder arbeite. Nachmittags hole ich Sofie vom Kindergarten ab. Am Wochenende müssen wir einkaufen. Da ist der Kühlschrank immer leer. Was meine Klamotten betrifft, das mach' ich jetzt alles online.« Leider ist das genau das Stichwort für Tanja, auf das sie offenbar gewartet hat: Sie entpuppt sich nämlich als leidenschaftliche Online-Shopperin, Spezialgebiet: Schnäppchenjagd. Ich erfahre umgehend, was die Regenschuhe von Marco gekostet haben: »Hömma, nur 14,99!!!« Das Jeanshemd von Jürgen: »Glaubse nich': 29 Euro«. Sowie ihre pinkfarbenen Gummistiefel: »Von 39,90 auf 25,90 reduziert. Dat war der Wahnsinn.«

Als sie beim Genre Dessous angelangt ist, kommt zum Glück der Wattführer. Ich staune nicht schlecht: Es ist Herr Drechsler, der Mann von nebenan.

12. Dat Watt

Warum bietet ausgerechnet jemand wie Herr Drechsler eine Familienwattwanderung an? Einer, der strafend aus dem Fenster schaut, wenn irgendwo ein Kind zu hören ist. Herr Drechsler trägt halblange Hosen und dazu einen eierschalenfarbenen Blouson. Den Riemen seiner kleinen Ledertasche hat er sich diagonal um die Schulter gelegt. Das sieht man oft bei Touristen, die Angst vor Dieben haben. Aber im Watt? Ein bisschen sieht er mit seiner randlosen Brille aus wie Volker Kauder von der CDU. Ist der nicht auch aus Franken? Oder Schwaben?

»Grüß Gott«, sagt Herr Drechsler. Tja, da reist man an die Nordsee und hat einen Gästeführer aus Nürnberg oder Erlangen. Ich nehme mir vor, noch mal nachzufragen, was ihn hierher verschlagen hat. Aber im Moment möchte ich den Monolog von Herrn Drechsler nicht unterbrechen, der uns etwas über den Nationalpark Wattenmeer erzählt, der 3450 Quadratkilometer groß und seit 2009 Weltnaturerbe der Unesco sei.

»Was ist Nesco?«, fragt Sofie.

»Erklär ich dir später«, flüstere ich und hoffe, dass sie die Frage vergisst. Wie soll man, bitte schön, die Unesco erklären?

»Dees Waddenmeer ist eine überrragende Nadurrrerscheinung von außergewöhnlicher Nadurrrschönheit und äsdhedischer Bedeutung«, zitiert Herr Drechsler die Unesco. Das macht er sicher immer bei seinen Wattwanderungen, weil dieser Satz so viele schöne »Rs« hat, die er rollen kann.

Gemeinsam marschieren wir mit gut dreißig Personen über den Deich in Richtung Wasser. Das heißt, dorthin, wo wir das Meer vermuten. Das Watt liegt wie eine Wüste aus Asphalt vor uns. Der wolkenverhangene Himmel spiegelt sich in den Wasserresten an der Oberfläche.

Bevor wir den Schlick betreten, schlägt Herr Drechsler vor, die Schuhe auszuziehen: »Da spüren's dees Wadd so rrichtig!«

Aber warum habe ich mir extra die Gummistiefel gekauft? Kommt gar nicht in Frage!

Als wir im Pulk das Watt erreicht haben, zieht Herr Drechsler tatsächlich seine Schuhe aus und packt sie in seinen Rucksack. Rainer und Jürgen machen es ihm nach. Sofie schaut mich fragend an: »Lass die Stiefel mal an«, sage ich knapp. Immerhin macht auch Tanja keine Anstalten, ihre pinkfarbenen Exemplare auszuziehen. Herr Drechsler schaut missbilligend auf unsere Füße und kommt mir dabei wie ein militanter FKK-Fan vor, dem es unverständlich ist, wenn andere seine Leidenschaft nicht teilen.

Nach fünfzehn Minuten Fußmarsch hält Herr Drechsler seinen Spaten in die Luft. Das Zeichen zum Sammeln. Er widmet sich nun ausführlich dem Wattwurm, der im Watt lebt und, so erfahren wir, für die Belüftung des Schlicks sorgt, weil er kleine Röhren unter der Oberfläche baut.

»Wollen doch mal sehen, ob wir einen finden«, sagt Herr Drechsler und schwingt seinen Spaten. Immerhin, die Kinder beteiligen sich an der Spurensuche und gucken nach kleinen spaghettiförmigen Sandringeln, die der Wattwurm zuvor ausgeschieden hat.

»Da, da sind Spaghettis!«, ruft Sofie aus und tritt aufgeregt auf der Stelle. Herr Drechsler gräbt ein großes Loch ins Watt und präsentiert schließlich einen Wattwurm auf seinem Spaten. Die Kinder machen alle: »Oooh«.

»Wer will ihn mal in die Hand neema?«, fragt der Finder.

Sofie ist die Erste, die sich meldet. Das muss man ihr lassen: Zimperlich ist sie nicht. Sie nimmt das eklige Etwas, das kaum anders als ein Regenwurm aussieht, in die Hand und zeigt ihn mir stolz. »Willst du auch mal, Mama?«

»Nein danke, Schatz, ist ganz lieb.«

»Doch, Mama, bitte!« Also reiße ich mich zusammen und nehme den Wattwurm samt Matsch für drei Sekunden in die Hand.

»So, jetzt kannst du ihn wieder haben«, sage ich schnell und mache mit meinem Smartphone ein Foto. Leider hat das jetzt auch die Farbe des Wattwurms. Mit einem Taschentuch versuche ich, den Matsch wieder abzukriegen.

»Weider gäht's«, ruft Herr Drechsler. Die Karawane setzt sich in Gang. Unter unseren Füßen knatscht der Schlick. Er ist tiefschwarz und riecht muffig.

»Stopp!« Herr Drechsler hält wieder den Spaten in die Luft.

Leider verstehe ich nicht, was er sagt, denn er ist umringt von wissbegierigen Familienvätern, die permanent Fragen stellen und, nachdem der Wattführer es erklärt hat, alles noch mal ihren Kindern erklären, weil die es auch nicht verstanden haben.

»Weider gäht's!«

Neben mir läuft eine Frau, die ein Baby im Tragetuch hat. Sie gehört zu einem der Fragesteller. Ich versuche Schritt zu halten. Rainer und Jürgen trotten als Letzte hinter der Gruppe her. Der Wattwurm scheint sie nicht besonders zu interessieren, vermutlich unterhalten sie sich gerade über Fußball.

Als wir etwa zwanzig Minuten unterwegs sind, höre ich plötzlich einen Schrei.

»Mamaaa!« Es ist Sofie, die mit ihrem rechten Gummistiefel im Matsch eingesackt ist. Ich eile zu ihr, mit der Folge, dass mein linker »Hunter« ebenfalls bis zum Knöchel im Watt versinkt.

»Rainer!«

Er kommt sofort angelaufen. Seltsamerweise sackt er nicht im Schlick ein, vielleicht weil er Schuhgröße 46 hat und das vermutlich so ähnlich ist, wie wenn man mit einem Schneeschuh auf Pulverschnee läuft. Er versucht, mich rauszuziehen, was er auch schafft, aber der Gummistiefel bleibt stecken. Ich stehe jetzt mit einem Socken auf dem Schlick. Aber so schnell will ich meinen Hunter nicht aufgeben, schließlich hat er mehr als 100 Euro gekostet. Ich ziehe und ziehe. Mit einem Ruck habe ich ihn schließlich rausgezogen – aber mit so viel Schwung, dass ich nach hinten kippe und unsanft auf meinem Rücken lande. Wie peinlich! Am liebsten würde ich jetzt komplett im Watt versinken. Vor den Augen der anderen liege ich wie ein Käfer auf dem Rücken. Als ich Gelächter höre, treibt es mir Tränen in die Augen. Rainer zieht mich hoch und ich spüre, wie der nasse Schlamm bereits meine Jeans durchweicht hat. Auch Sofie landet beim Evakuierungsmanöver auf dem Hosenboden, aber bei ihr sieht es süß aus. Marco zieht sie hoch und vor lauter Lachen fällt sie gleich noch mal in den Matsch.

Die Familien in ihren sauberen Outdoor-Jacken schauen alle auf uns und warten, dass es endlich weitergeht. Ich lächele verlegen und würde am liebsten sofort nach Hause gehen. Aber womöglich würde ich mich noch im Watt verlaufen und ertrinken, wenn die Flut kommt. Also beiße ich die Zähne zusammen und klopfe notdürftig den Schlamm von meiner Hose.

Der Spaten ragt schon in der Luft. »Und weider gäht's!«

Tanja hakt sich bei mir unter und sagt: »Ja, dat Watt.«

Am Himmel sind dunkelgraue Wolken aufgezogen, und es bläst ein fieser Wind von vorne. Ich beginne allmählich zu frieren. Es wäre jetzt an der Zeit zurückzugehen, finde ich. Herr Drechsler aber referiert jetzt über die 50000 Schlickkrebse, die versuchen, den widrigen Bedingungen von Ebbe und Flut zu trotzen.

»Ist ja auf einmal saukalt«, sagt Rainer.

Und Jürgen, der nur mit einem Jeanshemd bekleidet ist, reibt sich die Arme: »Reicht mir jetzt, dat Watt.«

Sofie und Marco rennen hintereinander her. Sie scheinen jedenfalls nicht zu frieren. Tanja ist mit Rainer und Jürgen zurückgefallen. Ich dagegen versuche schneller zu gehen und pirsche mich an Herrn Drechsler ran. Ich fange harmlos an und fasele etwas über die Schönheit des Watts. Dann lege ich investigativ nach: »Sie kommen aber nicht aus der Gegend, oder?«

Rainer kann mich zum Glück nicht hören, sonst würde er sich wieder aufregen über meine dämlichen Journalistenfragen, bei denen einem die Antwort immer in den Mund gelegt wird. Statt einfach »Wo kommen Sie her?« zu fragen. Tja, mit Suggestivfragen kommt man einfach schneller ans Ziel. Und so erfahre ich, dass Herr Drechsler in der Nähe von Nürnberg in der Buchhaltung einer Großdruckerei gearbeitet und fünfunddreißig Jahre lang jeden Sommer Urlaub an der Nordsee gemacht hat.

»Des Wadd is' mei' Leidenschaft«, sagt er trocken. »So was gibt's net in Nürrnberch.« Also ist er nach der Pensionierung mit seiner Frau hierhergezogen und hat sich zum Wattführer ausbilden lassen. »Aus Leidenschaft. Und nebenbei verdien' i' noch was zur Rende dazu.« Keine schlechte Idee. Herr Drechsler sieht so fit und gesund aus, als würde er sich jeden Morgen mit kaltem Wattmatsch einreiben.

Wir marschieren wortlos weiter. Es ist jetzt schon nach 12 Uhr. Und echt ungemütlich. Der kalte Wind hat den Schlick auf meinem Rücken getrocknet. Es fühlt sich an, als würde ich einen Schildkrötenpanzer mit mir herumtragen. Außerdem bin ich allmählich unterzuckert, weil die Kinder sämtlichen Proviant auf einmal aufgegessen haben. Zum Glück bläst Herr Drechsler endlich zum Rückweg. Rainer und Jürgen rennen mit den Kindern schon vor.

Neben mir läuft der dreifache Familienvater. Er hält seinen Kindern gerade einen Vortrag über den Alpenstrandläufer und wie man ihn erkennt. Ich bin beeindruckt und frage mich, ob es sich dabei um einen Krebs oder einen Vogel handelt, traue mich aber nicht zu fragen. Und Rainers unerwartete ornithologische Kenntnisse, die ich zu Beginn der Reise bewundert habe, scheint er jedenfalls im Moment nicht weiter vertiefen zu wollen.

Endlich sind wir wieder am Deich angelangt. Herr Drechsler zeigt uns noch die Wasserhähne, unter denen wir uns unsere Füße abduschen können. Ich probiere gar nicht erst, Wasser über meine verkrusteten Stiefel laufen zu lassen. Außerdem bin ich total durchgefroren. Sofies rote Wangen fühlen sich eiskalt an. Und Rainer hat Hände, als sei er gerade ohne Handschuhe zum Südpol gelaufen. Das nennt sich also

Sommerurlaub! Da kommt Tanjas Vorschlag gerade richtig: »Wollen wir nich' noch wat trinken zum Aufwärmen?« Wir stimmen sofort zu. Aber da fällt mir mein Schildkrötenpanzer ein.

»Ich müsste mich vielleicht erst umziehen«, gebe ich zu bedenken.

»Ach Quatsch«, entgegnet Tanja. »Ich hol dir schnell ein Paar Leggings von mir.«

Der Campingplatz ist ja gleich nebenan. Als ich zustimme, hoffe ich gleichzeitig, dass sie nicht mit einem getigerten Exemplar auftaucht.

Wir anderen gehen schon mal vor in das Café *Inselblick* direkt am Deich. Es hat die Form eines Schiffsbugs. Vom Gastraum im ersten Stock hat man eine tolle Sicht über das Wattenmeer.

»Moin«, sagt die Bedienung und kommt gleich zur Sache: »Wat darf es sein?«

»Wir schauen erst mal in die Karte«, sage ich freundlich und denke bei mir, dass das eben so ist bei dem Norddeutschen: pragmatisch, sachlich und immer ein bisschen unterkühlt. Bevor ich mich setze, lege ich eine Plastiktüte auf den Stuhl und bestelle den berühmten Ostfriesentee mit »Kluntjes« und »Rohm«.

»Was ist denn das, Mama?«, fragt Sofie.

»Kandis und Sahne, das ist hier eine Spezialität«, erkläre ich.

»Will auch Spezialät«, sagt Sofie erst und entscheidet sich dann doch für heißen Kakao – wie Marco. Während sie Marco noch immer damit aufzieht, dass er sich nicht getraut hat, den Wattwurm anzufassen, genieße ich den Blick aus dem

Fenster. Schmale Sonnenstreifen haben sich ihren Weg durch die Wolken gebahnt und spiegeln sich in der Oberfläche des feuchten Watts wider. Hier vom warmen Café aus gesehen, kann ich die Leidenschaft von Herrn Drechsler nachvollziehen. Als dann noch der heiße Tee langsam durch meinen Körper fließt, bin ich wieder milde gestimmt mit dem Wetter, der Nordsee und überhaupt. Unterm Tisch ergreife ich die Hand von Rainer. Er schaut mich verwundert an, drückt dann aber meine Hand ganz fest.

Dann kommt auch schon Tanja und hält die Leggings in der Hand. Sie sind zum Glück schlicht schwarz. In der Toilettenkabine merke ich beim Umziehen, dass sie etwas spannen. Kein Wunder, Tanja trägt mindestens eine Nummer kleiner. Zum Glück habe ich ein relativ langes T-Shirt an, das die Hüften, wo es am meisten spannt, dezent verdeckt.

Als ich an den Tisch zurückkomme, bringt die Bedienung gerade meine Krabbensuppe. Perfekt, mein Magen knurrt nämlich schon. Ich löffele im Sekundentakt und bin beim vorletzten Löffel angelangt, als ich Rainer sagen höre: »Habt ihr nicht Lust, heute bei uns im Ferienhaus vorbeizukommen? Wir könnten zusammen abendessen.«

Ich verschlucke mich an einer Krabbe. Und denke im gleichen Moment: Aus der Nummer kommen wir nicht mehr raus!

13. Lady Gaga bringt Ärger

Es klingelt um Punkt 19 Uhr.

»Hallöchen!« Tanja fällt mir um den Hals. Sie trägt ein getigertes Top, Röhrenjeans und mindestens 12 Zentimeter hohe High Heels. Ich komme mir in meiner Jeans-und-Schlabber-T-Shirt-Kombi ziemlich underdressed vor. Als sie mir ein Küsschen auf die Wange gibt, rieche ich, dass sie das gleiche Parfum hat wie ich. Haben wir vielleicht doch mehr gemeinsam, als ich bisher dachte?

Ich hatte es so geplant, dass die ganze Kiste schnell über die Bühne gehen konnte: ein paar Oliven mit Schafskäse als Vorspeise, als Hauptgang Spaghetti Bolognese und zum Nachtisch Eis am Stiel.

Rainer hatte im Supermarkt einen Rioja für 8 Euro, ziemlich viel Bier und eine Flasche Sekt besorgt. Mit Alkohol lässt sich schließlich so gut wie alles ertragen. Vorsichtshalber habe ich um 18 Uhr schon mal ein Gläschen Sekt getrunken, um mich in Stimmung zu bringen.

Sofie und Marco haben sich direkt auf die Terrasse verzogen und spielen am Gartentisch eine Runde *Uno*.

»Dat is schon wat anderes, so'n Ferienhäusken«, stellt Tanja fest, als ich ihr unser Feriendomizil zeige. Im Schlafzimmer schiebe ich unauffällig eine Socke von Rainer mit dem Fuß unters Bett.

»Nee, dat jibbet nich': Du hast ja dat gleiche Parfüm wie ich«, ruft Tanja aus. Wir stehen im Badezimmer, das ich vergessen hatte aufzuräumen. Sofies Zahnpasta liegt halb ausgelaufen am Waschbeckenrand, ein Faden von Rainers benutzter Zahnseide kringelt sich um den Wasserhahn und die benutzten Handtücher stapeln sich auf dem Boden. Ich lächele verlegen und sage nur: »Ja, mein Lieblingsparfüm, trage ich seit vielen Jahren.«

»Ja, dat riecht echt klasse. Empfehlung von 'ner guten Kundin!«

Im Wohnzimmer hat Rainer sein iPad hervorgeholt und erläutert Jürgen, »was man mit dem Wunderding so alles anstellen kann«. Natürlich verschweigt er, dass er sich ein Dutzend Spiele geladen hat, die er immer abends im Bett spielt, während ich mir – ganz retro – noch ein Buch vor die Nase halte (und nach fünf Minuten einschlafe).

Ich schmeiße die Spaghetti in das kochende Wasser. Die Soße hatte ich schon vorbereitet, der Parmesan kommt aus der Tüte, genauso wie der Salat, den ich mit einem Fertigdressing angemacht habe. Zugegeben, das klingt alles etwas lieblos, aber, meine Güte, wir sind schließlich in den Ferien.

»Wir stoßen erst mal an«, sagt Rainer, während er den Sekt in vier Wassergläser füllt. Leider hat der Geschirrschrank nichts anderes hergegeben.

»Schön, dass wir uns kennengelernt haben«, sagt Rainer, und ich glaube, er meint es ernst. Tanja kichert vor sich hin, Jürgen klopft auf den Tisch und brüllt »dito« und ich knabbere verschämt an einer Olive.

Als alle sitzen, schenkt Rainer den Rioja ein, die Kinder trinken Apfelschorle und streiten sich, wer welchen Teller bekommt. Beide wollen gelb, keiner rot. Von zu Hause hatte ich Plastikgeschirr mitgenommen, weil Sofies hektische Art leider allzu oft dazu führt, dass Teller, Gläser, Besteck, Wurstscheiben, Käsestücke, angegessene Nudeln irgendwann auf dem Boden landen.

Ich schlichte nach dem modernen Erziehungsmotto *Seien Sie kreativ!*: »Die erste Portion isst Marco auf dem gelben Teller, die zweite auf dem roten. Und Sofie genau umgekehrt.«

Diesen Vorschlag scheinen die Kinder so bescheuert zu finden, dass jetzt plötzlich jeder freiwillig den roten Teller nehmen will.

»Kinners, einigt euch!«, mahnt Tanja.

Am Ende hat Sofie rot und Marco gelb und beide sprudeln jetzt mit ihren Strohhalmen in der Apfelsaftschorle.

Im Quatschmachen herrscht ja immer Einigkeit!

Um es etwas gemütlicher zu machen, zünde ich ein paar Kerzen an. Dann serviere ich die Spaghetti. Drei davon landen sofort auf dem Boden, als Sofie versucht, die Nudeln auf einem Löffel einzudrehen.

»Sofie!!!«

Ich muss leider feststellen, dass Marco ziemlich ruhig am Tisch sitzt und vorbildlich isst. Ist wahrscheinlich Oma Schmittke, der man das zu verdanken hat. Tanja hatte mir erzählt, dass Marco dreimal in der Woche nachmittags »bei Oma is'«.

Ich trinke mein Glas Rioja auf ex und merke, dass mir allmählich alles wurscht ist – auch die zugegeben schlechten Essmanieren von Sofie. Die kommen auf die »Erziehungs-to-do-List«, wenn wir wieder zu Hause sind.

Jürgen erzählt jetzt von einem Friedhof nur für Schalke-Fans. Der habe die Form eines Mini-Fußballfelds und sogar Blick aufs Stadion. »Mein Schwiegervater hat sich schon Grab

103 reserviert. Dat wird dann bepflanzt mit Stiefmütterchen in den Farben Blau und Weiß.«

»Schalke, dat lebt man halt, auch wenn man tot ist«, sagt Tanja und erzählt von ihrem Nudelsalat, den sie immer macht, wenn Heimspiel ist und die Männer abends nach der Kneipe nach Hause kommen und noch »wat Richtiges essen wollen«.

»Aber vorher geht ihr noch shoppen, oder?« Ich kann mir die Anmerkung nicht verkneifen, schließlich hatte sie mir heute Morgen davon erzählt.

»Jo, mit meiner Kreditkarte«, kommentiert Jürgen.

Als ich zu Rainer rüberschaue, glaube ich so etwas wie Neid in seinen Augen zu sehen. Jeden Samstag zum Fußball! Das wäre ein Traum für ihn. Ich aber meckere schon, wenn er zweimal im Jahr zu einem Spiel der Eintracht geht. Meine Güte, ich habe zwölf Semester Germanistik studiert, da eignet man sich einfach nicht zur Spielerfrau.

»Nachtisch!«, kräht Sofie jetzt dazwischen. Ich wische gerade die Apfelschorle weg, die sie auf dem Tisch verschüttet hat.

»Wie: ›Nachtisch!‹? Was soll das denn heißen? Kannst du nicht mal im ganzen Satz sprechen?«

Sofie blickt mich genervt an: »Manno, Mama!«

Ich schaue sie ernst an.

»Okay: Kann ich bitte Nachtisch haben?«, leiert sie den Satz herunter.

»Rainer, das ist dein Departement!«, sage ich trocken.

Wenn er schon nicht kocht, soll er sich gefälligst um Getränke und Nachtisch kümmern. Diese Verhaltensregel hat Rainer dank meiner zahllosen penetranten Hinweise mit den Jahren akzeptiert. Tatsächlich kann er jetzt sogar einen leckeren Schokopudding kochen, von dem Sofie noch Tage danach schwärmt. Heute aber holt er einfach nur das Eis aus dem Kühlschrank.

»Dürfen wir es draußen essen?«, fragt Sofie.

»Meinetwegen, aber zieht eure Fleecejacken an«, sage ich mütterlich, während ich eine Chipstüte aus dem Schrank hole und mir noch ein Glas Rioja nachschenke. Mir ist jetzt etwas schwummrig und mein Lachen kommt mir eine Spur zu laut vor, als ich über eine Geschichte von Rainer lache, die ich tatsächlich noch nicht gehört habe.

Tanja und Jürgen schütteln den Kopf. Ich giggele ein bisschen vor mich hin und beobachte die Kinder auf der Terrasse, wie sie nebeneinander am Tisch sitzen und jetzt offenbar *Schnick-Schnack-Schnuck* spielen. Verstohlen blicke ich auf die Uhr: 21.15 Uhr. Ich würde jetzt gerne ins Bett gehen.

»Wollen wir Promiraten spielen?«, fragt Rainer plötzlich in die Runde. Zunächst glaube ich, mich verhört zu haben. Ist mein Mann von allen guten Geistern verlassen? Es kann nur am Alkohol liegen. Promiraten? Mit Schmittkes? Leider sind Tanja und Jürgen sofort Feuer und Flamme. Ich füge mich schweigend und lächele einfach nur gequält. Rainer holt gelbe Klebezettel aus dem Schrank und verteilt sie.

Ich schreibe »Heidi Klum« auf den Zettel und klebe ihn Tanja auf die Stirn. Jürgen ist »Rudi Assauer« und Rainer »Thomas Gottschalk«.

Rainer und ich stehen total auf dem Schlauch. Er hat schon sämtliche Politiker, Schauspieler und Sänger durch und ist am Ende fest davon überzeugt, Dieter Bohlen zu sein.

»Blond. Moderator. Erfolgreich. Wer käme da sonst in Frage?«, erklärt er.

»Rainer! Denk doch mal nach«, versuche ich ihm auf die Sprünge zu helfen. »Du bist seit den Achtzigern im Fernsehen, da kannte noch niemand Dieter Bohlen.«

»Dieter Thomas Heck?«

»Neiin!!«

Allerdings muss ich mich gar nicht so weit aus dem Fenster lehnen, schließlich stochere ich schon seit zehn Runden im Nebel, während Tanja »Heidi Klum« in Runde fünf und Jürgen den »Rudi Assauer« schon nach drei Runden geraten haben. Immerhin: Ich weiß jetzt, dass ich eine Sängerin bin.

»Madonna?«

»Nein.«

»Bin ich jünger?«

»Ja.«

»Blond?«

»Ja.«

»Beyoncé?«

»Neiiiin!«

Es dauert noch gut fünfzehn Minuten, bis Rainer auf Thomas Gottschalk und ich auf Lady Gaga kommen.

»Ach so, ja klar«, sage ich kleinlaut. Lady Gaga bringt Rainer jedenfalls auf die Idee, auf seinem iPad nach ihren Hits zu suchen.

»Ich hab's«, ruft er erfreut und hängt sein Gerät an die mitgebrachten Lautsprecher. Wir wippen alle mit den Köpfen zu »Poker Face«. Irgendwann steht Tanja auf und beginnt durch das Wohnzimmer zu tanzen. Ich komme mir vor wie in einem schlechten Film. Andererseits, was soll's! Ich stehe auf und wackele zaghaft mit den Hüften. Rainer imitiert ein Keyboard, während Jürgen die Augen schließt und den Kopf im

Takt nach vorne und hinten schmeißt. Lady Gaga und Headbanging – eine interessante Mischung.

Ich wirbele gerade durch den Raum, als die Kinder runterkommen und uns anschauen, als wären wir nicht ihre Erziehungsberechtigten, sondern vier Irre aus einer Nervenheilanstalt.

»Was machen die denn?«, fragt Marco.

Sofie zuckt mit den Schultern und hängt sich an mein Bein.

»Ich bin müdc, Mama.«

Ich bin sofort stocknüchtern und bitte Rainer, die Musik leiser zu machen.

»Ach komm, ist doch grad so lustig«, sagt er nur und dreht noch lauter auf. Plötzlich klingelt es.

Vor der Tür steht Herr Drechsler.

»Wissen Sie, wie späd es is'?«, sagt er streng. Ich fühle mich wie damals in der Schule, wenn ich beim Schwätzen erwischt worden bin. Schuldbewusst schaue ich auf meine Uhr und bin selbst erschrocken, dass es bereits nach Mitternacht ist.

»Sind wir zu laut?«

»Allerdings!«, sagt Herr Drechsler. »Machen's bidde sofort die Musik leiser. Mei' Fraa dud kei' Auge zu.«

»Ja, machen wir sofort«, sage ich schnell und wünsche brav eine »Gute Nacht, Herr Drechsler.« Zurück im Wohnzimmer rufe ich: »Bidde, bidde, macht's die Musik leise! Ihr zerstört's damit noch das Weldkuldurerbe Waddenmeer!«

Das erinnert mich wieder an früher: Erst vorm Lehrer kuschen und ihn nachäffen, sobald er weg ist. Wir machen alle gemeinsam noch ein bisschen Drechsler-Stimmen-Imitation.

Jürgen kann es besonders gut: »Dees Wadd is meine Leidenschaft, Herrschaftszeiten!«

Aber dann mache ich doch die Musik aus, als ich sehe, dass Sofie ihren Kopf auf die Sofalehne gelegt hat und gleich einschläft. Mamas sind vernünftig und nicht betrunken.

Dann mache ich das Neonlicht über dem Esstisch an.

»Is spät! Abmarsch!«, ruft Jürgen, der den Wink offenbar verstanden hat. Ich bringe die beiden zur Tür und sehe, dass sie etwas windschief durch den Flur laufen. Marco trottet schlecht gelaunt hinterher. Vermutlich hat er überhaupt keine Lust, jetzt noch den ganzen Weg zurück zum Campingplatz zu laufen.

»Sollen wir euch fahren?«, bietet Rainer an. Ich werfe ihm einen strengen Blick zu, schließlich ist er nicht mehr nüchtern.

»Käse«, sagt Jürgen, »dat is' ja wohl noch zu meistern, dat Stückchen.« Ich drücke Tanja noch mal fest und höre mich tatsächlich sagen: »War schön mit euch!«

14. Pretty Baby und andere Schwierigkeiten

Durch das Fenster im Schlafzimmer fallen Sonnenstrahlen auf mein Kissen. Unter anderen Umständen hätte ich mich darüber gefreut. Heute ziehe ich nur die Decke über den Kopf, weil mir zu viel Licht Kopfschmerzen verursacht.

Tag fünf unseres Nordseeurlaubs. Vorläufiges Fazit: Sofie hat Spaß. Rainer auch. Das Wetter ist durchwachsen. Ich habe einen Kater.

Von Weitem höre ich die Stimmen von Rainer und Sofie. Als ich runterkomme, sehe ich, dass die beiden auf der Terrasse schon den Tisch gedeckt haben. In einem kleinen Wasserglas stehen Gänseblümchen, die Sofie auf dem kleinen Stück Rasen vor der Terrasse gepflückt hat. Was ist passiert? Hat hier irgendjemand ein schlechtes Gewissen?

»Guten Morgen«, sagt Rainer lächelnd. Ich lächele zurück.

Ich muss zugeben: Es ist ein herrlicher Tag. Fehlten nur noch frische Brötchen. »Soll ich Brötchen holen?«, fragt Rainer, als hätte er meine Gedanken erraten. Ich muss träumen. Das ist mein Rainer, den ich früher kannte. Entspannt und gut gelaunt. Der guten Nordseeluft sei Dank!

Eine halbe Stunde später sitzen wir mit frischen Brötchen und Ostfriesentee beim Frühstück. Über uns fliegen zwei schreiende Möwen hinweg. Ich blinzele zum Himmel und setze mir eine Sonnenbrille auf. Rainer schenkt mir Orangensaft nach und gibt mir ein Küsschen auf die Wange.

Liebe Margarinen-Marketing-Abteilung!

Falls Sie für Ihren nächsten Werbespot auf der Suche nach

einer Bilderbuch-Familie sind, die im Garten fröhlich und entspannt ihr gesundes Frühstück einnimmt, kommen Sie bitte in die Friesenstraße 9. Wir sitzen hier mindestens bis 10 Uhr.
Herzliche Grüße
Ihre Anke Schipp

Sofie beißt in ihr zweites Salami-Brötchen. Daran erkenne ich, dass sie entspannt ist. Zu Hause frühstücken wir meistens hektisch zwischen 8.30 und 8.40 Uhr, weil wir mal wieder zu lange geschlafen haben und sie um 9 Uhr im Kindergarten sein muss. Um diese Zeit fängt der Morgenkreis an, und den will Sofie auf keinen Fall verpassen. Meistens schiebe ich ihr auf dem Weg noch ein Apfelstückchen zu, weil das Frühstück zu kurz kam. Dann fällt mir in der Regel erst auf, dass wir wieder mal irgendwas vergessen haben: Mütze, Schal, Trinkflasche, Turnschläppchen, Anmeldung zum Ausflug, das ausgeliehene Stofftier von Lara.

Im vergangenen Winter traf ich mal auf dem Weg zum Kindergarten Carola, Miss Perfect. Es war ziemlich kalt. Ihre Kinder waren wie immer bestens ausstaffiert: in Daunenjacken mit Schal, Mütze und Handschuhen. Alles Ton in Ton. Und ohne Flecken.

»Oh, Sofie hat ja ganz rote Hände!«, bemerkte Carola sofort.

»Stimmt, ähm, Sofies Handschuhe, ja, die haben wir wohl vergessen …«, stotterte ich. Am Tag zuvor hatte ich sie noch in der Wohnung gesucht, aber nicht gefunden. Die passende Mütze dazu war schon seit Tagen verschwunden. Ich lächelte verlegen.

Das Schöne am Sommerurlaub ist: Man hat einfach nicht so viele Anziehsachen, die man verlieren kann.

Nach dem Frühstück versuche ich, mit dem Gartenschlauch die letzten Spuren der Wattwanderung zu beseitigen. Ohne Erfolg: Unsere Jeans sind so schlammverkrustet, dass ich sie nicht sauber kriege. Außerdem riechen sie fürchterlich. Abgesehen davon, dass Sofies Unterhosen zur Neige gehen. Ich muss unbedingt zum Waschautomaten in Haus 5.

Rainer packt die Sachen für die *Watt-Lagune*.

»Heute nehme ich mal den Schwimmreifen mit und lasse das Krokodil zu Hause«, kündigt Sofie an.

Ist sie über Nacht vernünftig geworden? Und selbstständig noch dazu: »Ich geh noch mal schnell hoch und hole meinen Bikini.«

Meine Ferienstimmung könnte nicht besser sein. Ich packe Butterkekse ein und schneide Apfelstückchen, die ich in eine Frischhaltebox schichte. Als ich fertig bin und Rainer sagt, dass er schon mal rausgeht, um etwas aus dem Auto zu holen, werde ich misstrauisch: Sofie ist immer noch oben. Schon seit zwanzig Minuten.

»Sofie! Kommst du bitte?«

»Gleich, Mama.«

In meinem tiefsten Innern ertönt ein Warnsignal. *Piep!*

Ich setze die Tasche ab und gehe die Treppe nach oben. Sie ist nicht in ihrem Zimmer. *Piep! Piep!*

»Sofie?«

Ich höre ein zaghaftes »Ja« hinter der verschlossenen Badezimmertür. *Piep! Piep! Piep!*

»Mach bitte auf!«

»Wo muss ich den Schlüssel hindrehen, Mama?«

»Nach rechts, in Richtung Dusche.«

Piep! Piep! Piep! Piep! Piep!

Der Schlüssel wird im Schloss gedreht. Ich drücke die Türe auf.

Piiiiiiiiiiiiiep!

Was für ein Desaster! Nicht nur, dass geschätzte hundert zerknäulte Kosmetiktücher im Bad verstreut liegen und mein Make-up, der Kajalstift, die Wimperntusche und der neue Lippenstift kreuz und quer im Waschbecken liegen. Am schlimmsten ist, dass Sofie aussieht wie Brooke Shields als minderjährige Prostituierte in *Pretty Baby*: Ihren Mund hat sie mit rotem Lippenstift verschmiert. Auf ihre Augenlider sind Kajalbalken gemalt und ihre Wimpern sind mit schwarzer Tusche verklebt. Das Make-up hat sie millimeterdick auf ihren Wangen verschmiert, sodass es aussieht, als sei ihr Gesicht mit Lehm verkrustet.

Liebe Margarinen-Marketing-Abteilung!

Leider muss ich Ihnen auf diesem Wege mitteilen, dass wir für ein etwaiges Werbeshooting derzeit nicht zur Verfügung stehen. Ich bitte um Verständnis.

Mit freundlichen Grüßen

Anke Schipp

»Spinnst du? Wie siehst du denn aus?«, poltere ich los. Ich schnappe mir einen Waschlappen aus dem Regal, halte ihn unter warmes Wasser und beginne sie abzuschrubben. Sofie fängt sofort an zu heulen. Ungerührt schrubbe ich weiter, orchestriert von Vorwürfen: »Du bist noch viel zu klein fürs

Schminken. Du siehst aus wie ein Clown, schlimmer noch. Grotesk! Ja, grotesk siehst du aus!«

»Was ist grotesk?«, wimmert Sofie.

Als ich kurz darüber nachdenke, wie ich das erklären soll, kommt Rainer rein: »Was ist denn hier los?«

Ich erläutere den Vorfall und merke, dass meine Stimme hysterisch kippt.

»Ach komm, ist doch nicht so schlimm«, sagt Rainer.

»Ist doch nicht so schlimm?«, schreie ich. »Ist ja auch nicht dein 30 Euro teurer Lippenstift, den ich wegwerfen kann!« Und nicht sein Anti-Aging-Make-up, das zu gleichen Teilen auf Sofies Gesicht und in den Abfluss geflossen ist. Rainer und ich haben unterschiedliche Erziehungsstile. Neulich las ich in einer Eltern-Zeitschrift, dass es okay ist, wenn einer streng und einer locker ist. »Kinder akzeptieren das«, hieß es da. Kann ja sein. Ich aber nicht! In diesem Moment würde ich Rainer jedenfalls am liebsten mit Make-up einseifen und ins dreitägige Erziehungscamp in die Wüste von Arizona schicken!

Sofie hat durch das Abrubbeln und Heulen ein Gesicht, als hätte sie einen schlimmen Hautausschlag. Jetzt tut sie mir wieder ein bisschen leid. Wahrscheinlich wollte sie sich für Marco hübsch machen. Oder einfach nur so aussehen wie Marcos Mama, die zweifellos eine Tendenz hat, etwas zu dick aufzutragen.

Ich gehe kurz aus dem Badezimmer, atme einmal tief durch. Blutdruck runterfahren! Warten, bis der Puls zur Ruhe kommt!

Dann gehe ich wieder rein und nehme Sofie in den Arm. Sie wimmert immer noch leise vor sich hin. Hat sie womöglich ernsthaft gedacht, ich würde sie in diesem Outfit an den Strand lassen?

»Wenn wir abends mal ins Restaurant gehen, darfst du ein bisschen Lippenstift haben, versprochen«, sage ich versöhnlich und überlege kurz, ob ich die Friedenspfeife zu früh ausgepackt habe, schließlich will ich verhindern, dass sie sich jemals wieder so zurichtet.

Egal, ich packe die kläglichen Reste meiner Kosmetikutensilien in meinen Waschbeutel und stelle ihn außer Reichweite auf das Badezimmerregal.

Sofie ist an der Hand von Rainer nach unten gegangen, er setzt auf Ablenkungsmanöver: »Wollen wir heute mal die ganze Lagune abschwimmen?«

Sofie aber schmollt jetzt. Schweigend verlassen wir das Haus. Ich lasse die beiden vorausgehen und versuche, mich wieder auf Ferienstimmung zu programmieren, schließlich hat der Tag so wunderbar begonnen.

»Ich hol noch schnell Brezeln«, rufe ich den anderen zu, als wir an der Bäckerei vorbeikommen.

Im Laden steht eine Kundin und ist mit der Verkäuferin ins Gespräch vertieft.

»Nee? Der hat Nerven.«

»Doch, hat Anneliese erzählt. Kannste wirklich glauben.«

Die Kundin schaut kurz zu mir herüber und erwidert leise etwas, was ich nicht verstehe. Beide schütteln ungläubig den Kopf.

»Nee, nee, nee«, sagt die Verkäuferin und schlendert zur Kasse. »So, Heidi, dat macht dann 3 Euro 25.«

Bin ich im Ohnsorg-Theater gelandet?

»Bittä?«, fragt das Heidi-Kabel-Double, als ich dran bin.

Ich bestelle drei Brezeln und verlasse so schnell wie möglich den Laden.

Es ist jetzt fast so warm wie am Mittelmeer. Herrlich!

Als ich den Deich erreicht habe, fällt mir ein, dass ich die Sonnencreme vergessen habe. Mist! Soll ich darauf hoffen, dass Schmittkes da sind und mir welche leihen? Besser nicht. Keine Abhängigkeiten schaffen! Also gehe ich zügig zurück zum Ferienhaus. Meine Stimmung ist jetzt nicht mehr ganz so schwebend. Als ich gerade aufschließen will, öffnet sich die Tür nebenan und Herr Drechsler kommt raus. Er trägt wieder seine halblange Hose, den eierschalenfarbenen Blouson und die Ledertasche, die quer über seiner Brust hängt. Ich sage zaghaft »Grüß Gott«. Herr Drechsler schaut mich an wie früher die Lehrer, wenn sie mich noch mal daran erinnern wollten, dass ich am Vortag etwas ganz Blödes gemacht hatte.

Er sagt nur: »Tag!« Ich fühle mich verpflichtet, den gestrigen Abend zu kommentieren: »Tut mir leid wegen gestern Abend.« Herr Drechsler bleibt stumm. Ich setze nach: »Und was ich noch sagen wollte: Ihre Wattführung gestern war wirklich hochinteressant.«

»Danke«, sagt Herr Drechsler sachlich und rückt seine Brille gerade. Dennoch merke ich, dass ihm mein Antichambrieren schmeichelt. Jedenfalls sagt er jetzt: »Das Leben im Watt is' mir halt a' Anliegen. Am Nammidooch hab i' glei' die nächste Führung.«

»Also einen schönen Tag«, sage ich brav und verschwinde ins Haus. Ich bin jetzt ins Schwitzen geraten, nicht nur wegen der Sonne, sondern auch wegen des peinlichen Zusammentreffens mit Herrn Drechsler.

Schnell ziehe ich mir ein frisches T-Shirt über und suche

die Sonnencreme. Nachdem ich in allen Zimmern gesucht hatte, finde ich sie im Küchenschrank neben dem Ostfriesentee. Weiß der Henker, wie sie dort hingekommen ist.

Nun aber schnurstracks Richtung Strand! Ich stelle mir vor, durch den Powerwalk mindestens 400 Kilokalorien zu verlieren. Das hilft! Als ich den Deich hochgehe, fange ich an zu keuchen. Von oben hat man Sicht über die gesamte *Watt-Lagune*. Sofort sehe ich, was Sache ist: Vorne am Wasser stehen zwei Strandkörbe eng beieinander. Über dem einen hängt das dunkelblaue Badehandtuch von Rainer, über dem anderen ein schwarzes mit goldenem Medusenkopf. Ich hatte vorgestern gesehen, wie Tanja sich damit abtrocknete. Die endgültige Fraternisierung mit Gelsenkirchen ist wohl besiegelt! Als ich die Strandkörbe fast erreicht habe, winkt Tanja schon.

»Wo warst du denn?«, fragt Rainer.

»Sonnencreme vergessen«, sage ich kurz, weil ich noch immer außer Atem bin. Sofie sitzt mit Marco im Sand und buddelt ein Loch.

»Sofie, kommst du mal bitte?«, rufe ich. »Eincremen!« Dazu muss man wissen, dass das Eincremen von Sofie in etwa so einfach ist, wie einen frei laufenden Leoparden zu füttern. Da Sofie schon über und über mit Sand bedeckt ist, kommt es mir vor, als würde ich sie schmirgeln. Sie zippelt und zappelt.

»Nur noch die Arme, Sofie.«

»Oh, nein, wann bist du endlich fertig, Mama?«

»Gleich!«

Das meiste Geschrei gibt es beim Eincremen des Gesichts. Sofie heult entweder weil ihre Haare verschmiert sind oder weil die Creme in die Augen läuft.

»Jetzt halt doch mal still!«

»Ich will ins Wasser!«

»Rainer! Kannst du nicht mal weitermachen?« Aber Rainer hantiert gerade mit den Stäben der Strandmuschel, die er heute aufbauen will, weil es so heiß ist. Wir haben sie vor den Ferien beim Discounter gekauft. Rainer hat jetzt schon drei Mal die Gebrauchsanweisung gelesen, aber noch immer liegen die Stäbe kreuz und quer im Sand.

»Is' ne Wissenschaft für sich, ne?«, kommentiert Jürgen. Rainer bekommt jetzt einen roten Kopf und murmelt: »Scheiß Zelt!«

Sofie ist endlich fertig eingecremt und rennt ins Wasser. Ich eile Rainer zu Hilfe. Was die Sache nicht leichter macht.

»Musst du nicht den Stab zuerst da reinstecken?«, frage ich arglos.

»Red' doch keinen Quatsch«, raunzt Rainer.

»Doch, ist doch logisch«, insistiere ich und versuche, ihm die Plane abzunehmen.

»Lass sofort los, ich hab's doch gleich.« Rainer hantiert hektisch mit den Stangen herum, schiebt sie irgendwo rein, wieder raus und stellt schließlich das Gebilde auf den Sand. Aber irgendwas stimmt nicht. Wo ist der Eingang? Jürgen schaltet sich ein: Er zieht zwei Stäbe raus, führt sie an anderer Stelle wieder ein. Fertig ist die Strandmuschel! Rainer rammt stumm die Heringe in den Sand, damit das Zelt nicht wegfliegt. Dann verschwindet er ins Wasser. Meine Güte, denke ich mir, kann ja mal passieren, dass man als IT-Manager an einer Strandmuschel scheitert. Rainer scheint da aber ganz anderer Meinung zu sein.

»Willste auch 'ne Cola?«

Tanja steht plötzlich vor unserem Strandkorb. Sie trägt

heute einen Bikini im Leopardenmuster. Ich beneide sie um ihre Bräune, auch wenn das Solarium nachgeholfen haben mag.

»Oh ja, gerne, Cola light bitte«, antworte ich und stehe auf, um mit ihr zur Bar zu gehen.

»Der Marco wollt und wollt nich' einschlafen gestern«, erzählt sie. Falls sie deshalb Augenringe haben sollte – man sieht sie nicht, denn sie hat eine dicke Schicht Make-up auf ihr Gesicht geschmiert. Fast so dick wie die von Sofie.

Wir bestellen eine Cola, als wir die Frau mit dem Baby im Wickeltuch kommen sehen, die gestern auf der Wattwanderung war. Sie starrt kurz auf die beiden Cola-Gläser, die uns die Bedienung gerade reicht, und sagt: »Haben Sie auch stilles Wasser?«

Es entsteht ein Moment der peinlichen Stille, die ich mit der wenig originellen Erkenntnis: »Sie waren ja auch gestern im Watt?«, aufzufangen versuche. Sie lächelt und sagt: »Ja, ganz schön schlammig. Ronja und Joshua fanden es total toll, ihre Füße im Matsch zu spüren.« Tja, etwas, was ich meiner Tochter verwehrt habe. In ihren stinkigen Plastikgummistiefeln konnte sie die Sinnlichkeit des Wattenmeers kaum erfahren. Ich fühle mich schlecht! Tanja schaut mich vielsagend an. Und ich denke: Immer noch besser, den Urlaub mit einer Nagelstudioangestellten zu verbringen als mit einer Esoterik-Mutter, die immer alles ganz bewusst macht.

Als ich aufs Wasser schaue, sehe ich, wie Sofie knietief im Wasser steht und gerade ihre Schwimmflügel auszieht.

»Sofieee!«, schreie ich und merke, wie sich alle am Strand zu mir umdrehen. Nur Sofie reagiert mal wieder gar nicht. Manchmal kommt es mir vor, als habe sie einen eingebauten

Filter, der bei Bedarf alle Mama-Rufe absorbiert. Also stelle ich meine Cola ab und wate durchs Wasser.

»So, Fräulein. Du ziehst jetzt bitte sofort wieder deine Schwimmflügel an!«

»Marco hat aber auch keine«, jammert sie.

»Der ist aber auch älter und kann schon ein bisschen schwimmen. FLÜGEL AN!« Manchmal hilft bei Sofie nur der Bootcamp-Ton. Sorry, Jesper Juul!

Widerwillig zieht sie die Flügel an und paddelt zu Marco.

Zurück am Strandkorb trockne ich mich ab. Jürgen hat sich zu Rainer vor die Strandmuschel gesetzt. Das Aufbau-Desaster scheint vergessen zu sein.

»Kommt doch morgen mal zum Grillen auf den Campingplatz«, sagt Jürgen. Rainer schaut mich fragend an. Und ich sage lächelnd: »Oh ja, das ist eine tolle Idee.« Und ich meine es sogar ernst.

15. Bei Schmittkes im Wagen

Ich liege im Bett. Sofie hat sich allmählich beruhigt und ist endlich eingeschlafen. In meinem Kopf kreisen die Gedanken unentwegt um die eine Frage: Wie hatte das passieren können?

Es begann bei Nieselregen. Vielleicht war das schon ein schlechtes Omen. Wie verabredet, fuhren wir nach dem Mittagessen mit unseren Rädern am Deich entlang, bis wir am Ende des Ortes die Wohnwagen und Zelte sahen. »Campingplatz Seemöwe« stand auf einem großen Schild über dem Eingang. Wir liefen den Hauptweg entlang. »Haltet euch links, da stehen dann wir«, hatte Jürgen erklärt. Und wirklich, ihren Wohnwagen erkannten wir sofort an der blau-weißen Schalke-Fahne, die auf das Dach montiert war.

»Is' der Wagen vom Schwiegervater«, erklärte uns Jürgen, nachdem wir uns begrüßt hatten. Vor dem Wohnwagen stand ein grün-braun gestreiftes Vorzelt mit weißen Klappstühlen und einem Campingtisch. Tanja zeigte uns alles. Innen war es recht gemütlich, gemütlicher jedenfalls als in unserem Ferienhaus: Ein Samtsofa mit Tisch stand in der Mitte, rechts ein großes Bett und ein kleines schmales auf der anderen Seite des Wohnwagens, auf dem Bettwäsche mit dem Vereinslogo von Schalke 04 lag.

»Da schläft der Kurze«, erklärte Jürgen und klopfte Marco auf die Schulter.

»Kaffee?«, fragte Tanja.

»Klar, gerne«, antwortete ich.

Sofie verschwand mit Marco im Vorzelt. Ich hörte komische Geräusche und schlenderte unauffällig zu ihnen. Marco spielte Nintendo, Sofie saß dicht neben ihm und schaute zu.

»Na, was spielt ihr denn da?« Marco schaute mich an, als hätte ich ihn gefragt, ob er ein Junge oder ein Mädchen sei. »*Super Mario* natürlich«, murmelte er und drückte hektisch mit seinen Daumen auf den Knöpfen herum. Von dem Spiel hatte ich tatsächlich schon mal gehört. Deshalb nickte ich wissend und beschloss, erst mal einen Kaffee zu trinken und mir dann zu überlegen, wie ich die beiden von dem Ding wegkriegte.

Eine Frau im auberginefarbenen Jogginganzug mit einer Waschschüssel voll Geschirr und einer Klopapierrolle unter dem Arm ging am Wohnwagen vorbei und rief ein »Tach Jürgen« in unsere Richtung. Jetzt erinnerte ich mich daran, wie ich mal als Jugendliche mit einer Ferienfreizeit auf dem Campingplatz war und alle morgens mit Klopapierrolle und Zahnbürste zur Waschanlage liefen. Dort war es furchtbar kalt, weil es keine geschlossenen Wände gab. Am steinernen Gemeinschaftswaschbecken sein Gesicht zu waschen, während nebenan jemand seine Zahnpastareste ins Becken spuckt, das könnte ich mir heute nicht mehr vorstellen. Auch wenn Sofie und Rainer gerne mal einen Zelturlaub machen würden.

»Die meisten sind Dauercamper«, erklärte uns Jürgen. »Die kennen sich seit Jahren.«

Ich bekam kurzzeitig Beklemmungen, versuchte mich dann aber auf das Geplapper von Tanja zu konzentrieren. Im Moment referierte sie über ihre Kochkünste »im Wagen«: »bloß nix Kompliziertes«, und: »Der Marco isst allet, wat ich koche, und am liebsten Würstchen.« Ich erzählte von Sofies Spaghetti-mit-Tomatensauce-Sucht, als mir auffiel, wie leise es geworden war.

»Wo sind eigentlich die Kinder?«, fragte ich und schaute aus dem Wohnwagenfenster. Es hatte aufgehört zu nieseln, aber die dunklen Wolken hingen noch immer tief.

»Wahrscheinlich auf dem Spielplatz«, sagte Tanja, während sie mir Kaffee aus der Thermoskanne nachgoss. Von Weitem hatte ich vorhin eine Rutsche und eine Schaukel gesehen.

»Ich schau mal vorsichtshalber«, sagte ich zu den anderen und verließ den Wohnwagen.

Auf dem kleinen Spielplatz standen eine Handvoll Kinder. Sofie saß auf der Schaukel und beobachtete das Mädchen neben ihr, das einen rosafarbenen Hello-Kitty-Trainingsanzug trug. In ihrem Blick las ich: »Den hätte ich auch gerne!«

Marco stand mit ein paar Jungs neben dem Sandkasten und hielt einen Fußball unter dem Arm.

»Hallo Sofie«, rief ich. »Alles klar?« Sofie drehte ihren Kopf in meine Richtung und rief: »Mama, alles ok, wir spielen.«

»Super, bis später«, sagte ich und hatte trotzdem ein ungutes Gefühl. Was, wenn etwas passiert? Wenn der große Junge mit der schiefen Nase sie haut? Oder sie sich auf dem Weg zum Klo verläuft? Sie das Klo findet, die Kabinentür abschließt und danach womöglich nicht mehr aufbekommt?

Ich könne nicht loslassen, findet Rainer. Leider hat er recht. Im Kindergarten stehe ich immer draußen vorm Haus und warte, bis Sofie am Fenster erscheint und mir zum Abschied winkt. Ich habe längst gemerkt, dass sie es nur noch macht, um mir einen Gefallen zu tun. Viel lieber würde sie gleich mit ihrer Freundin spielen.

Als ich zum »Wagen« zurückkam, saßen alle draußen am Campingtisch. Ein Mann und eine Frau waren dazugekommen. »Dat sind Uwe und Irene aus Dortmund«, stellte uns Tanja vor. »Die wohnen gleich nebenan.« Irene winkte kurz in meine Richtung und sagte: »Hallo«. Dabei sah ich, dass auch sie türkisfarbene Fingernägel hatte. Vermutlich war Tanja auch in ihrer Freizeit aktiv.

Die Männer hatten schon alle eine Bierflasche vor sich stehen. Ich schaute auf die Uhr: 15.45 Uhr. Fand ich etwas früh, dennoch quälte ich mir ein Lächeln ab.

»Wie wär's mit 'nem Hugo?«, fragte Tanja.

Ich sah sie ungläubig an.

»Na dat, wat die auch immer beim *Perfekten Promi Dinner* trinken«, erklärte sie. »Prosecco mit Holundersirup und wat Minze.«

Bei Aperitifs geht es »im Wagen« also doch etwas komplizierter zu. Ich war beeindruckt und sagte: »Ja, super.«

Nach zehn Minuten kam Tanja mit zwei Sektkelchen und Käsestangen mit Rosmarin zurück. Ich fing an, mich wohlzufühlen. Jürgen erzählte beschauliche Geschichten vom Einwohnermeldeamt Duisburg. Zum Beispiel, als es einmal anfing, in seinem Großraumbüro muffig zu riechen. Alle dachten, es läge am Teppichboden. Die Behörde war kurz davor, den gesamten Teppich rauszureißen. Bis sich herausstellte, dass der Kollege Lehmann an Platz 9 immer seine Schuhe unterm Tisch auszog und offenbar unter extremen Schweißfüßen litt.

Irgendwann schmiss Jürgen den Grill an. Die Kinder kamen zum Würstchen-Essen und verschwanden wieder. Rainer war nach dem zweiten Bier in bester Stimmung und startete eine *Best-of*-Offensive. In der Kategorie *Best-of-Ever* kam mal wieder die Geschichte seines Freundes Stefan, der vor Jahren mit einer reichen Industriellentochter liiert war. Stefan studierte damals BWL, bezog BAföG und wohnte in einer Vierer-WG. Seine Freundin studierte auch BWL, lebte aber in der 15-Zimmer-Villa der Eltern im Vordertaunus, fuhr mit dem BMW-Cabrio zur Uni und im Winter nach Gstaad zum Skifahren. Manchmal flog sie auch fürs Wochenende nach New York, weil ein Freund der Familie dort Geburtstag feierte. Stefan war bis dahin nicht weiter als bis zur Costa Brava gekommen. Und das auch nur mit dem Bus. Das Missverhältnis dieser Beziehung offenbarte sich vor dem ersten gemeinsamen Weihnachtsfest: Sie schenkte ihm einen Adventskalender. Der war fatalerweise nicht mit Schokolade, Radiergummis und Lutschern gefüllt, sondern mit Gutscheinen. Hinter dem Türchen des 3. Dezembers verbarg sich ein komplett ausgestattetes Fotolabor. 6. Dezember: ein Montblanc-Füllfederhalter. 12. Dezember: »ein gemeinsames Wochenende in London«. Stefan kam ins Schwitzen: Was erwartete ihn am 24. Dezember hinter dem Türchen? Und was sollte er verdammt noch mal mit achthundert Mark BAföG seiner Freundin zu Weihnachten schenken? Einen Schal? Oder eine Bodylotion? Es kam nicht mehr dazu: Noch vor Heiligabend machte Stefan sicherheitshalber Schluss.

Mir war etwas schwummrig, als ich in meine Bratwurst biss. Tagsüber Sekt zu trinken, bekommt mir nicht gut. Rainer tätschelte meinen Arm, ich legte meinen Kopf an seine Schulter und verlor dabei mit dem Campingstuhl beinahe das Gleichgewicht.

Es war schon früher Abend und Jürgen hatte einen CD-Player rausgeholt und legte Musik auf, in der Gitarren und Bässe ziemlich dominierten. Dabei erzählte er, dass er mal in Wacken war. Oh Gott, vierundzwanzig Stunden Heavy Metal inmitten von tätowierten Irren, die ihre Köpfe kreisen lassen oder sich im Schlamm suhlen. Das muss man mögen!

Langsam kroch die Kälte meine Beine hoch. Als Uwe aus Dortmund anfing, Witze zu erzählen, dachte ich an Aufbruch. Aber wo war eigentlich Sofie? Mühsam schälte ich mich aus meinem wackligen Campingstuhl und sagte schnaufend: »Ich schau mal nach den Kindern.«

»Lass die doch spielen«, hörte ich Rainer noch sagen, aber da war ich schon auf dem Weg in Richtung Spielplatz.

Als ich hinter dem letzten Wohnwagen um die Ecke bog, sah ich eine leere Schaukel. Keines der Kinder war zu sehen. Ich ging schneller und lief die Wohnwagen in Richtung Ausgang ab. Nichts. Mein Herz schlug schneller. Ich hetzte zur anderen Seite des Campingplatzes, wo ein paar Bäume standen. Von Weitem sah ich schließlich die Kinder am Rande eines Minigolf-Platzes. Sie standen im Kreis zusammen.

Als ich näher kam, drehten sie sich um. Ich traute meinen Augen nicht: Sofie und das Mädchen mit dem Hello-Kitty-Jogginganzug hatten ihre Hosen runtergezogen und vier Jungs standen um sie herum.

»Was macht ihr denn da?«, schrie ich und merkte, wie meine Stimme einen hysterischen Ton annahm. Sofie und das Mädchen zogen schnell ihre Hosen hoch. Alle blickten mich erschrocken an. Ich zog Sofie am Arm aus der Gruppe und zerrte sie hinter mir her. Sie sagte nur: »Mama, Mama«, und fing an zu heulen. Ich schwieg. Auch weil ich gar nicht wusste, was ich sagen sollte, so empört war ich. Rainer sah uns von Weitem und ahnte wohl, dass etwas passiert war, denn er kam sofort auf uns zu.

»Was ist denn?«

»Wir gehen jetzt besser«, sagte ich.

Kurzerhand erklärte ich den Gelsenkirchnern und Dortmundern, dass Sofie unbedingt ins Bett müsse und schon ganz durchgefroren sei.

»Ach so, ja, schade«, sagte Tanja und gab mir zwei Wangenküsschen. »Wollt ihr euch noch Kartoffelsalat mitnehmen?«

»Danke, sehr lieb, aber wir sind alle satt«, sagte ich.

Am Ausgang schnappten wir uns unsere Fahrräder und radelten nach Hause. Ich vorneweg. Hinter mir hörte ich ab und zu das Schluchzen von Sofie und die Rufe von Rainer, der immer noch wissen wollte, was passiert war.

Zu Hause sprudelte es aus Sofie heraus: Die Jungs hätten erst ihren Pipimann gezeigt. Und dafür sollten die Mädchen ihre Unterhosen runterziehen. Sofie klang, als hätte sie das für einen fairen Deal gehalten. Ich aber fühlte mich miserabel, denn ich hatte als Mutter versagt, weil ich sie auf dem Campingplatz nicht vor den Doktorspielen fremder Kinder bewahrt hatte.

Ich löse mich vorsichtig von Sofies warmem Körper und schleiche aus dem Schlafzimmer. Von unten dringen Schussgeräusche nach oben. Ich tippe auf *Der letzte Bulle* oder irgendeine andere Baller-Serie im Privatfernsehen. Es ist dann aber nur ein Krimi mit Heiner Lauterbach in der ARD. In meiner Tasche krame ich nach einer Kopfschmerztablette. Fehlanzeige. Der Waschbeutel mit den Medikamenten ist oben im Bad. Genervt schleppe ich mich wieder die Treppe hinauf, finde eine alte Paracetamol-Tablette, die ich schnell nehme, damit der Druck endlich nachlässt. Dann lege ich mich aufs Bett und schließe für einen Moment die Augen. Eigentlich müsste ich mit Rainer noch über den Pipimann-Vorfall reden. Noch immer bin ich ziemlich empört und überlege, wie ich mir den kleinen Marco vorknöpfe. Obwohl Sofie ihn in Schutz genommen hat: »Lass die Mädels in Ruhe«, soll er angeblich zu dem Jungen mit der schiefen Nase gesagt haben.

Rainer findet Doktorspiele nicht so schlimm wie ich. »Gehört halt zum Großwerden«, sagte er, als es letztes Jahr im Kindergarten mal einen ähnlichen Vorfall gab: Die Jungs von der »Schildkrötengruppe« wollten auf der Toilette die Popos von den Mädchen sehen. Sofie und Lara weigerten sich und erzählten uns Tage später davon. Carola und ich machten damals einen ziemlichen Aufstand, weil die Erzieherinnen nichts mitbekommen hatten.

Der Schmerz lässt nach. Ich kuschele mich in die Decke. Aber irgendwie habe ich mir den Urlaub weniger aufreibend vorgestellt.

16. Zu Risiken und Nebenwirkungen fragen Sie Conni

»Mama, Maama!« Für einen kurzen Augenblick glaube ich zu träumen.

»MAAAMA!« Aber es ist kein Traum. Es ist Sofie, die neben meinem Bett steht und weint. Als ich meine Augen endlich aufschlage, blicke ich in ein verheultes Gesicht. »Sofie, mein Gott, was ist denn?«

»Ich habe Aua, puhhh.« Es dauert einige Minuten, bis ich herausfinde, dass sie Schmerzen hat. Wenn es ihr schlecht geht, verfällt sie immer in Babysprache.

»Mama, weh tut. Puhhh.« Es vergehen weitere zehn Minuten, bis klar ist: Es sind die Ohren. Na bravo. Der Nordseewind! Gestern auf dem Campingplatz hat es ziemlich gezogen. Ich schaue auf mein Handy: 3.14 Uhr. Auf meinem Schoß sitzt ein heulendes Etwas. Jetzt auch das noch! Ohrenschmerzen sind fies, das weiß ich. Das kann man einfach nicht kleinreden. Ich rüttele Rainer, bis er endlich aufwacht.

»Was ist denn?«

»Sofie hat Ohrenschmerzen.«

Rainer richtet sich auf: »Oh je, armes Häschen.« Er nimmt Sofie auf den Arm und streichelt ihren Kopf. Im Trösten, das muss man ihm lassen, ist Rainer spitze. Mit seiner tiefen Bassstimme summt er eine Melodie, während er sie hin- und herwiegt. Dann erzählt er Sofie, wie er mal als Kind schlimme Ohrenschmerzen hatte: »ganz schlimme, sooo schlimme, dass ich dachte, es säße ein kleiner Mann in meinem Ohr, der mit dem Hammer gegen den Kopf schlägt.«

Fieberhaft überlege ich, was ich machen kann. Meinen Leitfaden *Das ABC der Kinderkrankheiten* habe ich zu Hause vergessen. Also gehe ich mit meinem Smartphone ins Internet und gebe »Kinder« und »Ohrenschmerzen« ein. Es dauert ziemlich lange, bis die Seiten sich öffnen lassen.

»Gehen Sie am besten zum Kinderarzt«, schreibt eine Mutter in einem Gesundheits-Forum. Danke für den Tipp! Aber um 3 Uhr nachts nicht realisierbar.

»Verrühren Sie Senfmehl mit warmem Wasser.« Senfmehl? Ich weiß noch nicht mal, was das ist.

Vor ein paar Jahren hatte ich mal selbst Ohrenschmerzen und legte mir Zwiebelsäckchen aufs Ohr. Aber wie man die macht, habe ich vergessen. Mit rohen Zwiebeln? Gebratenen Zwiebeln? Egal, da wir keine Zwiebeln im Haus haben, kann ich das sowieso knicken.

Schließlich hole ich einen Fiebersaft aus dem Bad. Der lindert angeblich auch die Schmerzen. Aus dem Spielekoffer hole ich das Büchlein *Conni kommt ins Krankenhaus*. Sofies Gesicht erhellt sich sofort, als ich damit ins Schlafzimmer komme. Sie trinkt brav den Fiebersaft mit Erdbeergeschmack und kuschelt sich in Rainers Arm. Conni tut ihr gut. Die hat zwar keine Ohrenschmerzen, aber immerhin das Bein gebrochen.

»Tut das weh, was Conni hat?«, fragt Sofie.

»Ja, noch viel doller als deine Ohren!«, antworte ich.

Und als Conni im Krankenhaus sogar noch operiert werden muss, sagt Sofie: »Bin froh, dass ich nur Ohrenschmerzen habe!«

Ich muss das Buch sogar zweimal lesen. Rainer ist schon nach dem ersten Mal wieder eingeschlafen. Als ich das Licht ausmache, kuschelt sich Sofie ganz eng an mich und schließt die Augen. Offenbar hat die Medikation Fiebersaft plus Conni gewirkt.

Gegen 5 Uhr morgens wache ich auf, weil ich Sofies Fuß im Gesicht habe. Ich schiebe ihn zur Seite und drehe mich um. Gerade als ich wieder eingeschlafen bin, klopft mir jemand auf den Rücken: »Mama, die Ohren tun wieder weh.«

5.35 Uhr. Ich kann Sofie nicht noch mal Fiebersaft geben. Erst nach mindestens sechs Stunden. Was mache ich jetzt? Draußen ist es noch stockfinster. Ich lege mich mit Sofie unten auf die Couch und decke uns mit einer Fleecedecke zu.

»Oh Mama, es tut so weh«, jammert sie.

»Ich weiß, mein Schätzchen«, sage ich und bin ziemlich ratlos, was wir tun sollen. Es bleibt mir wohl nichts anderes übrig, als sie zum Durchhalten zu bewegen. Auch an der Nordsee werden die Ärzte ihre Sprechstunden nicht vor 8 Uhr beginnen. Einmal lese ich ihr noch Conni vor, dann zwei Geschichten aus dem Märchenbuch. Ich singe Lieder. Koche einen Tee. Einen heißen Kakao. Sofie jammert weiter. Ab 7 Uhr therapiere ich mit unorthodoxen Methoden und gebe ihr eine ganze Tafel Schokolade auf einmal.

Als Rainer um halb acht runterkommt, übernimmt er das Wimmerpäckchen. Im Schnellhefter von Herrn Janssen finde ich die Adresse von:

Dr. med. Schott
Arzt für Allgemeinmedizin,
Sprechstunde montags bis freitags von 8 bis 12 und 15 bis 18 Uhr.
Mittwoch- und freitagnachmittags geschlossen.

Nach einem schnellen Frühstück ziehe ich Sofie dick an, stülpe ihr eine Mütze über, packe sie ins Auto und setze mich neben sie. Dr. Schott hat seine Praxis in einem kleinen Nachbarort, den wir auf der Anreise passiert haben. Während ich Rainer anweise, wie er fahren muss, fällt Sofie wieder in den Jammer-Modus.

»Tut weh. Auuaaah.« Das versetzt mir einen Stich ins Herz. Wenn Sofie krank ist, leide ich auf ungesunde Weise mit. Ich könnte dann auch gleich heulen. Oder einen halben Liter Fiebersaft abpumpen. Stattdessen muss ich versuchen, beruhigend zu wirken. Wärme in meine Stimme zu bringen, wie alle Mamas auf dieser Welt. Ich drücke Sofie ganz fest an mich und summe »Weißt du, wie viel Sternlein stehen«.

Die Landstraße schlängelt sich durch saftige Wiesen, über denen noch ein leichter Nebelschleier hängt. Nach einer Viertelstunde erreichen wir den Ort, der aus einer Handvoll Backsteinhäuschen und einem großen Gutshof besteht, hinter dem eine Koppel mit grasenden Pferden zu sehen ist. Vor der Tür des Haupthauses blühen Margeriten. Auf einem geschwungenen Emaille-Schild steht: »Dr. Schott«.

Rainer trägt Sofie die Treppe rauf, sie wimmert leise vor sich hin. Wir klingeln, ein Summer ertönt. Drinnen gehen wir durch die Tür mit der Aufschrift »Anmeldung«. An den Wänden hängen Aquarelle von Sanddünen. Hinter einem kleinen Tresen steht eine nett aussehende Frau mit Brille und sagt erwartungsvoll: »Guten Morgen.« Wir schildern die Situation und legen die Krankenkassenkarte auf den Tisch.

»Dann nehmen Sie noch einen Moment Platz«, sagt die nette Sprechstundenhilfe, »der Doktor wird Sie vorziehen, damit es der kleinen Dame bald wieder besser geht.«

Ich komme mir vor, als sei ich bei Dreharbeiten zum *Landarzt* gelandet, so nett, wie hier alles ist. Im Warteraum sitzen zwei Frauen und nicken kurz. Sofie drückt ihren Kopf an Rainers Brust. Sie jammert jetzt auf höchstem Niveau. Irgendwo muss ich doch noch Fruchtgummis haben. Leider finde ich im Chaos meiner Tasche nur eine halbe Salzstange und ein Kaubonbon, das mit Fusseln übersäht ist. Aber da werden wir auch schon von der netten Sprechstundenhilfe reingerufen.

Leider hat Dr. Schott so gar keine Ähnlichkeit mit Wayne Carpendale: Er ist klein und dick, trägt eine randlose Brille und lächelt kaum, als er uns die Hand reicht. Ich kann meine Enttäuschung kaum verbergen, aber zum Glück übernimmt Rainer das Ruder: »Unsere Sofie hat seit heute Nacht Ohrenschmerzen.«

»Dann wollen wir mal schauen«, sagt Dr. Schott und holt seinen Ohrenspiegel. Sofie hält sich die Ohren zu: »Nein, das macht aua.«

»Komm schon«, sage ich beruhigend und blicke Dr. Schott ernst an. Offenbar verfügt er aber über keinerlei pädagogische Fähigkeiten.

»Sprich mit dem Kind«, denke ich. »Los, sprich mit ihm.«

Dr. Schott schweigt.

Stattdessen versuche ich auf Sofie einzureden: »Der Doktor will dir doch nur helfen, mein Schätzchen.« Ich hatte vorsichtshalber Bärchen Bobo mitgenommen. Aber Sofie fängt sofort an zu heulen, als sie ihn sieht.

Dr. Schott schaut mich jetzt etwas ungeduldig an. Ich gebe den Blick an Rainer weiter. Der entscheidet sich für den kurzen Prozess: Er nimmt Sofie die Hände von den Ohren, hält sie vor ihrem Bauch fest, während Dr. Schott schnell in die Ohren schaut, bevor sie richtig schreien kann.

»Ja, da ist es rot«, diagnostiziert er. »Ich verschreibe ihr ein Antibiotikum.«

Das wiederum geht mir jetzt ein bisschen schnell.

»Kann man da nicht erst mal was anderes ausprobieren?«, sage ich vorsichtig.

Dr. Schott blickt mich an, als hätte ich vorgeschlagen, meine Tochter mit Voodoo-Nadeln zu heilen. Ich fasele etwas von Zwiebelsäckchen, die ich mir schon mal aufs Ohr gelegt hatte.

Dr. Schott beginnt ungerührt das Rezept zu schreiben und sagt, ohne aufzuschauen: »Damit ist nicht zu spaßen.« Dann steht er auf, gibt uns die Hand und sagt, während er in Richtung Tür geht: »Gute Besserung.«

»Auf Wiedersehen«, sage ich kühl. Von einem Landarzt hätte ich mir wirklich etwas anderes erwartet. Mehr Herzenswärme. Da sieht man mal wieder, dass diese Schmonzetten im Fernsehen mit der Realität offenkundig gar nichts zu tun haben. Missmutig steige ich ins Auto.

»Lass uns gleich in eine Apotheke fahren«, sagt Rainer.

»Und in einen Supermarkt«, entgegne ich. »Zwiebeln kaufen!«

Meine naturheilkundlichen Behandlungsmethoden waren bislang zugegebenermaßen nur mäßig erfolgreich. Eine Zeit lang experimentierte ich mit Homöopathie und jonglierte ziemlich planlos mit Globuli herum. Als Sofie mal Halsweh hatte, verabreichte ich ihr Belladonna D12. Davon schwärmten schon die Mütter in meinem Pekip-Kurs. Es wurde auch tatsächlich nach drei Tagen besser. Das entspricht allerdings in etwa der Genesungszeit, die es braucht, wenn man gar nichts macht. Also auch nicht wirklich eine Erfolgsstory.

Zu meinen schlimmsten Erfahrungen gehört allerdings die Geschichte mit dem Kartoffelwickel. Sofie hatte eine Bronchitis und in einem *Handbuch der alten Hausmittel* hatte ich von diesem Wunderwickel gelesen. Ich kochte Pellkartoffeln, legte sie in ein Handtuch, das ich auf der Brust von Sofie verschnürte. Sie fing sofort an zu heulen.

»Das is' schwer, Mama, wie Steine«, jammerte sie. »Und heiß.« Sie setzte sich auf. Dabei fielen die Kartoffeln in kleinen Bröckchen ins Bett. Noch Tage später fand ich Kartoffelreste zwischen den Kissen. Trotz dieser Erfahrungen würde ich auch diesmal gerne vermeiden, dass Sofie schon wieder ein Antibiotikum nehmen muss.

Rainer hält vor dem Supermarkt, ich springe schnell rein und hole ein Netz Zwiebeln. Sofie ist auf dem Rücksitz eingeschlafen, vermutlich aus Erschöpfung. Rainer trägt sie ins Haus und legt sie aufs Sofa. Ich nehme mir das iPad von Rainer und schaue noch mal im Internet nach, wie das geht mit den Zwiebelsäckchen. 15200 Treffer in sechzehn Sekunden.

Ich entscheide mich für den Kinder-Erste-Hilfe-Blog, in dem das Zubereiten Bild für Bild erklärt wird:

Schneiden Sie zwei Zwiebeln in kleine Würfel und wickeln Sie diese in ein Leinensäckchen oder Taschentuch ein.

Ich habe kein Leinensäckchen zur Hand, nehme also ein schnödes Taschentuch.

Danach die Umschläge mit etwas Wasserdampf erwärmen.

Ich koche Wasser mit dem Wasserkocher, fülle es in einen Topf und halte das stinkende Päckchen über den Dampf. Das ist jetzt ziemlich durchgeweicht, aber ich lege es trotzdem auf Sofies Ohr.

Der Umschlag sollte etwa eine Stunde lang auf dem Ohr bleiben. Wiederholen Sie die Anwendung drei Mal am Tag.

Schon nach drei Minuten merke ich, dass das absolut utopisch ist.

»Ihh, was ist denn das?«, fragt Sofie aufgebracht. »Mein Ohr ist ganz nass. Aua, tut noch mehr weh.«

»Bleib ruhig liegen, das hilft dir ganz bestimmt, Sofie«, sage ich beruhigend.

Sie schaut mich unwirsch an, woraufhin ich den Fernseher anmache, um sie abzulenken. Es läuft eine unterirdische Trickfilmserie mit hässlichen Robotern, die wohl für ältere Kinder gedacht ist. Aber es geht jetzt nun mal nicht anders. Leider funktioniert der DVD-Player nicht. Sofie schaut gebannt, wie sich auf dem Bildschirm zwei Roboter mit Autos bekämpfen. Ich blicke auf die Uhr: Eine Stunde soll das Säckchen auf dem Ohr liegen, Zeit also, um am Esstisch mal in einer Eltern-Zeitschrift zu blättern. Ich vertiefe mich in die *Zehn besten Tipps, wie mein Kind höflicher wird* und zweifle mal wieder. Bei Tipp 2 zum Beispiel: »Seien Sie ein Vorbild!« Das bin ich: Ich sage bei den entsprechenden Gelegenheiten »Danke«, »Bitte«, »Guten Tag« und »Auf Wiedersehen«. Keines dieser Wörter hat Sofie jemals freiwillig und ohne Aufforderung gesagt.

Das Gleiche mit dem »Wie bitte?«-Problem: Sofie hat mindestens 75 000 Mal »Was?« gesagt, bevor das erste Mal »Wie bitte?« über ihre Lippen kam. Und das, obwohl ich sie 74999 Mal verbessert hatte.

Als ich auf die Uhr schaue, ist eine Dreiviertelstunde vorbei. Sofie ist schon bei der nächsten Sendung angelangt, *Felix der Hase*. Ich begutachte ihr Ohr: Es ist sehr feucht. Hoffentlich ist zu viel Zwiebelsaft im Ohr nicht schädlich. Und verschlimmert Nässe nicht vielleicht den Infekt? Und wo ist eigentlich Rainer? Ich nehme das Zwiebelsäckchen runter. Sofie schaut ungerührt weiter auf den Bildschirm. »Ist das Ohr besser?«

Sofie reagiert nicht.

»Hast du noch Schmerzen?«, insistiere ich.

Keine Reaktion. Steht jetzt vielleicht so viel Wasser in den Ohren, dass sie schon taub ist?

»Schmerzen???«, frage ich kurz und knapp.

Sofie überlegt kurz und sagt schließlich »ja, bisschen«, ohne den Blick vom Bildschirm zu wenden.

Wo ist eigentlich Rainer?

Ich finde ihn im Schlafzimmer auf dem Bett liegend. Er liest den *Kicker*. Weiß der Henker, wo er den her hat. Vermutlich eine Leihgabe von Jürgen.

»Sofie hat immer noch Ohrenschmerzen«, sage ich mit dringlicher Stimme.

»Ach!« Natürlich höre ich den ironischen Zwischenton, der in etwa ausdrücken soll: »Deine dubiosen Heilmethoden haben doch noch nie geholfen.«

Umgehend setze ich zur Selbstverteidigung an: »Möchtest du denn, dass unser Kind mit Antibiotika vollgepumpt wird wie ein Mastschwein? Willst du, dass sie später ständig krank ist, weil das Zeug nicht mehr wirkt?« Ich hätte noch mehr hypothetische Fragen auf Lager gehabt, wenn nicht in diesem Moment ein lautes Schreien von unten gekommen wäre. Sofie!

Ich hetze die Treppe runter: »Was ist denn?«

»Jetzt hab ich so Stiche im Ohr. Das tut so weh Mama, puuuh.«

Okay! Ich gebe mich geschlagen, Dr. Schott! Aus meiner Tasche im Flur fummele ich die Apotheken-Tüte heraus und verabreiche Sofie nach Packungsanweisung die erste Dosis des Antibiotikums. Danach mache ich ihr einen Oma-Tee und schalte den Fernseher wieder an, um sie abzulenken, bis die Arznei wirkt. Nebenbei koche ich ein paar Nudeln mit Tomatensauce. Sofies Lieblingsessen. Dann sammele ich die Zwiebelstückchen rund um das Sofa auf.

Mehr kann ich im Moment nicht tun.

17. Zickenkrieg im Bällebad

Als ich heute Morgen aufgewacht bin, wusste ich sofort: Das ist so ein Nordseetag, vor dem uns alle gewarnt haben. Der Regen prasselte auf das Dach unseres Ferienhauses, das Wasser rann in dicken Schlangenlinien an den Scheiben der Dachfenster herunter. Wir mussten beim Frühstück das Licht anmachen, weil es draußen so düster war.

Bei dem Gedanken, einen ganzen langen Ferientag vor uns zu haben, an dem es in Strömen regnet, fühlte ich mich elend. Immerhin: Sofies Ohrenschmerzen waren nach der dritten Dosis Antibiotikum tatsächlich verschwunden. Schott sei Dank!

Es ist Tag acht unseres Nordsee-Urlaubs. Erste Anzeichen von Lagerkoller: Heute Morgen, noch vor dem Frühstück, habe ich mich mit Rainer gestritten. Wie immer ging es um eine banale Sache. Wir hängen einfach zu viel aufeinander. Das ist wie mit Äpfeln, die man tagelang in einer Tüte rumschleppt: Die stoßen auch aneinander und haben irgendwann Druckstellen, die faulig werden. Ich verfiel prompt wieder in den Mecker-Modus und zählte, wenn wir schon dabei waren, Rainers Fehlleistungen der vergangenen Tage auf:

1. Geschirr nicht weggeräumt.
2. Socken im Bad liegen gelassen.
3. Sprudelflasche nicht verschlossen.
4. Das Messer vor den Augen der Tochter abgeleckt.

Irgendwann hielt Rainer sich die Ohren zu, und Sofie stellte den Fernseher lauter. Das brachte mich zum Schweigen.

Aber ist doch auch wahr! Und überhaupt: Ich hatte keine Lust, wieder mal diejenige zu sein, die einen Schlechtwetterplan ausarbeitet, nur um die Moral der Truppe aufrechtzuerhalten. Mama streikt heute.

So!

Ich verschwand im Schlafzimmer und lümmelte mich mit meinem Krimi ins Bett. Während der Regen an die Scheiben prasselte, verfolgte ich die Ermittlungen der Kommissarin in einem Stockholmer Altenheim: Drei der fünf Leichen hatten vor ihrem Tod dort gelebt.

Nach einer halben Stunde klopfte Rainer und sagte: »Sofie langweilt sich. Lass uns doch in die *Spielscheune* gehen.«

Ich lenkte ein: »Ok, lass mich noch das Kapitel fertig lesen.« Immerhin hatte Rainer sich Gedanken gemacht. Wenn auch das Ergebnis nicht besonders originell war. *Spielscheune*. Wieder mal!

Es ist später Vormittag und ich sitze am Bällebad hinten links. An die laute Musik habe ich mich mittlerweile gewöhnt. Wie ich mir hier die Zeit vertreiben soll, weiß ich immer noch nicht. Gelangweilt beobachte ich Sofie, wie sie Bälle in die Luft wirft. Rainer hat sich freiwillig zum Einkaufen gemeldet. Vermutlich ist das seine Therapie gegen Lagerkoller. Und nebenbei kann er sich noch einen Sixpack Bier oder den *Kicker* in den Einkaufswagen packen.

Während ich apathisch einen roten und einen blauen Ball in die Luft werfe, frage ich mich, wo eigentlich Tanja und Jürgen sind. Bei dem Schmuddelwetter bin ich davon ausgegangen, dass sie auch den Weg in die *Spielscheune* finden, schließlich dürfte ihr Wohnwagen schon bald im Matsch versinken. Wäre jetzt eigentlich ganz nett, mit Tanja über den neuesten Klatsch zu plaudern. Das ist unsere Schnittmenge: Über Heidi Klum und Co. zu lästern. Oder darüber zu diskutieren, wer in Hollywood jetzt mit wem zusammen ist und wie lange welche Ehe mutmaßlich hält. Da ist Tanja bestens informiert. Wahrscheinlich ist ihr Kosmetikstudio mit einschlägigem Zeitschriftenmaterial ausgestattet.

Das bringt mich auf eine Idee: Ich laufe zum Kiosk neben dem Eingang der *Spielscheune* und kaufe eine *Gala*. Auf dem Titel ist das englische Thronfolgerpaar zu sehen, wie es lächelnd in Abendgarderobe in die Kamera blickt. Beide sehen so gesund aus. Und so optimistisch. Ob Rainer und ich auch so wirken? Wohl kaum.

Seufzend studiere ich die Urlaubsfotos von Kate Moss, die auf einer Jacht vor St. Tropez durchs Mittelmeer schippert und vom Vorderdeck aus ins türkisfarbene Wasser springt. Eine Monsterwelle Neid rollt durch meinen Körper – Mittelmeer, Wärme, Sonnenschein, Champagner.

Für einen Moment schließe ich die Augen. Bis mich lautes Geschrei aus meinen Träumen reißt. Sofie ist jetzt am anderen Ende des Bällebads und haut gerade einem dunkelhaarigen Mädchen mit der Hand auf den Kopf.

»Sofie, was machst du denn da?«, rufe ich aufgebracht und ziehe meine Schuhe aus. Ich brauche gefühlte fünf Minuten, um durch die bunten Plastikbälle ans andere Ende zu waten. Das Mädchen schreit jetzt so laut, dass selbst die Dudelmusik aus den Lautsprechern übertönt wird.

»Die hat sich auf mich geschmissen«, setzt Sofie ihre Verteidigungsrede an. »Das hat die extra gemacht.«

Das Mädchen dürfte zwei Jahre jünger als Sofie sein.

»Bist du sicher?«, frage ich in scharfem Ton. »Das Mädchen ist doch viel kleiner, das kannst du doch nicht einfach hauen.«

Sofie schmollt. Und das Mädchen ruft laut nach seiner Mama. Von links bahnt sich eine Frau mit lilafarbenem Sweatshirt den Weg durchs Bällebad und nimmt das Mädchen tröstend in den Arm. Dann blickt sie mich vorwurfsvoll an. Ich bin im Zugzwang: »Sofie, entschuldige dich bitte.«

Sofie aber stiert nur vor sich hin.

»Das ist überhaupt nicht nett von dir«, schimpfe ich und sage etwas hilflos zu dem Mädchen: »Das passiert nicht noch mal, versprochen!«

Dann zerre ich Sofie aus dem Bällebad, während sie meckert. In einiger Entfernung halte ich ihr nochmal eine Standpauke, die dazu führt, dass Sofie heult. Ich bin erschöpft! Erziehung kann ermüdend sein. Also sage ich schwach: »Ich möchte nicht, dass so etwas noch mal vorkommt.«

Und jetzt? Zurück ins Bällebad? Dann könnte die Situation eskalieren.

Auf die Riesenrutsche? Traut sich Sofie nicht alleine und ich bin nicht der Typ zum Mitrutschen. Nach Hause zur Strafe? Stelle ich mir langweilig vor.

»Ich habe Durst«, sagt Sofie und nimmt mir damit die Entscheidung ab. Am Tresen vorne am Eingang bestelle ich eine Cola und eine Fanta. Als ich zahle, überlege ich, ob Sofie die Fanta jetzt als Belohnung verstehen könnte, obwohl ja Bestrafung angesagt wäre. Muss ich noch mal nachlesen in meinen Erziehungsbüchern.

»Heute macht José einen Schmuckworkshop für Kinder«, sagt die Frau hinter dem Tresen. Ich schaue sie fragend an.

»Da hinten, wo die Tische sind«, ergänzt sie und zeigt ans andere Ende der Halle.

Schmuckwerkstatt? Das klingt hervorragend! Mein Kind bekommt kreativen Input, ich muss keinen Finger krümmen und kann die *Gala* lesen.

Ich bedanke mich überschwänglich für den Tipp und gehe mit Sofie zu dem Tisch, an dem ein dunkelhaariger Mann mit Zopf sitzt und Perlen in verschiedene Kästchen sortiert.

»Ist hier die Schmuckwerkstatt?«, frage ich überflüssigerweise.

»Sieht so aus«, antwortet der Mann, der offenbar José ist, denn er spricht mit spanischem Akzent. Er hat dunkle Augen, die von langen schwarzen Wimpern umrandet sind, und einen sinnlichen Mund. Ich räuspere mich kurz, um mich wieder auf meine Rolle als Mutter zu konzentrieren: »Das hier ist meine Tochter Sofie, die würde auch gerne mitmachen.«

»Ja, klar, muy bien«, sagt José, und während ich lächele und er zurücklächelt, hoffe ich inständig, dass er nicht merkt, wie sich mein Gesicht leicht rötet. Natürlich könnte ich Sofie jetzt alleine lassen und mich vorne in die Strandkörbe am Sandspielplatz fläzen, um meine Zeitschrift zu lesen. Aber zum Glück ist Sofie jetzt erst eine Runde schüchtern und flüstert: »Du musst aber hierbleiben.«

»Kurz«, antworte ich und versuche mit einem Seufzer glaubhaft rüberzubringen, dass ich eigentlich lieber gehen würde.

Sofie setzt sich neben José, ich bleibe hinter ihrem Stuhl stehen und studiere seine schmalen langen Finger, während er meiner Tochter zeigt, wie man Perlen auffädelt. Uns gegenüber setzt sich jetzt das Mädchen aus dem Bällebad mit seiner Mutter. Ich lächele versöhnlich und wende mich dann José zu. Wozu bin ich Journalistin? Mit Fragerei kommt man immer leicht ins Gespräch.

»Was macht denn ein Spanier hier im hohen Norden?«, frage ich in lockerem Tonfall.

»Ich wohne hier«, antwortet José.

Ich schmelze dahin. Es klingt wahnsinnig charmant, wie er sich bemüht, das »h« korrekt und hörbar auszusprechen. Nach zwei, drei geschickten Fragen bin ich schlauer: José hat als Animateur in einem Club auf Fuerteventura gearbeitet, dort eine Frau aus Norddeutschland kennengelernt, ist mit ihr hierhergezogen und hat zwei Kinder bekommen.

»Die spielen gerade dahinten Tischfußball«, sagt er und zeigt auf zwei hübsche Teenager mit langen dunklen Haaren. Ich habe sofort ein schlechtes Gewissen. Mit verheirateten Männern flirtet man nicht! Aber dann setzt José nach: »Leider bin ich jetzt von ihrer Mama geschieden.« Er sagt »ge'chieden«, was ziemlich süß klingt und meine Bereitschaft, doch ein wenig zu flirten, in Sekundenschnelle deutlich erhöht. Elegant gehe ich darüber hinweg, dass ich selbst verheiratet bin.

Während ich krampfhaft darüber nachdenke, wie ich das Gespräch am Laufen halte, höre ich von hinten eine Stimme: »Hallöchen!« Tanja!

Das passt jetzt gar nicht. Vorhin hätte ich mich noch darüber gefreut, mit ihr zu tratschen, aber jetzt … Sie ist immerhin gut zehn Jahre jünger, blond, schlank und passt alles in allem in das klassische Beuteschema eines gut aussehenden, geschiedenen Animateurs aus Südeuropa.

»Hallo«, sage ich also trocken. José schaut über die Schulter nach oben und sagt eine Spur zu erfreut: »'allo!«

Und dann: »Ich bin José. Mag Ihr Sohn mitmachen?«

Da muss ich innerlich lachen. Marco steht an Tanjas Seite und sieht ganz und gar nicht so aus, als wolle er rosafarbene Glasperlen auf ein Band fädeln.

»Nee, keinen Bock«, sagt er und rennt in Richtung Riesenrutsche. Dabei fällt mir ein, dass ich ihn noch mal wegen des Vorfalls am Minigolf-Platz ansprechen wollte.

»Ist da noch frei?«, fragt Tanja und setzt sich gegenüber von uns neben die Mutter mit dem lilafarbenen Sweatshirt. Mist!

Sie fängt sofort an zu plappern: Dass sie heute Vormittag nach Wilhelmshaven zum Shoppen gefahren sind und sie sich ein »total süßes« Top gekauft hat. Mechanisch entgegne ich: »Ach, toll.«

José zeigt Sofie, wie man die Kette mit einem Verschluss versieht.

»Dat sieht aber schön aus«, sagt Tanja über Sofies Kette.

»Möchten Sie sich auch eine Kette basteln?«, fragt José lächelnd und entblößt dabei seine makellos weißen Zähne. Dabei erinnert er mich ein bisschen an Julio Iglesias, den Schmusesänger.

»Ach echt? Dat ist doch für die Kinder«, sagt Tanja und schnappt sich im gleichen Moment die Schale mit den Glitzerperlen.

Mir bleibt nichts anderes übrig, als noch mal die Journalistin raushängen zu lassen. Wenig einfallsreich frage ich: »Sind Sie denn hier fest angestellt?«

José erzählt was von seiner freien Arbeit als Kinderanimateur an der Nordseeküste. Er arbeitet stundenweise in zwei

Spielscheunen, einem großen Hotel und im Winter auf einem Kreuzfahrtschiff.

»Und wo wohnen Sie?« Das fragt José jetzt leider nicht mich, sondern Tanja. Ich gebe auf! Ich bin raus aus dem Spiel. Um mir nicht mehr das südeuropäische Balzen anschauen zu müssen, sage ich zu Sofie: »Ich setze mich dahinten in einen der Strandstühle. Wenn was ist, melde dich.« Sofie nickt nur. Auch sie scheint sich bei José ganz wohl zu fühlen. Etwas missmutig vergrabe ich mich in meine *Gala* und lese einen Artikel über die Einsamkeit von Lilo Pulver im Alter. Mir steigen Tränen in die Augen.

»Wollen wir mittagessen?«

Erschrocken fahre ich hoch. Vor mir steht Rainer. Mein Rainer! Nach dem Flop mit José bin ich richtig froh, ihn zu sehen. Und genau betrachtet, sieht er ja auch viel besser aus als dieser Julio-Iglesias-Verschnitt mit seinem schmierigen Lächeln. Rainer könnte schließlich Tom Cruise doubeln. Ich stehe auf und gebe Rainer einen Kuss. Er schaut mich verwundert an: »Alles klar?«

18. Happy Hour im ›Wattwurm‹

»Schietwedder! Kannst jo keen Hund rutjogen!« Herr Janssen nickt mir kurz zu.

»Allerdings!«, sage ich und versuche, nicht zu vorwurfsvoll zu klingen, schließlich kann unser Vermieter ja nichts dafür, dass es den ganzen Tag regnet.

»Was meint der denn mit ›rutjolen‹ oder so?«, flüstert mir Rainer zu. »Vielleicht rausjagen?«, flüstere ich zurück.

Wir sind mit den Schmittkes im *Wattwurm* zum Abendessen verabredet. Auf dem Weg dorthin kamen wir in einen fiesen Platzregen. Meine Jeans sind klatschnass, weil das Wasser von meiner Regenjacke in kleinen Bächen die Beine runterläuft. Auf dem Holzboden des Restaurants haben sich schon kleine Pfützen gebildet. Als wir den überhitzten Gastraum betraten, beschlug meine Brille sofort. So konnte ich zum Glück nicht gleich sehen, wer an der Theke saß. Tanja, Jürgen und Marco winken uns von einem Fensterplatz aus zu. Kaum dass ich mich gesetzt habe, zieht Sofie schon an meinem Ärmel. »Mama, ich muss mal!« Ich seufze.

Habe ich schon erwähnt, dass meine Tochter eine Toilettentouristin ist? Egal, wo wir sind: Sie muss immer auf die Toilette und zwar stets sofort. Und leider entsprechen die Toilettenanlagen nicht immer den gehobenen Ansprüchen ihrer Mutter, die mittlerweile auch ihre sind. Entweder es stinkt oder es fehlt Klopapier. Dank unserer hohen WC-Frequentierung könnte ich jederzeit einen Testbericht über das leidige Thema »Trocknung der Hände« schreiben: Besonders schlecht schneiden die Handfönapparate ab. Sie pusten so laue Luft aus, dass man zwanzig Minuten braucht, um die Finger nur annähernd trocken zu kriegen. Noch schlimmer ist die neue Generation der Lufttrockner, in die man beide Hände stecken muss. Sie dröhnen so laut, dass Sofie regelmäßig zu heulen anfängt und man Angst davor haben muss, auf Nimmerwiedersehen weggeblasen zu werden. Behälter mit Stoffrollen, die als Schlaufe nach unten hängen, sind vermutlich besonders umweltfreundlich, aber meistens kaputt. Ich favorisiere Papiertücher zum Wegwerfen, auch wenn Sofie immer fünf auf einmal aus dem Behälter zieht und ich dann entnervt versuche, sie wieder reinzustopfen, ohne dass es jemand merkt.

»Wo sind denn Ihre Toiletten?«, frage ich den dicken Mann mit der Schürze. Er nickt mit seinem Kopf nach links. »Stoffel«, denke ich, als ich realisiere, dass der Mann an der Theke José ist. Und die Frau an seiner Seite die Mutter mit dem lilafarbenen Sweatshirt aus dem Bällebad. Ich muss schlucken. Wahrscheinlich ist José mit seinen Hundeaugen auf das Trösten von liebeshungrigen Müttern spezialisiert.

Immerhin: Die *Wattwurm*-Toiletten sind sauber und verfügen über Papierhandtücher. Sofie wäscht sich sogar ohne mahnende Aufforderung alleine die Hände.

Auf dem Rückweg von der Toilette sagt Sofie: »Mama, da ist der Mann aus der *Spielscheune*.«

»Ach ja, richtig, ja, äh, das ist er wohl«, gluckse ich, versuche, überrascht zu klingen, und nicke José kurz zu. Er reagiert nicht. Offensichtlich hat er mich nicht erkannt. Jedenfalls sieht er nicht so aus, als würde er jetzt denken: »Oh, da ist ja diese gut aussehende Mutter von der *Spielscheune*, mit der ich mich jetzt viel lieber unterhalten würde als mit dem lilafarbenen Pullover.« Ich versuche, nicht enttäuscht zu wirken, und manövriere Sofie zum Tisch zurück. Da kommt es mir gerade recht, dass Jürgen in der Zwischenzeit vier Schnäpse bestellt hat. Ich vertrage zwar keine harten Sachen, aber nachdem ich einen »Küstennebel«, der ziemlich intensiv nach Anis schmeckt, runtergewürgt habe, macht sich eine wohlige Wärme in mir breit.

»Na denn Prost!«, sagt Jürgen und hält sein Bier auffordernd in die Höhe. Rainer stößt mit ihm an. Ich bleibe erst mal beim Mineralwasser und bestelle einen Krabbenteller mit Rösti. Marco und Sofie gehen zur Spielecke, in der ein kleines Boot aus Holz mit Fischernetzen steht. Das Mädchen aus dem Bällebad spielt mit den Bauklötzen (wohl damit Mutti ungestört mit dem Animateur flirten kann).

Rainer und Jürgen reden jetzt über die Formel 1. Da ist Rainer in seinem Element. 2003 war er mal beim Großen Preis von Monaco. »Hallo, wie es da abgeht. Hammer. Schon der Sound der Motoren macht dich fertig. Und das Ganze in den engen Gassen. Also ehrlich, da vibriert alles.«

»Das liegt wohl auch an den Boxenludern«, vermutet Jürgen augenzwinkernd. Womit er sicherlich recht hat, aber das würde Rainer nicht zugeben. Mir gegenüber jedenfalls nicht.

Jürgen erzählt von den Anfängen von Michael Schumacher. »Auf der Kartbahn von seinem Vater in Kerpen hat er den Grundstein für seine Karriere gelegt. Ich war schon da, war spitze. Musst du auch mal hin.« Dann zeigt er auf Marco und ergänzt: »Wenn der Kurze acht ist, soll der auch mal Kart fahren. Is' der Typ dafür!«

»Seh ich. Man muss Talente lesen können«, gibt Rainer philosophisch zu bedenken. Tanja ist rausgegangen zum Rauchen. Mir ist etwas schwindelig vom Schnaps. Ich vermeide es, in Richtung Theke zu sehen, und lege meinen Kopf auf Rainers Schulter. Eigentlich bin ich ganz zufrieden. Trotz Schietwedder und der Pleite mit José.

»Is' dä noch frei?«

»Ja klar«, antworte ich.

Herr Janssen steht vor unserem Tisch und zeigt auf den leeren Stuhl. Er nimmt ihn aber nicht mit, sondern setzt sich einfach dazu. Tanja ist auch zurück und schaut neugierig. Ich stelle Käpt'n Blaubär vor.

»Alles kloor?«

Ich nicke und antworte augenzwinkernd: »Das ist der schönste Urlaub, den wir je hatten.« Rainer schaut mich fragend von der Seite an. Ich ahne, was er denkt: Und was ist mit Frankreich? Irland? Schweden? All die schönen Urlaube, die wir gemeinsam verbracht haben, bevor Sofie auf die Welt kam? Ich fasele etwas davon, dass es besonders für die Kinder hier so toll sei, die »klasse *Spielscheune*«, die »total tolle *Watt-Lagune*«, merke aber schnell, dass ich die anderen mit meinen Touristikwerbesprüchen langweile.

»Noch een Schnaps?«, fragt Herr Janssen.

Meine Alarmglocke geht an. Zwei sind einer zu viel!

Mindestens zweimal in meinem Leben hatte ich durch den Konsum von Schnäpsen einen Filmriss. Das Gemeine an dem Zeug ist ja, dass man erst gar nichts merkt. Und ganz plötzlich kommt der Mann mit dem Hammer – und schon krabbelt man auf allen vieren zur Toilette. Darauf habe ich jetzt wirklich keine Lust und sage vernünftig: »Ich trinke erst mal eine Apfelschorle.«

Tanja und Jürgen schauen mich irritiert an. Herr Janssen bestellt also vier Schnäpse, und als sie auf dem Tisch stehen, ruft er in den Gastraum: »Nich' lang snacken – Kopp in Nacken.«

Rainer, Jürgen und Tanja folgen brav und legen ihren Kopf beim Trinken zurück.

»Ahhh«, stöhnt Herr Janssen laut. Ich lächele und mache das, was man als Journalist immer macht, wenn einem sonst nichts einfällt: Fragen stellen.

»Sind Sie denn hier geboren, Herr Janssen?«

»Jo«, sagt er. »Bin früher zur See gefohren.«

Wie sich herausstellt, war Herr Janssen Kapitän auf einem Seenotretter. Dreißig Jahre lang fuhr er raus aufs Meer, um havarierte Schiffe samt Besatzung zu bergen.

»Jo, dat war man nich' immer so einfach«, ergänzt er und streicht mit der Hand über seinen grauen Vollbart.

»Das ist ja interessant«, sage ich und kann mich gerade noch beherrschen, alles mitzuschreiben. »Ist das nicht auch manchmal ganz schön gefährlich gewesen?«, lege ich neugierig nach, in der Hoffnung, ihm eine spannende Geschichte zu entlocken.

Tanja und Jürgen schauen nur mäßig interessiert. Rainer checkt auf seinem Smartphone die E-Mails. Herr Janssen lässt sich trotzdem nicht lange bitten.

»Jo, allerdings«, bestätigt er und fühlt sich sichtlich wohl, bei einer Touristin aus der Stadt Eindruck schinden zu können.

»Dat war manchmal sogar lebensgefährlich! Besonders bei Stormfloot!«

Herr Janssen erinnert mich jetzt wirklich an Käpt'n Blaubär aus der *Sendung mit der Maus*. Der erzählt seinen drei neugierigen Enkeln auch immer was von seinen unglaublichen, wahnsinnig gefährlichen Schiffsreisen. Das meiste davon ist Seemannsgarn. Das ist bei Herrn Janssen natürlich nicht der Fall – soweit ich das beurteilen kann.

»Dat Schlimmste waren immer die, die von Tuten und Blosen keine Ahnung haben.« Tanja prustet los. Zum Glück versteht Herr Janssen nicht den Grund für ihre Heiterkeit. Damit meint er nämlich die Hobby-Seefahrer, die in der Nordsee unterwegs sind.

»Vor allem die Städter mit ihren Jachten«, fährt er ungerührt fort.

»Aber die Nordsee ist doch gar nicht so gefährlich«, erwidere ich, schließlich weiß ich, dass man sich naiv stellen muss, um an die besten Geschichten zu kommen. Herr Janssen aber schaut mich an, als hätte ich gesagt, die Nordsee sei ein Süßwassergewässer. »Ich meine, äh, also der Atlantik ist doch viel rauer, oder nicht?«, ergänze ich.

»Mien Deern«, sagt er nachsichtig. »Wenn dat mal nich' Blödsinn ist.«

Ich lächele verlegen.

Tanja grätscht von links rein: »Eine Kundin von mir, die fährt auch immer mitter Jacht kreuz und quer übers Meer. Und die hat von Tuten und Blasen aber so was von Ahnung.« Hierbei schreit sie vor Vergnügen, und auch Rainer und Jürgen können sich kaum halten. Ich versuche einen Break und hake nach: »Ist denn schon mal was wirklich Schlimmes passiert?«

»No jo«, sagt er und schaut vielsagend. Käpt'n Blaubär

würde an dieser Stelle seine Enkel warnen: »Wer schwache Nerven hat, sollte jetzt lieber weghören.« Herr Janssen bestellt noch ein Bier, räuspert sich und legt los: »Da war mal dat mit den beiden aus Düsseldorf. Die waren mit ihrer Jacht bei Storm unterwegs.« Er macht eine Pause und räuspert sich noch mal. »Nu ja. Und plötzlich saßen die mit ihrer schicken Jacht auf einer Sandbank fest. Da war dat Geheule groß.« Die Bedienung stellt Janssen ein neues Glas Bier auf den Tisch, aus dem er einen ausgiebigen Schluck nimmt. »Jo. Die Rettung hat dann mindestens vier Stunden gedauert. Die beiden hatten über Funk nach Hilfe gerufen. Aber die Positionsangaben stimmten nich'. Dann wurd's eng.« Käpt'n Blaubär macht eine Kunstpause und versichert sich, ob wir auch alle zuhören. Rainer hat sein Handy jetzt weggelegt.

»No jo, dann gaben wir über Handy die Anweisung, dass die beiden Lichtzeichen geben soll'n. So haben wir sie schließlich noch gefunden. Aber dann fiel das Handy von den Dösbaddeln aus«, erzählt Janssen weiter. »Also mussten wir über Megaphon rufen, was sie zu tun hatten. Anweisungen geben. Nich' ganz einfach bei Storm. Fast wäre das Schiff zur Seite abgerutscht und gekäntert, nich'.«

»Oh Gott«, rufe ich gespielt entsetzt aus und hoffe, dass die Geschichte damit zu Ende ist, denn das Drama auf hoher See beginnt jetzt doch etwas zäh zu werden. Aber Käpt'n Blaubär hat noch Mitteilungsbedürfnis: »No jo, es dauerte ein paar Stunden, bis wir das Skip mit einer Leine aus dem Sand ziehen und abschleppen konnten. Jo, dat war knapp.«

Herr Janssen streicht sich über seinen Bart. »Die wollten eigentlich noch weiter in die Karibik. Aber dat Thema, jo, dat war durch.«

Und die Geschichte hoffentlich auch. Wie zur Befreiung ruft Jürgen den Kellner: »Drei Kurze!«

Käpt'n Janssen steht jetzt auf und klopft auf den Tisch. »Genug gesnackt! Denn man Tschüss.« Ohne zu wanken, geht er zum Ausgang und winkt dem Wirt zum Abschied.

»Kiek mol wedder in«, ruft der Wirt ihm nach und bringt uns die Schnäpse. Rainer ruft: »Wech damit!«, und legt seinen Kopf in den Nacken. Tanja und Jürgen machen es ihm nach.

»Puh!«, Rainer schüttelt sich. Ich weiß leider jetzt schon, an wem morgen wieder alles hängen bleibt, weil Rainerchen ein Katerchen hat und länger ein Schläfchen machen muss, um wieder munter zu werden.

»Mama!« Sofie zupft an meinem Ärmel.

Ich reagiere erst gar nicht.

»Maaaama!«

»Was ist denn?«, frage ich gereizt und sehe erst dann, dass Sofie heult: »Der Marco ist doof!«

»Was ist denn?«, frage ich erstaunt. Bisher fand sie den Kleinen mit seinem Hahnenkamm doch immer nur toll.

»Der spielt nur noch mit der Jule.«

Oha, denke ich. Das muss die Tochter vom lila Pullover sein. Nicht nur, dass Mama sich an spanische Gigolos ranwanzt, auch die Tochter hat schon einen Schlag beim anderen Geschlecht!

»Ich komm mal mit«, sage ich und begleite sie zur Spielecke. Marco und Jule sitzen hintereinander im Piratenboot und kichern. Hoffentlich verschlimmert mein Eingreifen die Situation nicht noch, schließlich verlieren Mädchen, die bei Mama petzen, deutlich an Attraktivität. Trotzdem sage ich: »Lasst ihr Sofie bitte mitspielen?«

Marco reagiert gar nicht. Nur Jule rückt ein Stück nach vorne. Sofie quetscht sich dahinter und wirkt jetzt bestenfalls wie das fünfte Rad am Wagen. Sie tut mir ziemlich leid.

Als ich zum Tisch zurückgehe, blicke ich zur Theke und sehe, wie José der lila Mama seinen linken Arm um die Schulter gelegt hat und mit der rechten Hand sein Rotweinglas zum Mund führt. Wie schäbig! Die sollte sich lieber mal um ihre Tochter kümmern.

Zurück am Tisch sage ich: »Ach, ich könnte doch noch einen Schnaps vertragen.«

Rainer blickt mich ungläubig an. Jürgen winkt der Bedienung und sagt: »Vier Kurze!«

Immerhin: Das Zubettbringen hat sich erledigt. Sofie ist auf dem Arm von Rainer eingeschlafen, der sie bis nach Hause getragen hat. Dort legten wir sie einfach nur ins Bett. Rainer schaltete den Fernseher ein.

Das ist zehn Minuten her. Jetzt schnarcht er im »Küstennebel«-Rausch. Ich hole mir in der Küche eine Tüte Chips und esse sie anfallsartig in zehn Minuten leer.

Danach ist mir schlecht und ich gehe ins Bett.

19. Wir fahren zu den Seehunden

»Lasst uns einen Ausflug machen!«, begrüße ich meine Familie am Frühstückstisch. Auf meiner Agenda steht heute: »Ausflug zur Seehundstation mit anschließendem Mittagessen im Fischerrestaurant.«

»Au ja, Babyseehunde!«, ruft Sofie begeistert. »Das klingt ja echt interessant«, stimmt ihr Hobby-Zoologe Rainer zu.

Als ich Tanja gestern Abend im *Wattwurm* von meinem Vorhaben erzählte, sagte sie: »Na, dat wär' ja auch wat für unsern Marco.« Also bot ich an, ihn mitzunehmen, schließlich ist es sein letzter Ferientag. Morgen wird unsere Urlaubsbekanntschaft aus Gelsenkirchen abreisen. Sofie hat das zum Glück noch nicht richtig verstanden. Mir graut jetzt schon davor. Kein Bärli. Kein Marco. Das kann heiter werden!

Um 9 Uhr stehen wir vorm Eingang des Campingplatzes. Marco wartet schon mit seinem Papa. Er trägt ein T-Shirt mit den »Wilden Kerlen« drauf und hat die Haare mit Gel zu einem Hahnenkamm gestylt. Am Himmel rasen die Wolken in Richtung Osten. Die Windräder am Horizont laufen auf Hochtouren. »Steife Brise von Nordwest«, sagt der Mann am Zeitungsstand. Auf dem Weg zum Auto haben wir das Gefühl, gegen einen Airbag zu rennen.

»Wann sind wir endlich daaa?«

Es ist diesmal nicht Sofie, die den magischen Satz sagt, sondern Marco. Nach nur fünfzehn Minuten Autofahrt.

»Es dauert nicht mehr lange«, antworte ich routiniert und lege eine CD von *Lauras Stern* ein.

»Das is' aber Mädchenkram«, mault Marco sofort.

»Ich find das toll!«, entgegnet Sofie trotzig.

»Danach hören wir etwas anderes«, kündige ich an und denke fieberhaft darüber nach, ob wir eine jungstaugliche CD dabeihaben oder zumindest eine mit Unisex-Thema. Marco schaut demonstrativ aus dem Fenster, und Sofie drückt ihre Puppe an sich, die sie mitgenommen hat, um ihr die Seehunde zu zeigen.

Die Windräder sind kurz davor, mich einzulullen, als mir auffällt, dass die nette Dame aus unserem Navigationsgerät sich ziemlich lange nicht mehr gemeldet hat. Auf dem Display sehe ich, dass es kein Signal hat. Oh Gott, was machen wir jetzt? Und: Wo sind wir? Wir verfügen über keinerlei Kartenmaterial, seit wir uns ein Navi angeschafft haben. Und ganz grundsätzlich über eine miserable Orientierung.

»Wo lang?«, fragt Rainer an der nächsten Kreuzung.

»Keine Ahnung«, antworte ich.

»Wie? Keine Ahnung? Du bist doch der Beifahrer!«

»Halt mal an«, sage ich nervös und suche in meiner Tasche nach meinem Smartphone. Schließlich hat das ja eine Karten-App. Es dauert eine Weile und ich muss mich konzentrieren, während sich auf der CD Laura mit ihrer besten Freundin streitet. Ich drehe leiser.

»Lauter!«, ruft Sofie von hinten.

»Wann sind wir endlich daaa?«, nölt Marco.

Kann es sein, dass er noch mehr nervt als Sofie?

»Dauert noch«, blöke ich nach hinten. Immerhin finde ich raus, wo wir jetzt sind. Aber wo ist die Seehundestation? Ich verkleinere die Karte und schiebe sie auf meinem kleinen Monitor hin und her.

»Ich glaube, wir müssen jetzt links«, sage ich schließlich zu Rainer.

»Mit Glaubensbekenntnissen kommen wir nicht weiter«, antwortet Rainer knapp und rührt sich nicht von der Stelle.

Keine Ahnung, warum mich diese Bemerkung so in Rage versetzt. »Spinnst du? Ich kann doch nichts dafür, dass dieses blöde Navi versagt. Du warst doch zu geizig, ein teures zu kaufen. Warum nur haben wir das gebrauchte von deinem Vater mitgenommen?«, kreische ich. »Scheißding!« Ich knalle das Navi auf den Boden. Im Rückspiegel sehe ich, dass Marco erschrocken guckt. Hat er noch nie erlebt, dass Eltern sich streiten? Dabei hatte mir doch Tanja im Strandkorb erzählt, »dat der Jürgen manchmal echt 'n Ausraster kriegt, wenn der Marco nich' spurt.« Sofie hört ungerührt weiter ihre CD.

Als ich nach links blicke, sehe ich, dass Rainer einen roten Kopf bekommen hat. *Mayday. Mayday. Mayday.* Rainer wird selten wütend. Aber wenn, dann gilt es in Deckung zu gehen.

»Du hast sie nicht mehr alle«, bricht es aus ihm heraus. »Wir fahren zurück!« Tatsächlich wendet er das Auto auf der Landstraße. Jetzt regt sich auch Sofie: »Neiiin! Ich will zu den Seehunden!«

Marco schaut Sofie mit großen Augen an, in denen abzulesen ist: »Spinnen deine Eltern jetzt?«

»Rainer«, sage ich im ruhigen Tonfall, der deeskalierend wirken soll, »das kannst du nicht machen!«

»Natürlich kann ich das. Meinst du, ich habe Lust auf dein ewiges Gemeckere?«

»Rainer, bitte! Die Kinder haben sich so gefreut.« Rainer bremst ruckartig, hält am Straßenrand und stiert stumm nach vorne durch die Windschutzscheibe. Ich schaue nach rechts aus dem Fenster und blicke in die Augen einer Kuh, die am Zaun steht und uns fragend anschaut.

Dann schweigen wir für einige Minuten. Aus den Lautsprechern ertönt liebliche Musik: Laura und Sofie haben sich wieder versöhnt. Das stimmt mich nachdenklich: Predigen wir nicht ständig unseren Kindern, dass sie sich nach einem Streit wieder vertragen sollen?

Ich gebe mir einen Ruck: »Okay, es tut mir leid, Rainer. Meine Reaktion war wirklich etwas übertrieben.«

Rainer lässt den Wagen an, wendet auf der Straße und fährt stumm die Landstraße entlang. Keine Ahnung, ob wir jetzt richtig fahren. In der nächsten Ortschaft schlage ich vor, einen Passanten zu fragen. Leider ist in diesem Kuhkaff aber niemand zu sehen. Also fahren wir einfach weiter am Deich entlang. »Können wir jetzt mal was anderes hören?« Marco ist aus seiner Schockstarre erwacht. Oh je, das hatte ich ganz vergessen. Nervös krame ich in der CD-Box und finde schließlich *Ritter Rost bei den Gespenstern*. Prima, das ist was für Jungs!

»Wie wär's mit einer Runde *Ritter Rost*?« frage ich betont fröhlich in Richtung Rückbank.

»Okay«, sagt Marco mäßig begeistert.

»Och nö! *Lauras Stern* war so schön«, jammert Sofie.

»Sofie, wir haben aber gesagt, dass Marco jetzt dran ist«, insistiere ich und mache die CD an. Rainer und ich schweigen für den Rest der Fahrt.

Nach zwanzig Minuten stoßen wir zufällig auf das Schild »Seehundstation«. Als ich auf dem Parkplatz die Tür öffne, werde ich fast wieder zurück ins Auto geblasen. Meine Haare wirbeln durcheinander, während der Wind Rainers Baseballkappe wegfegt. Marco und Sofie rennen hinterher und schreien vor Vergnügen.

»Ich hab sie!«, ruft Marco stolz und hält die Kappe wie eine Trophäe in die Luft. Schade eigentlich! Ich fand das Ding schon immer hässlich. Rainer hat die Kappe vor ungefähr fünfzehn Jahren gekauft, als er bei einem Spiel der New York Yankees war. Später hat er mir mal gestanden, dass er sich zu Tode gelangweilt hat, weil er die Regeln nicht kapierte. Die Kappe trägt er trotzdem noch.

In der Drehtür zur Seehundstation kann ich mein Spiegelbild sehen. Entsetzt merke ich, dass meine Haare aussehen, als hätte man mich mit Elektroschocks behandelt.

Im Foyer erwartet uns eine Riesenschlange. Nach zehn Minuten fangen Marco und Sofie an zu maulen:

»Mama, der Marco ist mir auf den Fuß getreten.«

»Aus Versehen sicher, mein Schatz«, versuche ich zu schlichten.

»Nein, das hat er extra gemacht.«

»Hab ich nicht!«

»Hast du doch!«

Meine Nackenhaare stellen sich auf.

Als wir endlich drin sind, gehen wir gleich zu dem Schwimmbecken der kleinen Robben. Durch eine Glasscheibe kann man sie auch unter Wasser beobachten. Zwei kleine Robben spielen gerade mit einem Blatt, das ins Wasser gefallen ist. Mit ihren kleinen Schnauzen stupsen sie es immer wieder an. Dann schwimmen sie an die Wasseroberfläche und schnappen nach Luft.

»Oh Mama, sind die süß«, schwärmt Sofie.

Marco klopft gegen die Fensterscheibe.

»Lass das mal besser«, ermahne ich. Weiter hinten in der Station kann man die ganz kleinen Robben beobachten, die gerade erst gefunden wurden und sich unter einer Wärmelampe erholen.

»Wo ist denn die Mama von denen?«, fragt Sofie.

»Die ist vermutlich verschwunden. Entweder mit der Strömung weggeschwemmt worden. Oder in einem Sturm durch die Wellen weggetrieben worden«, erklärt Rainer und liest Sofie eine Infotafel vor, auf der steht, wie man sich verhalten soll, wenn man einen heulenden Seehund im Watt findet: »Auf keinen Fall darf man den Heuler anfassen. Man sollte großen Abstand halten. Denn vielleicht taucht die Mutter doch noch auf. Haben Menschen die Robbe berührt, nimmt die Mutter sie nicht mehr an.«

Als ich an dem Lautsprecher drehe, an dem man die Laute der kleinen Heuler hören kann, fällt mir auf, dass Marco verschwunden ist.

»Hast du Marco gesehen?«, frage ich Rainer.

»Nee.«

»Ich auch nicht«, ergänzt Sofie.

Ich gehe noch mal zurück zum Schwimmbecken. Fehlanzeige. Am Eingang? Auch nicht. Schließlich gehen wir weiter in den nächsten Saal, in dem es um den »Lebensraum Watt« geht. Er ist voller Kinder, die zwischen den Erwachsenen herumwuseln. Ich suche konzentriert, finde Marco aber nicht. Mir wird mulmig.

»Hier ist er!«, ruft plötzlich Sofie. Sie steckt den Kopf aus einem Plastiktunnel und winkt. Tatsächlich sitzt Marco im

Tunnel, der die Höhle eines Wattwurms darstellen soll, und spielt mit seinem Nintendo. Das darf jetzt nicht wahr sein!

»Marco!«, rufe ich in den Tunnel hinein. »Wir haben dich überall gesucht!«

Marco spielt ungerührt weiter. Die Piepsgeräusche dröhnen durch die Röhre, während sich andere Kinder an Marco vorbeidrücken. Ich fühle mich jetzt etwas hilflos. Der Tunnel ist zu schmal, um selbst reinzukrabbeln.

»Marco!«, rufe ich jetzt etwas lauter. Die ersten Besucher drehen sich um.

Rainer steht an einer Schautafel zum Thema »Ebbe und Flut«. »Hol mal Papa!«, sage ich zu Sofie.

Rainer setzt sich nun an die andere Seite des Tunnels und ruft auch: »Marco! Komm raus!« Er reagiert nicht.

Schließlich versuche ich, in den Tunnel zu krabbeln. Als ich mit dem Oberkörper drin bin, bekomme ich Marco mit den Händen zu fassen. Von draußen höre ich Gelächter und will mir gar nicht vorstellen, wie ich jetzt auf andere wirke. Ich ziehe Marco am Ärmel und zische: »Kommst du jetzt bitte?« Marco sieht vom Display auf und sagt trocken: »Ach so. Okay.«

Umständlich schäle ich mich aus der engen Wattwurm-Höhle raus. Hierbei rollen sich meine Jacke und meine Bluse nach oben und geben den Blick aller Anwesenden auf meinen nackten Rücken frei, über dem im oberen Drittel ein schwarzer BH zum Vorschein kommt. Ein Gelächter hebt an. Mir langt's! Mit hochrotem Kopf stehe ich neben der unseligen Wattwurm-Höhle.

Ich schaue zu Sofie und Rainer, die kichernd auf sein Smartphone schauen. Als ich mich dazustelle, sehe ich auch warum: Rainer hat mich fotografiert, wie meine Beine auf unwürdige Weise aus dem Tunnel rausragen.

»Hahaha«, sage ich und wende mich Marco zu. Das Dilemma mit fremden Kindern ist ja, dass man sie nicht genauso behandeln kann wie die eigenen. Sofie bekäme eine gehörige Standpauke. Marco nur den Hinweis: »Bitte sag' uns das nächste Mal Bescheid, wenn du dich irgendwo versteckst. Und den Nintendo machen wir jetzt mal aus, ja?« Marco rollt nur mit den Augen und übergibt mir widerwillig sein Spielgerät.

Nach einer weiteren Stunde in der Seehundstation bin ich müde und hungrig. Sofie auch, das sehe ich ihr an.

»Wollen wir mal was essen?«

»Au ja, Pommes! Pommes!«, ruft Marco.

»Ich auch! Ich auch!«, stimmt Sofie ein. Sie würde vermutlich auch frittierte Wattwürmer essen, wenn ihr Idol das täte.

Draußen bläst es immer noch wahnsinnig. Wir laufen am Parkplatz vorbei in Richtung Deich und setzen uns gleich ins erste Restaurant an der linken Straßenseite. Der Gastraum ist zugehängt mit angestaubten Fischernetzen und lauter Krimskrams. Aus den Lautsprechern tönen Schlager.

Ich esse eine Krabbensuppe mit viel Sahne (na ja, besser viel Eiweiß als viele Kohlenhydrate). Die Kinder bestellen Pommes mit Fischstäbchen.

»Was wollt ihr trinken?«

»Apfelschorle«, sagt Sofie.

»Fanta«, sagt Marco.

»Auch Fanta«, schiebt Sofie hinterher. Warum sind Mädchen eigentlich schon im Kleinkindalter willenlos, wenn ein Kerl an ihrer Seite sitzt?

Sofie nimmt die Fischstäbchen erst mal in die Hand. »Sofie, die Gabel!«, ermahne ich sie und schneide den Fisch in kleine Stückchen.

Dann rutscht sie mit der Gabel auf dem Teller aus, und zwei Stückchen landen auf dem Boden.

»Sofie!«

Marco lacht.

Sofie giggelt.

»Sofieeee!«, sage ich streng.

»Marco hat auch gelacht.« Als Sofie ihre Pommes in Mayonnaise taucht, denke ich darüber nach, wann sie eigentlich das letzte Mal ein Stück Obst gegessen hat? Vorgestern am Strand? Zu Hause wäre mir das nicht passiert, schon allein wegen des täglichen Tupperware-Contests auf dem Spielplatz: Als Profi-Mum hat man nämlich immer kleine Boxen mit Apfelschnitzen, kernlosen Trauben oder handlichen Gurkensticks dabei, die man dem Nachwuchs nach Belieben servieren kann.

Hier lasse ich mich irgendwie gehen.

Auf dem Weg zurück zum Auto will Rainer Sofie an die Hand nehmen. Sie zieht sie aber immer wieder zurück und lacht mit Marco. Ich erkenne an Rainers Blick, dass er das gar nicht lustig findet. Schon jetzt weiß ich, dass er der uncoolste Vater der Welt sein wird, wenn in spätestens zehn Jahren der erste pickelige Junge mit Stimmbruch auf der Matte steht. Vermutlich wird Rainer erst mal seinen Impfpass sehen wollen und das polizeiliche Führungszeugnis der Eltern anfordern.

Endlich haben wir unser Auto gefunden.

»Schnell rein mit euch«, fordere ich die Kinder auf.

Drinnen gibt es erst mal Streit: »Ich will aber da sitzen.«

»Nein, ich. Ich war zuerst hier.«

»Mama, der Marco lässt mich nicht auf meinem Sitz sitzen.« Ich atme tief ein. Das alles erinnert mich an die Grabenkämpfe mit meiner Schwester. Irgendwie kann ich jetzt verstehen, dass meinem Vater irgendwann der Kragen geplatzt ist.

Ich drehe mich nach hinten und sage im sachlichen Tonfall: »Marco, kannst du bitte auf der Sitzerhöhung sitzen, weil du größer bist? Und Sofie, geh bitte auf deinen Sitz und hör auf zu jammern.« Beide machen jetzt ein Schmollgesicht, folgen aber meinen Anweisungen.

»Können wir jetzt fahren?«, fragt Rainer entnervt.

»Jaaa«, kommt es von hinten.

»Nein!«, sage ich, als ich merke, dass Sofie vergeblich versucht, sich anzuschnallen.

»Mama, der Gurt ist zu kurz.« Also stemme ich die Tür auf, wieder wirbeln meine Haare durcheinander, ich mache Sofies Tür auf und schnalle sie an.

»Jetzt?«, fragt Rainer, als ich wieder vorne sitze.

»Jaaa!«, antworte ich entnervt.

»Ritter Rost!«, ruft Marco nach fünf Minuten Fahrtzeit.

»Nein, *Lauras Stern!*«, ruft Sofie.

»Ritter Rost!«

»Lauras Stern!«

»Ritter Rost!«

»Lauras St…«

»ES REICHT MIR JETZT!« Erschrocken zucke ich zusammen. Rainer wird selten so laut.

»Da hinten ist jetzt Ruhe, verstanden? Und wir hören gar keine CD, denn ich möchte Radio hören.«

Hinten ist es mucksmäuschenstill. Der tiefe Bass von Rainer hat selbst Marco eingeschüchtert. Rainer sucht jetzt einen Sender im Radio. Er stoppt bei NDR2. Es läuft gerade »Poker Face« von Lady Gaga. Das erinnert mich an unser Treffen letztens mit Schmittkes. Hinten ist Ruhe eingekehrt. Ganze fünfzehn Minuten hören wir gar nichts von den beiden. Dann eine zaghafte Stimme von Sofie: »Dürfen wir *Schnick-Schnack-Schnuck* spielen?«

»Ja, klar«, sage ich versöhnlich.

Das spielen sie den Rest der Fahrt. Und es gibt keinen Streit. Halleluja!

Als wir Marco zurück zum Campingplatz bringen, fragt Tanja: »Na, wie war's?«

»Toll«, sagt Marco und verschwindet im Wohnwagen.

»Ja, war klasse«, bestätige ich nicht ganz wahrheitsgemäß.

»Wollt ihr nomma' reinkommen?«, fragt Tanja.

»Nein, nein«, antworte ich ziemlich schnell. Die Aussicht, wieder einen Abend mit Alkohol ausklingen zu lassen, finde ich nicht besonders verlockend.

»Rainer wartet im Auto!«, sage ich also.

»Ok. Wir kommen morgen nomma' vorbei, um Tschüss zu sagen«, ruft Tanja zum Abschied.

20. Strandburg-Contest

Ich habe Tränen in den Augen! Ernsthaft. Keine Heuchelei. Hundert Prozent echte Tränen.

Jürgen, Tanja und Marco sind gekommen, um sich zu verabschieden, und ich heule. Mit ihrem riesigen Wohnwagen sind sie um kurz nach 10 Uhr in unserer kleinen Straße vorgefahren. Ein kleines Spektakel, jedenfalls schaut Frau Drechsler von nebenan zwischen ihren Spitzengardinen hindurch neugierig aus dem Fenster. Tanja plappert vor sich hin und erzählt gerade was davon, dass sie das Vorzelt ihres Wohnwagens nicht zusammenbauen konnten, aber der »Uwe vom Wagen nebenan, der hat dat dann hingekricht.«

Marco und Sofie spielen Fangen, während Rainer und Jürgen über die besten Strecken in Richtung Süden diskutieren und sich gegenseitig mit Details über das Baustellenrisiko zu beeindrucken versuchen.

»Auf der A1 zwischen Münster und Hamm, dat is' am schlimmsten«, sagt Jürgen.

»Nee, später, hinter Dortmund, die Sauerlandlinie, kilometerlange Baustelle, glaub's mir!«, kontert Rainer. Wahrscheinlich hat er heimlich eine Baustellen-App geladen. Es gibt bestimmt so was.

»Sooo«, sagt Jürgen schließlich. »Jetzt heißt's Abschied nehmen.«

Ich schaue verlegen Tanja an. Unvermittelt nimmt sie mich in den Arm, drückt mich fest und sagt kurz: »Macht's gut!«

Sehe ich da ein Glitzern in ihren Augen, als sie schnell ins Auto steigt?

Jürgen klopft Rainer auf die Schultern: »Haltet die Ohren steif, ne.« »Vielleicht sehen wir uns ja nächstes Jahr wieder«, sagt Rainer hoffnungsvoll. Marco und Sofie stehen verschämt voreinander. Schließlich sagt Marco nur »Tschüss« und verschwindet schnell im Auto.

»Tschüss«, flüstert Sofie. Jürgen kurbelt noch mal das Fenster runter und ruft: »Meldet euch mal!«

»Wenn Frankfurt auf Schalke spielt, kommen wir«, ruft Rainer zurück.

Wir winken noch eine Weile, bis der Wagen um die Ecke gebogen ist. Dann stehen wir einfach noch eine kleine Ewigkeit nur so da. Und in uns macht sich die große schwarze Leere breit, die diejenigen befällt, die zurückbleiben müssen. Ich reibe mir die Augen. Muss ja keiner mitkriegen, dass sie feucht sind.

Als wir wieder im Haus sind, versuchen wir uns zu beschäftigen. Schweigend. Ich spüle ein paar Töpfe, Rainer repariert am kaputten Navigationsgerät herum, und Sofie räumt auf dem Boden verstreute Puzzleteile in den Karton zurück. Daran sehe ich, dass sie mächtig neben der Spur sein muss. Freiwillig aufräumen!

Ich denke an Tanja und ihre frische Art. Natürlich haben wir nie über ernste Themen geredet wie die Anhebung des Leitzinses oder den Nahostkonflikt. Dafür aber stundenlang über *Germany's next Topmodel*. Tanja fand genau die gleichen Models wie ich »aber so was von beknackt« und konnte aus dem Stand den Zickenkrieg in der Modelvilla imitieren: »›Du willst dich immer in den Vordergrund spielen.‹ ›Stimmt doch gar nicht, du schleimst dich bei der Heidi ein und versuchst, die besten Challenges zu kriegen.‹«

Auch ihrem Urteil über Heidi Klum stimme ich voll und ganz zu: »Hömma, die nervt aber so was von!« Ach, ich vermisse »Blondie«. Wer hätte das vor einer Woche noch gedacht?

Aber es hilft nichts. »Was wollen wir denn heute machen?«, frage ich deshalb vage in die Runde.

»Keine Ahnung«, sagt Rainer, ohne aufzuschauen.

»Weiß nich'«, flüstert Sofie und klingt dabei ziemlich traurig.

»Ach kommt«, sage ich aufmunternd. »Lasst uns rausgehen, das Wetter sieht doch ganz gut aus.«

Ohne dass wir groß darüber reden, ist uns klar, dass wir nicht in die *Watt-Lagune* gehen können. Das wäre noch zu frisch. Die Erinnerung an die vergangenen Tage. Na gut, es ist zwar niemand gestorben, aber ohne die Schmittkes käme uns das irgendwie schäbig vor. Beinahe pietätlos.

Also entscheiden wir uns dafür, zwei Orte weiter zu fahren, um dort an den Strand zu gehen. Sofie hat brav ihre Sachen gepackt, ohne einmal dazu aufgefordert werden zu müssen. Nach fünfzehn Minuten sitzen wir schon im Auto. Rainer fährt und ich lasse mich wie immer von den Windrädern einlullen.

Der Parkplatz liegt direkt am Deich. Von da aus weist ein Schild zum Strand. Mit einer Strandtasche, einer Kühltasche und einem aufgeblasenen Krokodil laufen wir los. Von Weitem sehen wir schon einen Zaun mit einem großen Tor. Erst als wir näher kommen, sehen wir das Schild: »Tor geschlossen. Zugang nur über das Strandportal.« Ein Pfeil zeigt nach links.

Was soll denn das? Ein eingezäunter Strand?

Wir laufen zehn Minuten am Zaun entlang, bis wir das große Gebäude, das sich »Strandportal« nennt, erreicht haben. Am Eingang erfahren wir, dass wir Eintritt zahlen oder unsere Nordsee-Service-Card vorzeigen müssen, die wir nicht dabeihaben.

»Mensch, Anke, kannst du nicht mal daran denken?«, sagt Rainer vorwurfsvoll. Natürlich haben wir keine Lust, mit unseren ganzen Sachen wieder zurück zum Auto zu gehen, und zahlen zähneknirschend die Gebühr von 6,70 Euro für zwei Erwachsene und ein Kind.

»Die nehmen's aber auch von den Lebenden«, mault Rainer und zieht sieben weitere Euro für das Mieten des Strandkorbs aus dem Portemonnaie.

Am Strand steht ein großes Schild mit der »Strandordnung«: »Der Strandaufenthalt ist ausschließlich mit dem Besitz einer gültigen Strandtageskarte gestattet. Laute Musik ist nicht gestattet. Nacktbaden ist verboten. Bitte lassen Sie Drachen ausschließlich auf der dafür ausgewiesenen Fläche steigen. Den Anweisungen der Angestellten des Strandbads ist unbedingt Folge zu leisten.«

»Meine Güte«, kommentiert Rainer. »Immer diese Regelhuberei. Bald wollen sie uns noch vorschreiben, was wir am Strand anziehen sollen. Das nächste Mal fahren wir wieder nach Spanien.«

Unser Strandkorb steht ziemlich weit vorne, da, wo das Wasser wäre, wenn wir nicht gerade Ebbe hätten. Sofie schaut auf den grauen Schlamm: »Wo ist das Meer?«

»Es ist Ebbe, mein Schatz. Es dauert noch etwas, bis es wiederkommt«, sage ich beruhigend. Sofie tritt gegen ihr Krokodil: »Ich will Meer!«

»Das kann ich jetzt auch nicht ändern. Gegenüber der Natur sind selbst Mütter machtlos.« Ich seufze und denke daran, dass ich am liebsten meinen Krimi weiterlesen würde. Das brächte mich auf andere Gedanken. Außerdem scheint der Fall kurz vor der Aufklärung zu sein. Das Letzte, was ich gelesen habe, war ein Monolog von Kommissarin Sörenssen, in dem sie im Kreise ihres Teams noch mal alle Verdächtigen durchgeht. Ich tippe auf den Elektriker. Der ist zwar nur eine Randfigur, kümmert sich aber in den Altenheimen, in denen die Morde passiert sind, um die Stromversorgung. Hat also überall Einblick!

Während ich die zappelnde Sofie mit Sonnenmilch eincreme, überlege ich mir eine Strategie.

»Rainer«, flöte ich.

Er schaut mich fragend an.

»Hast du nicht Lust, mit Sofie eine schöne Sandburg zu bauen? Das brächte unser Schätzchen vielleicht auf andere Gedanken. Schau mal, sie ist doch ziemlich traurig, weil Marco weg ist.« Ich komme mir etwas mies vor, schließlich schiebe ich den Seelenzustand von Sofie nur vor, um endlich lesen zu können. Trotzdem stellt sich überraschend schnell der gewünschte Erfolg ein: Rainer nimmt Eimer, Schaufel, Sieb und Gießkännchen und sagt aufmunternd zu Sofie: »Los, wir bauen eine Burg!« Und schon sind beide verschwunden.

Ich stelle die Rückenlehne im Strandkorb zurück und klappe mein Buch auf. Nach zwei Kapiteln und dem unerwarteten Tod des Elektrikers (meine Theorie fällt zusammen wie ein Kartenhaus) schaue ich auf und staune nicht schlecht: Rainer und Sofie haben eine riesige Sandburg mit vier Türmen gebaut. Doch was ist das? Zwei Meter links davon steht ebenfalls eine Burg mit zwei Türmen und einem Wassergraben. Ein Mädchen und ein Junge klopfen mit ihrem Vater gerade den Sand fest.

Bei genauerem Hinsehen erkenne ich den wissbegierigen Vater aus Hannover, der auch bei der Wattwanderung dabei war. Die Kinder müssen also Ronja und Joshua sein. Aber wo ist ihre Mineralwasser trinkende Mutter?

Rainer schaut jetzt rüber zur Konkurrenz und gibt Sofie Anweisungen. Sie fängt an, Muscheln zu sammeln, mit denen Rainer die Türme kunstvoll verziert.

Team Hannover legt sogleich nach und vergrößert seinen Wassergraben. Ronja wird ins Watt geschickt, um mit dem Eimer Wasser zu holen. Sie taucht ihn in die Pfützen und kommt zurückgerannt.

Team Frankfurt hat jetzt noch einen Turm dazugebaut. Deutlich höher als eurer, ihr Pappnasen, denke ich triumphierend, während Rainer an der rechten Außenwand energisch den Sand festklopft. Mit der Gewissheit eines Siegers schaut er zu Team Hannover.

Dort wird der Wassergraben jetzt zwischen den Handtüchern der Badegäste in Richtung Watt geführt. Mittlerweile ist die Mutter mit dem Baby im Tragetuch aufgetaucht. Während sie Wasserflaschen an das Team verteilt, spornt sie ihre Kinder an: »Super. Ganz toll habt ihr das gemacht. Weiter so!« Jetzt fühle auch ich mich verpflichtet, mein Team zu motivieren. Eigentlich ist es mir natürlich zu doof, aber das können wir nicht auf uns sitzen lassen. Rainer und Sofie sind nur zu zweit, Team Hannover besteht aus drei Leuten. Also ziehe ich ein T-Shirt über und stapfe zur Baustelle. Ich verstehe mich jetzt als Projektleiterin.

»Wie wär's denn, Sofie, wenn du noch Stöcke suchst?«, schlage ich vor. »An die kannst du Papiertaschentücher festmachen und sie als Fahnen auf die Burg stecken.«

»Mach ich«, sagt Sofie und geht sofort auf die Suche.

Team Hannover rüstet ebenfalls auf und verziert die Burg mit Seetang. Zugegeben, das sieht nicht schlecht aus. Im Geiste plane ich schon eine Zugbrücke und überlege, wie wir einen Burginnenhof anlegen können. Also knie ich mich hin und beginne erst mal mit dem Ausheben des Fundaments. »Das soll ein See werden. Ist doch viel schöner als ein Burggraben«, erkläre ich Rainer und Sofie. Im Wassergraben von Team Hannover könnte jetzt eine Ente schwimmen, so breit ist er geworden. Wartet nur, ihr Angeber, denke ich, ihr werdet gleich staunen. Mit einer Schaufel grabe ich immer tiefer und verschwinde mit dem Kopf in der Baugrube.

»Hallo? Was machen Sie denn da?«

Ich schrecke auf. Vor uns steht ein Mann in weißen Shorts und T-Shirt. Er blickt in unser Sandloch.

»Ich bin hier der Strandwart. Und so geht das nicht: Sie können doch nicht den ganzen Strand umgraben.«

»Ich bin hier die Bauleiterin und habe die Statik berechnet«, antworte ich, den Ernst der Lage deutlich verkennend. Als »Mr. Baywatch« keine Miene verzieht, füge ich hinzu: »Wir bauen doch nur eine Burg. Das dürfte doch nicht das erste Mal an Ihrem TÜV-geprüften Strand sein. Oder verstößt das gegen die Strandordnung?«

»Nein, aber das tiefe Loch birgt eine Gefahrenquelle. Außerdem vergeuden Sie wertvolle Liegefläche«, entgegnet der Strandwart. Ich rolle mit den Augen. Aber es hat wohl keinen Sinn, zu protestieren. Schließlich hat man schon beim Lesen der Strandordnung das Gefühl, bei Zuwiderhandlung im örtlichen Knast zu landen. Immerhin stellt der Strandwart auch Team Hannover zur Rede. Rainer, Sofie und ich beobachten, wie Ronja und Joshua den Wassergraben in Richtung Meer wieder zuschütten. Dabei bemerken wir nicht, wie ein kleiner Junge mit seiner Schaufel auf unserer Burg herumhackt und sie komplett zerstört. »Neiiin«, ruft Sofie, als sie wieder zur Burg schaut. Dann schreit sie laut: »Der Junge hat meine Burg kaputtgemacht. Der ist blöd!«

Ich bin auch entsetzt, weil wir den Strandburgen-Contest nun verloren haben dürften. Sofie bricht in Tränen aus. Rainer streicht sich über seine schwitzende Stirn und sieht aus wie Bob der Baumeister, nachdem er seinen Bagger zu Schrott gefahren hat.

Mama Hannover aber lobt ihr Team noch mal besonders laut: »Eure Burg ist so wunderbar, es ist die schönste vom ganzen Strand!«

Ich nehme Sofie in den Arm und flüstere ihr ins Ohr: »Eure Strandburg war viel schöner. Und morgen baust du mit Papa noch eine! Und die wird vielleicht sogar noch größer.« Sofie schnieft weiter vor sich hin: »Blöder Junge!«

»Der Junge ist doch noch so klein, der wusste nicht, dass man das nicht macht«, sage ich pflichtgemäß. In Wahrheit frage ich mich natürlich, wo eigentlich die Erziehungsberechtigten des Mini-Rambos sind, um ihn zur Rede zu stellen.

Sofie steigert sich jetzt richtig rein und heult so laut, dass eine ältere Frau auf uns zukommt und fragt: »Was hat denn die Kleine?«

»Der Kacka-Junge hat meine Burg kaputtgemacht!«, schreit Sofie.

Die Frau schaut entsetzt weg.

»Jetzt ist aber mal gut. Du musst hier nicht so schreien«, ermahne ich Sofie. »Es ist schließlich nur eine Sandburg.«

Wo ist eigentlich Rainer?

Ich entdecke ihn am Wasserhahn oberhalb des Strands, wo er missmutig die Sandspielsachen säubert. Ein Mann wie Tom Cruise kennt keine Niederlagen. Ich komme wohl nicht darum herum und ziehe einen Joker: »Wie wär's denn mit einem Eis, mein Schatz?« Sofie schnieft pro forma noch zweimal, bevor sich ihr Gesicht erhellt und sie freudig sagt: »Au ja!«

Während wir zum Kiosk gehen, sehe ich, wie die Mineralwasser-Mama an ihre siegreichen Sprösslinge getrocknete Apfelringe verteilt. Vernünftig ist diese dumme Pute also auch noch!

Sofie genießt ihren Flutschfinger. Das Eis habe ich schon als Kind gegessen. Wahrscheinlich besteht es nur aus Wasser und Farbstoff. Aber was soll's. Ist ja eine Notsituation. Schließlich gönne ich mir auch ein Domino. Das beruhigt meine Nerven.

»Ich finde, wir haben das ganz toll gemacht. Morgen bauen wir wieder eine Burg«, sagt Rainer aufmunternd, als er zu uns stößt. Offenbar hat er sich gefangen.

Inzwischen ist es merklich kühler geworden. Als wir vorhin durch das Strandportal gingen, habe ich gesehen, dass es einen Indoorspielplatz gibt: *Bennis Abenteuerland*. Da können wir sicher auch was essen.

Rainer bestellt erst einmal ein »Flens«. Ich ordere eine Portion Pommes. Sofie aber ist schon auf die Hängebrücke geklettert, die sich über das ganze Abenteuerland zieht. So in etwa habe ich mir die Zugbrücke für unsere Burg vorgestellt, aber den Gedanken verdränge ich ein für alle Mal. Sofie rennt jetzt hin und her und rutscht die Riesenrutsche runter. An ihrer Seite Ronja vom Team Hannover! So was! Andererseits: Ist ja positiv, dass Kinder nicht nachtragend sind.

»Das war doch übertrieben von diesem Strandwart, oder?« Ich drehe mich um und sehe, dass Mama Hannover neben mir steht.

»Äh, ja, also, ja, ja, finde ich auch«, stammele ich und entschließe mich kurzfristig, auch nicht nachtragend zu sein.

»Ich bin Heidrun«, sagt Mama Hannover und streckt mir ihre Hand entgegen. Ich schüttele sie und sage: »Anke!« Heidrun und ihre Familie bewohnen ein Öko-Ferienhaus nicht weit von unserem. Ich hatte mir die auch mal im Internet angesehen, mit Naturholzmöbeln und Wollteppichen. Schön, aber teuer. Ich erzähle von unserem Ferienhaus, das ich in meiner Darstellung etwas aufhübsche. Dann unterhalten wir uns noch über die *Watt-Lagune*, das Wetter und weitere Belanglosigkeiten. Am Ende finde ich sie eigentlich doch ganz nett, wenn man das ganze Ökogetue mal abzieht.

Sofie spielt jetzt mit Ronja und Joshua im Sand. Fast habe ich das Gefühl, dass sie die Gelsenkirchner schon ad acta gelegt hat. Aber als wir abends im Wohnzimmer sitzen, klebt sie sich kleine Stücke Tesafilm auf ihre Nägel. »Mama, guck mal, ich spiele Nagelstudio.« Da weiß ich: Tanja, Jürgen und Marco sind noch nicht vergessen!

21. »Was machst du denn hier?«

Beim Blick aus dem Fenster fühle ich mich an das Gedicht von Theodor Storm erinnert, das ich in der Schule auswendig lernen musste: »Am grauen Strand, am grauen Meer«. Draußen sieht es heute Morgen aus wie an einem kalten Novembertag, obwohl wir Juli haben.

Trostlos. Und grau. Und einsam.

Noch immer fühlen wir uns nach der Abreise der Schmittkes auf uns zurückgeworfen. Auf unsere Kleinfamilie: Vater, Mutter, Kind. Einer jener Tage, an dem es mich schmerzt, dass Sofie ein Einzelkind ist.

Wir lümmeln länger als sonst im Bett herum und erlauben Sofie, schon vormittags den Fernseher anzumachen. Ohne darüber zu reden, bleiben wir einfach, wo wir sind: in unserem Ferienhaus. Mittlerweile finden wir es eigentlich ganz gemütlich. Vielleicht, weil es uns an zu Hause erinnert: Chaos, so weit das Auge reicht. Rainers Socken, T-Shirts liegen auf dem Boden im Bad. Sofies Spielzeug ist gleichmäßig auf drei Zimmer verteilt. Gut, die Zeitschriftenstapel im Wohnzimmer gehen auf mein Konto.

Gegen Mittag setze ich mich ins Esszimmer, um mit Rainers Laptop meine E-Mails zu checken. Das war längst überfällig, denn sicher läuft mein Postfach schon über. Tatsächlich finde ich zweihundertsechsundfünfzig ungelesene E-Mails vor und die Bemerkung: »Wir haben Ihr Postfach geschlossen.« Ich pflüge mich durch die Nachrichten. Das meiste ist uninteressant, PR-Mails, Rabattangebote, Werbung. Natürlich gibt es auch Unangenehmes aus der Redaktion:

4. Juli: »Anke, wir finden den Text über den Schuhdesigner nicht!«
5. Juli: »Hattest du dich schon zum Interview in Berlin mit Til Schweiger angemeldet?«
6. Juli: »Nach dem Urlaub bitte unbedingt mal in der Personalabteilung melden.«
7. Juli: »Anruf von der Agentur: Akkreditierung für Interview mit Til Schweiger abgelaufen. Bitte mal beim Ressortleiter melden.«

Meine Laune sackt in den Keller. Zudem beschwert sich ein Leser, dass ich in meinem letzten Artikel einen Namen falsch geschrieben habe. Meine Laune ist in der Kanalisation angelangt.

Dennoch versuche ich den Gedanken an zu Hause beiseitezuschieben und kuschele mich neben Sofie aufs Sofa, die gerade *Petterson und Findus* auf Kika schaut. Wunderbar! Eine niedliche Katze und ein wunderlicher alter Herr – was Besseres gibt es nicht an einem Schlechtwetter-Ferientag.

Gegen 14 Uhr reißt uns das Klingeln des Handys aus unserer Lethargie.

»Hallo?«

»Hiii! Hier ist Vanessa!«

»Vanessa, hallo. Das ist ja eine Überraschung!«

Was die jetzt wohl von mir will? Wahrscheinlich nur erzählen, wie toll ihr Urlaub im Club Med war. Dass sie den ganzen Tag Tennis gespielt haben, während die Kinder im Kids-Club einen »total tollen Theaterworkshop machten«. Und was sie alles für tolle Leute kennengelernt haben, einen Chefarzt oder einen Vorstandsvorsitzenden, die sie jetzt natürlich duzen und die »echt total bodenständig und nett sind, gar nicht abgehoben, ehrlich, Anke«. Ich stelle mich also auf ihre üblichen übertriebenen Ausführungen ein. Umso überraschter bin ich, als Vanessa sagt:

»Stell dir vor: Wir sitzen hier in einem Café am Hafen und fahren gleich mit der Fähre nach Spiekeroog.« Was? Vanessa am Hafen? Spiekeroog? Es dauert etwas, bis ich begreife, dass Vanessa demzufolge ganz in der Nähe sein muss. »Echt?«, frage ich etwas hilflos.

»Ja, stell dir vor, Oliver hat gesagt: Fahr' mit den Kindern doch noch mal weg. Die Ferien sind noch so lange. Er musste ja einen Tag nach unserer Rückkehr gleich auf Dienstreise nach New York. Und da dachte ich: Wir fahren an die gute alte Nordsee. Es muss ja auch mal einfach sein.«

Ich ignoriere den Seitenhieb und sage tonlos: »Das ist ja toll! Dann seid ihr ja ganz in der Nähe.«

»Mama, mit wem telefonierst du?« Sofie hängt jetzt an meinem Arm.

»Stell dir vor, Schätzchen, Linus ist mit seiner Mama an der Nordsee«, antworte ich ihr. Sofies Freude hält sich allerdings in Grenzen, schließlich gilt Linus im Kindergarten als Pestbeule. In meinem Kopf rattert es: Vanessa will uns sicher treffen. Aber wie kann ich sie noch hinhalten? Heute ist unser Gammeltag, den wollen wir uns nicht von ungefragt aus der Heimat angereisten Bekannten verderben lassen. Meine Befürchtungen erledigen sich von selbst, denn Vanessa sagt:

»Du, ich muss Schluss machen, da kommt die Fähre. Wollt ihr uns nicht mal besuchen auf der Insel? Wir haben ein total schönes Ferienhaus gebucht. Mit riesig viel Platz.«

Tatsächlich hatte ich auf meiner »Nordsee-to-do-Liste«

eine Inselfahrt notiert. Wir waren uns nur noch nicht sicher gewesen, ob wir lieber nach Wangerooge oder Spiekeroog fahren wollten.

»Super Idee, Vanessa. Ich red' mal mit Rainer und meld' mich noch mal. Gute Fahrt erst mal! Tschüss!«

»Tschüss, Anke!« Bevor sie auflegt, höre ich noch, wie sie Linus zusammenstaucht. Wahrscheinlich quält er gerade eine Möwe oder pinkelt ins Hafenbecken.

Ich atme erst einmal tief durch.

Wie finde ich das jetzt? Vanessa und Linus an der Nordsee. Einen Nachmittag lang auf dem Spielplatz ertrage ich sie gerade noch, schon weil ich Rainer weitere Anekdoten von Luxus-Vanessa erzählen kann. Aber will ich sie wirklich im Urlaub um mich haben? Andererseits wäre es ja nur ein Tagesausflug nach Spiekeroog, das heißt: maximal sechs gemeinsame Stunden. »Ich will nicht den doofen Linus treffen«, mault Sofie.

Ich versuche, es ihr mit der Schiffsfahrt schmackhaft zu machen: »Stell dir vor, wir fahren mit der Fähre auf eine Insel.«

»Blöder Linus.«

Ihr Gesicht erhellt sich erst, als ich die beiden älteren Töchter von Vanessa ins Spiel bringe: »Schau mal, die Schwestern von Linus sind auch dabei. Die sind ja schon Schulkinder!«

Sofie ist nun sofort Feuer und Flamme. Mit Mädchen zu spielen, die schon in die Schule gehen, das findet sie jetzt aber echt cool!

Vanessas Mädels sind sieben und neun Jahre alt und sehen mit ihren blonden langen Haaren und blauen Augen ziemlich niedlich aus. Zudem sind sie immer perfekt ausgestattet: Im Winter tragen sie teure Designer-Daunenjacken zu Röhrenjeans, im Sommer süße Blumenkleider von französischen Trendlabels. Sie stehen also eindeutig auf der Sonnenseite des Lebens – wenn da nicht ihre bescheuerten Vornamen wären. Vanessa hat nicht wie alle anderen werdenden Mütter ein ordinäres Vornamen-Buch gewälzt, sondern in der *Bunten* recherchiert: Ihre Töchter heißen Lila Grace und Emma Tiger, wie die Töchter von Kate Moss und Til Schweiger.

»Wir haben einfach ein Faible für englische Namen«, rechtfertigte sie sich, als wir uns kennenlernten, offenbar ist es ihr doch ein bisschen peinlich. »Oliver hat doch seinen MBA in Harvard gemacht und liebt die Staaten«, schob sie nach. Zu Hause habe ich erst mal im Internet nachgeschaut, was MBA ist: »Master of Business«. Klingt eindrucksvoll, ist aber noch lange kein Grund, seinen Kindern so bescheuerte Vornamen zu geben.

Sofie habe ich also für einen Ausflug nach Spiekeroog gewonnen. Jetzt muss ich als MAM (»Master of Motivation«) nur noch Rainer überzeugen. Das könnte schwieriger werden.

Ich gehe die Treppe hoch zum Schlafzimmer. Als ich die Tür öffne, bestätigt sich meine Vermutung: Er macht ein Nickerchen. Aber nicht mehr lange. Sofie springt sofort aufs Bett und ruft: »Papa, Papa, morgen fahren wir nach Schpiekerkok!«

Rainer schaut uns schläfrig an. Auf seiner Stirn steht: Ich verstehe nur Bahnhof! Ich erzähle von Vanessas Anruf und meinem Plan für morgen.

»Wir wollten ja sowieso mal eine Schifffahrt machen, das trifft sich doch prima!«, sage ich betont aufmunternd.

Rainer sieht nicht begeistert aus. Das war zu erwarten,

denn mit Vanessa kann er nun mal nicht viel anfangen. Vor allem seit wir mal zu einem Abendessen bei Vanessa und Oliver eingeladen waren. Ihn störten nicht die protzige Designereinrichtung oder der Champagner zum Kaviar als Vorspeise. Es war vor allem das Gehabe der anderen Gäste: ein Chefarzt, ein Banker und ein Wirtschaftsanwalt – nebst Gattinnen. Man plauderte über den Skiurlaub in Lech, über Schweizer Uhren, das computergesteuerte Bordprogramm der SUVs und irgendwelche Sitzheizungen, die von null auf hundert gehen. »Ich kann mir gar nicht mehr vorstellen, wie man bei Kälte ohne fahren kann«, sagte der Chefarzt. Mir fiel dabei ein, dass wir in diesem Jahr neue Winterreifen anschaffen mussten. Aber das gehörte vielleicht nicht hierher. Rainer und ich schwiegen über lange Strecken. Nach dem Essen setzten sich die Männer ins Wohnzimmer und Vanessa dirigierte die Frauen ins Schlafzimmer. Dort zeigte sie uns, welche Klamotten sie gerade bei einem Designer-Online-Shop erworben hatte. Mit ihren langen Beinen und schmalen Hüften wandelte sie in Kaschmir-Cardigans, Röhrenjeans und Seidenblusen wie ein Model durch das Schlafzimmer und verschwand zum Umziehen zwischendurch in ihrem begehbaren Kleiderschrank. Die anderen Frauen sagten Sätze wie: »Du, Vanessa, das sieht aber total süß an dir aus«, oder: »Unglaublich! Das hat nur 250 Euro gekostet? Ein Schnäppchen!«

Das wurde selbst mir zu viel, obwohl ich über vieles, was Vanessa betrifft, ganz gut hinwegsehen kann. Ich ging ins Wohnzimmer, wo Oliver gerade mit der Fernbedienung das Feuer des Kamins zündete und darüber referierte, dass Kamine mit Holzscheiten nur arbeitsintensiv seien: »Wir feuern mit Bioethanol, das ist praktisch und macht keinen Dreck.«

»Rainer«, sagte ich, »ich glaube, wir müssen gehen, den Babysitter ablösen.«

Rainer schaute mich fragend an. Aber er schien schnell zu begreifen und erhob sich aus der exklusiven Sofalandschaft.

Vanessa war mir gefolgt: »Das ist jetzt aber wirklich schade.«

»Ja, tut mir auch wahnsinnig leid«, heuchelte ich und tippte auf meine Uhr: »Wir müssen echt. Der Babysitter!«

Beim Rausgehen fragte ich mich, warum Vanessa eigentlich auf die Idee gekommen war, ausgerechnet uns zusammen mit diesen Führungspersönlichkeiten und Opinion-Leadern einzuladen. Vermutlich hatte sie Rainer vorher mit den Worten eingeführt: »Er ist Computerspezialist. Aber sonst ein sehr netter Kerl!«

Als wir aus der Haustür traten und zwei Schritte gegangen waren, sagte Rainer nur diesen einen Satz: »Da gehen wir nie wieder hin!«

Das muss man wissen, wenn man verstehen will, warum Rainer meinen Vorschlag, nach Spiekeroog zu fahren, mit den Worten kommentiert: »Spinnt die? Uns hier im Urlaub zu stören?«

Ich brauche eine ganze Stunde, um Rainer doch noch davon zu überzeugen.

Schließlich nickt er mit den Worten: »Aber nur wegen Sofie!«

22 »Schpiekerkok, oder wie das heißt«

Um 8 Uhr ertönt auf meinem Smartphone die Melodie von »What a beautiful day« von U2. Für einen Moment glaube ich, zu Hause zu sein, und rekapituliere mit geschlossenen Augen, was zu tun ist: Sofie wecken, duschen, Frühstück machen, anziehen, Brot für Kindergarten schmieren, Sofie anziehen, Tee trinken, Sofie ermahnen, sich zu beeilen, Schuhe an! In den Kindergarten hetzen, Küsschen, zum Fenster, hochwinken, ab in die Redaktion.

Dann fällt mir ein: Ist ja noch Urlaub! Erleichtert drehe ich mich auf die Seite und kuschele mich an Rainer, der keine Anstalten macht aufzuwachen.

Als ich das nächste Mal auf die Uhr schaue, ist es schon 8.20 Uhr. Ich fahre erschrocken hoch, rüttele an Rainer und rufe: »AUFSTEHEN! Wir müssen zur Fähre!« Abfahrt ist um 9.30 Uhr. Und Fähren haben wie Züge, Flugzeuge, Busse bekanntlich eine unangenehme Begleiterscheinung: Sie warten nicht.

In Sofies Zimmer wiederhole ich mein Anliegen (»Sofort aufstehen!«) und bekomme ein gemurmeltes »Was ist denn?« zur Antwort. Wieder mal bin ich die Kameltreiberin. Zu Hause in Frankfurt habe ich es darin zur Meisterschaft gebracht. Auf die Standards wie »Beeil dich bitte!«, »Wir müssen gleich los!«, »Jetzt mach mal!« folgt stets ein Crescendo: »Sofie, gib Gas!«, »Wenn du nicht sofort fertig bist, gehe ich!«, »Ich hab keine Lust mehr auf deine ewige Trödelei. Morgen bringt dich der Papa!«. Und als Letztes: »Ich zähle bis 3 …«

Jetzt allerdings habe ich keine Zeit für ein Crescendo. Ich

muss den Höhepunkt vorwegnehmen und schalte direkt auf das Programm *Die strengsten Eltern der Welt*: »Sofort aufstehen. Ich zähle bis 3. 1 … 2 …«

»Aber sind doch Ferien«, mault Sofie, die die Alternativlosigkeit meiner Aufforderung noch nicht verinnerlicht hat.

»… 3.«

Ich ziehe die Bettdecke zurück.

»Blöde Mama«, kontert Sofie.

Rainer immerhin hat den Weg aus dem Bett gefunden und steht im Türrahmen. »Was ist denn los? Warum machst du denn so einen Aufstand?«

»Die Fähre fährt in einer Stunde und wir sind noch nicht fertig, lieber Rainer.«

»Dann nehmen wir eben die nächste«, sagt Rainer entspannt und legt sich neben Sofie ins Bett. Das wiederum bringt mich in Rage: »Du hast ja keine Ahnung. Hier gibt es Gezeiten, G-E-Z-E-I-T-E-N! Hallo? Ist das angekommen? Die nächste Fähre geht erst um 14.30 Uhr.«

»Ach, Anke, wir haben doch Urlaub. Lass uns die Sache in Ruhe angehen.«

»Bitte!«, antworte ich schnippisch. »Dann geh' die Sache halt in Ruhe an.«

Schwer genervt laufe ich nach unten, um ein Frühstück »to go« vorzubereiten. Hinsetzen schaffen wir nämlich nicht mehr.

»Zieh bitte Sofie an!«, rufe ich zehn Minuten später nach oben und setze noch eins drauf: »Aber macht euch keinen Stress, bloß ganz in Ruhe!«

»ANGEKOMMEN!«, blökt Rainer von oben. Als ich den

Rucksack fertig gepackt habe, erscheint er mit Sofie auf dem Arm. Sie trägt ein ärmelloses Blümchenkleid. Zur Erinnerung: Wir befinden uns an der Nordsee, das Wetter ist unbeständig, und wir wollen heute mit einem Schiff zu einer Insel fahren.

»Lieber Rainer«, beginne ich so sanft wie möglich, »glaubst du nicht, es wäre besser, wenn Sofie eine Jeans anziehen würde?«

»Wieso?«

»Überleg doch mal, es könnte kalt werden auf dem Schiff.«

»Ich will keine Jeans«, mault Sofie sofort los. Okay, okay, ist mir jetzt auch egal. Einer von zwei Erziehungsberechtigten hat entschieden, dass unsere Tochter, die noch immer Antibiotika einnimmt und vor Kurzem eine schwere Ohrenentzündung hatte, nur ein Kleid anhat. So soll es also sein.

Eine halbe Stunde später stehen wir mit unseren Tickets vor der Fähre und warten, bis die Ankommenden ausgestiegen sind. Sofie hopst freudig um uns herum. Ich konnte sie wenigstens noch überreden, Socken in die Sandalen, eine leichte Mütze und ein Baumwolljäckchen anzuziehen. Hose, Pullover und Softshelljacke habe ich natürlich mitgenommen. Für alle Fälle.

»Wo fahren wir noch mal hin?«, fragt sie.

»Nach Spiekeroog, eine Insel in der Nordsee«, antworte ich. »Schau mal, dort hinten am Horizont kannst du sie schon sehen.«

»Au ja, ich freu mich auf Schpiekerkok.«

Die letzten Fahrgäste sind mittlerweile ausgestiegen und eine Mischung aus Lukas der Lokomotivführer und Ottfried

Fischer öffnet den Steg zur Fähre. »Jo, denn man rauf!«, fordert er uns zum Einsteigen auf. Das lassen wir uns nicht zweimal sagen und stapfen über die Metallbrücke auf Deck.

Aufgeregt zieht Sofie an meinem Ärmel und stellt ununterbrochen Fragen: »Wann fahren wir los?«, »Wo ist der Kapitän?«, »Warum ist hier so ein riesiger Schornstein?«

Von Berufs wegen habe ich natürlich jedes Verständnis für exzessives Fragen. Manchmal aber geht mir vor lauter Erklären die Puste aus. Oder, was noch öfters vorkommt: Ich kann es gar nicht erklären.

»Hm, warum ist hier ein riesiger Schornstein?«, wiederhole ich ihre Frage, um Zeit zu schinden. Zum Glück ruft jetzt Rainer: »Sofie, komm! Wir stellen uns ganz nach vorne!«

»Frag Papa«, rufe ich ihr hinterher, als sie im Gewusel verschwindet. Auf dem mittleren Deck ergattere ich gerade noch einen freien Platz auf einer Holzbank. Das Schiff ist geflutet von Familien und erinnert mich an die Autobahn-Raststätten auf der Herfahrt. Klar, ist ja auch Ferienzeit.

Neben mir sitzt so ein Pracht-Exemplar: Vater, Mutter, drei niedliche Kinder, die alle grüne Softshelljacken und geringelte Baumwollmützen tragen. Sie sehen aus wie dem JAKO-O-Katalog entsprungen. Die Mutter packt aus ihrem Rucksack Brote aus. Der Vater öffnet jedem Kind die mit Zootieren bedruckten Trinkflaschen. Als der Kleinste ruft: »Fisch fahren, Fisch fahren«, lächeln sich die Eltern versonnen zu und korrigieren sanft: »›Schiff fahren‹ heißt das, Jonathan.«

Fasziniert von so viel Perfektionismus, merke ich gar nicht, dass das Schiff losfährt. Über Lautsprecher meldet sich eine Stimme und erzählt etwas über Fahrtzeit, Wetter und Gezeiten. Leider verstehe ich es nur bruchstückhaft. Der Motor rotiert so laut und der Sprecher hört sich an wie Dieter Bohlen mit Nasennebenhöhlenentzündung: »Undär Däck gibt es Kaffä und Kuchän.« Das merke ich mir!

Nach einiger Zeit wird mir kalt und ich mache mich auf die Suche nach Rainer und Sofie. Auf dem Oberdeck finde ich die beiden. Hier weht ein scharfer Wind. Sofie hat sich in Rainers Jacke gekuschelt, der gerade erklärt, warum so viele Möwen hinter dem Schiff herfliegen: »Der Motor sorgt für Wellengang, und die Möwen erhoffen sich, dass dadurch Fische aufgewirbelt werden, die sie dann aus der Luft schnappen können.«

»Woher weiß unser Klassenprimus das denn schon wieder?«, frage ich erstaunt.

»Hab ich gestern auf meinem iPad gelesen«, antwortet er sichtlich stolz.

Ich lache kurz auf. Das könnte die Lösung sein für alle Sofie-Fragen in den Kategorien »mittelschwer« über »sauschwer« bis »Oh-da-erwischst-du-mich-auf-dem-ganz-falschen-Fuß«.

»Ist dir nicht kalt?«, frage ich Sofie, die mit den Zähnen klappert und sich schließlich bereitwillig Hose und Fleecejacke anziehen lässt. Das rechte Bein ist schon in der Hose verschwunden, das linke hängt angewinkelt in der Luft, da ruft sie plötzlich: »Mama, Mama, schau mal da!«

Ich schaue in die Richtung, in die ihr Finger zeigt, und sehe, was sie meint: Aus dem Wasser ragt ein kleiner grauer Kopf mit kugelrunden schwarzen Augen.

»Eine Robbe! Wie süß!« Sofie ist ganz entzückt und lässt

jetzt, ohne hinzusehen, das linke Bein in die Hose fallen. Ich bin selbst ganz gerührt, sogar Rainer gluckst ein wenig vor Freude. Alle anderen Passagiere schauen jetzt in die Richtung, aber da ist die Robbe schon abgetaucht und das Meer wieder eine glatte, ruhige Fläche.

»Hat die vielleicht auch keine Mama mehr?«, fragt Sofie besorgt.

»Doch, doch, die schwimmt mit ihr unter Wasser«, beruhige ich sie.

Sofie hält nun ununterbrochen Ausschau – in der Hoffnung, noch eine Robbe zu sehen. Ich halte auch noch einen Moment durch, aber als es mir zu kalt wird, lasse ich Rainer und Sofie auf ihrem Beobachtungsposten alleine und gehe unter Deck. Schließlich war da doch von »Kuchän« die Rede.

»Moin«, sagt der Mann hinter der kleinen Theke. Es ist Lukas der Lokomotivführer, der vorhin am Eingang stand. Der Raum ist ziemlich muffig und düster. Ich bestelle einen Kaffee und ein Stück Marmorkuchen.

»Jo«, sagt Lukas und drückt den Knopf einer Maschine. Ein pechschwarzer Kaffee läuft in einen karamellfarbenen Plastikbecher. Erinnerungen an früher werden wach, als die Welt noch nicht von Latte macchiato geflutet wurde.

»2,50 bittä«, sagt der Mann und reißt mich aus meinen Gedanken.

Als ich in den etwas trocken geratenen Kuchen beiße, stellt sich ein Mann im blauen Overall neben mich. Beim Einsteigen hatte ich gesehen, dass er der Fahrer eines Lastwagens ist, der tonnenweise Klopapier geladen hat.

»Allu's kloor?«, fragt der Mann hinter der Theke und stellt ihm einen Kaffee hin.

»Jo! Morrn will ich no Föhr fohrn«, sagt der Fahrer und kippt den Kaffee fast in einem Zug runter. Dann tippt er sich an seine Mütze und sagt: »Ik wünsch di watt!«

»Jo, kiek mol wedder in!«, ruft ihm der Mann am Tresen nach.

Fasziniert von so viel Temperament trinke ich einige Schlucke von dem Filterkaffee und studiere nebenbei einen Prospekt über Spiekeroog: achtzehn Quadratkilometer groß, siebenhundertfünfundsiebzig Einwohner, keine Autos, eingeschränkter Fahrradverkehr. Sieht also so aus, als sei auf Spiekeroog mächtig was los! Rainer wird mich lynchen.

Durch das Bullauge sehe ich schon den Hafen von Spiekeroog. Hektisch stapfe ich die schmale Treppe hoch und suche meine Familie. Weiß der Henker, wo die wieder ist. Vom Oberdeck zum Mitteldeck, dann noch mal auf der anderen Schiffsseite Treppe rauf und Treppe runter. Keuchend entdecke ich die beiden schließlich ganz vorne am Bug. Rainer hält Sofie hoch, die ihre Arme ausgebreitet hat. Offenbar stellen sie die *Titanic*-Szene von Leonardo DiCaprio und Kate Winslet nach, obwohl Sofie den Film noch gar nicht gesehen hat. Leider bin ich jetzt die Spielverderberin: »Rainer! Sofie! Wir sind gleich da. Los, zum Ausgang!« Rainer rollt mit den Augen: »Dauert doch noch, bis das Schiff anlegt.« Am Ausgang hat sich schon eine kleine Schlange gebildet. Die JAKO-O-Familie steht ganz vorne: alle drei Geschwister ruhig nebeneinander wie die Orgelpfeifen. Perfektion bis ins Detail!

»Tschüss denn«, verabschiedet sich das Hör-Double von Dieter Bohlen über Lautsprecher. »Und 'nen schönen Tach auf Spiekeroog!«

Während der Kapitän das Schiff an die Anlegestelle manövriert, sehe ich schon Vanessa mit den Kindern am Kai stehen. Ich winke ihr zu. Dabei bemerke ich, dass ich mir Kaffee über den Ärmel meiner roten Windjacke geschüttet habe. Ausgerechnet! Vanessa wird wie immer tiptop aussehen.

Ein Matrose fährt die Treppe aus. Sofie und Rainer verlassen gleich nach der Katalogfamilie das Schiff. Jetzt hat uns auch Vanessa entdeckt und winkt. Wir begrüßen uns mit Küsschen. Sofie versteckt sich halb hinter meinem Bein.

»Sag doch mal Hallo«, fordere ich sie auf.

»…«

»Hallo«, sagt Emma Tiger und gibt jedem von uns die Hand.

»Hallo«, sagt Lila Grace und macht das Gleiche. Wenigstens ignoriert uns Linus und fuchtelt mit einem Stock in der Luft herum, andernfalls wäre ich angesichts von so viel Wohlerzogenheit vor Neid erblasst.

»Super, dass das geklappt hat, meine Liebe«, sagt Vanessa, die ein nudefarbenes Strickjäckchen und hautenge Jeans trägt. Ihre blonden langen Haare hat sie kunstvoll aufgesteckt. Alles an ihr wirkt stilsicher und gepflegt. In der *Bunten* käme sie damit in die Rubrik »Wunderbar«, während ich in meiner etwas zu großen Windjacke plus Kaffeefleck nebenan bei »Sonderbar« landen würde.

»Kommt, wir laufen erst mal zu unserem Haus. Es ist herrlich hier, ohne Autos und Hektik«, schwärmt Vanessa. »Wir genießen das einfache Leben!«

Als wir in einem kleinen Pulk das kleine Dorf auf der Insel erreicht haben, muss ich tatsächlich zugeben, dass es hier überaus idyllisch ist. Viele kleine Backsteinhäuschen stehen versteckt zwischen Bäumen. Kein Autolärm, nur das gleichmäßige Rattern der Rollkoffer von den Feriengästen.

»Das hier ist die ostfriesische Insel mit den meisten Bäumen«, erklärt Rainer und ergänzt: »Die wurden erst im 19. Jahrhundert eingeführt.«

»Wann war 19. Jahrhundert?«, fragt Sofie. »Gestern?«

»Hey, dein Rainer weiß aber einiges«, flüstert Vanessa anerkennend. »Oliver interessiert sich ja immer nur für Zahlen.«

Nach ein paar Minuten erreichen wir den Ortskern und gehen vorbei an dem mit wildem Wein bewachsenen Rathaus. »Moin, Moin«, ruft ein kleiner Mann aus einem fahrenden Elektroauto. »Moin, Henner«, ruft der Mann mit Schürze, der vor einem Lebensmittelladen steht, zurück. Ich bin verzaubert. Hier ist es noch schöner als beim *Landarzt*!

»Wir sind daa!«, ruft Vanessa. Beim Anblick des Ferienhauses schlägt mein Neid-Pegel so weit aus, dass ich fast hyperventiliere: Vor uns steht ein schmuckes Backsteinhäuschen mit weiß gestrichener Veranda. Drinnen sieht es aus wie in einem dieser Häuser, die in Wohnzeitschriften porträtiert werden: großzügiges Wohnzimmer, helle Wohnküche mit weißen Holzmöbeln, Schlafzimmer mit begehbaren Kleiderschränken und bodenlangen weißen Gardinen. Also genau das, was man auch gerne hätte in seiner 4-Zimmer-Stadtwohnung ohne Gästetoilette.

Vom Wohnzimmer des 4-Sterne-Deluxe-Ferienhauses blickt man auf die weitläufige Dünenlandschaft, von der Küche aus in den verwunschenen Blumengarten. Aufgeräumt ist es auch noch! »Das ist aber schön hier!«, sage ich leicht untertreibend.

Gerade als ich darüber nachdenke, wie Vanessa das eigentlich alles macht – immerhin musste sie ihr Auto am Fährhafen stehen lassen und mit drei Kindern plus Gepäck zum Ferienhaus laufen; dazu muss sie jeden Tag kochen und die Kinder ins Bett bringen und alles ohne Oliver und all-inclusive –, da steht plötzlich ein junges Mädchen mit langen dunkelblonden Haaren in der Tür und murmelt: »'allo«.

»Das ist Gisele«, sagt Vanessa schnell, »unser neues Au-pair-Mädchen.«

Jetzt erinnere ich mich, dass sie mir vor dem Urlaub von ihr erzählt hatte.

Rainer starrt das Au-pair-Mädchen für meinen Geschmack einen Tick zu lange an. Mit ihren langen Beinen und dunkelblonden Haaren erinnert sie tatsächlich an Gisele Bündchen. Ich wundere mich nur, dass Vanessa so ein hübsches Ding einstellt, das dazu noch viel jünger ist als sie.

Von einem Knall werde ich aus meinen Gedanken gerissen: Linus hat einen Fußball gegen die Wand geschossen, der einen hässlichen grauen Fleck hinterlässt. Vanessa zerrt ihn am Arm nach draußen und schimpft: »Los, rauf aufs Zimmer!«

23. Alle lieben Gisele

»Wollen wir nicht endlich zum Strand?«, fragt Rainer, als er sich wieder beruhigt hat.

›Gisele im Bikini‹, stelle ich mir vor. Und Rainer denkt das vielleicht auch. Meine Laune trübt sich leicht ein.

»Ja, super«, ruft Vanessa und sagt an ihr Au-pair gerichtet: »Könnten Sie bitte mit Linus nachkommen? Er soll noch eine halbe Stunde in seinem Zimmer bleiben.«

Erkenne ich einen Anflug von Enttäuschung in Rainers Gesicht?

Auf dem Weg zum Strand laufen wir zwischen mit Heidekraut und Strandhafer bewachsenen Dünen. Sofie tapert hinter Emma Tiger und Lila Grace her, die beide rosafarbene Flipflops tragen. Sicher hat sie schon registriert, dass sie Glitzernagellack auf ihren Fußnägeln haben. Mir schwant, was ich mir morgen anhören kann: »Mama, das will ich auch! Bitte! Bitte! Bitte!«

Nach fünfzehn Minuten gehen wir über eine Düne und blicken dann hinunter auf kilometerlangen weißen Strand. Herrlich!

»Da hinten haben wir für die ganze Zeit zwei Strandkörbe gemietet«, sagt Vanessa. Während wir quer über den Sand laufen, denke ich darüber nach, wie ich es vermeiden kann, mich im Bikini zu präsentieren. »Meine Haut ist so sonnenempfindlich«, könnte ich sagen. Oder: »Uups, ich habe meinen Bikini vergessen.« Plötzlich ist es auch noch ziemlich warm geworden, die Wolken haben sich verzogen und der

Wind ist abgeflaut. Erst Gisele und dann das jetzt. Haben sich alle gegen mich verschworen?

»Mama, kommst du mit mir ins Wasser?«, ruft Sofie. »Hast du mir heute Morgen versprochen.« Jetzt auch noch Sofie.

Vanessa zieht sofort ihre Sachen aus und gibt den Blick frei auf einen sportlichen orangefarbenen Bikini. Neidisch betrachte ich ihre langen Beine und den flachen Bauch. Na ja, Kunststück: Den verdankt sie eigentlich Joey, ihrem Personal Trainer, der sie dreimal in der Woche auf Trab bringt.

Ich bleibe vorerst angezogen. Sofie wird ungeduldig, sagt dann aber zum Glück: »Papa, komm du aber jetzt mit.«

Ich setze mich mit Vanessa in den Strandkorb, während Lila Grace und Emma Tiger sich mit ihren MP3-Playern nebeneinander auf Handtücher legen und ausklinken.

»Schau mal, da drüben im Strandkorb. Das sind Stefanie und Rolf«, erzählt Vanessa. »Die haben ihr Ferienhaus gleich da oben bei den Dünen. Er ist Gynäkologe an der Uniklinik in Göttingen. Die haben ebenfalls drei Kinder und sind wahnsinnig nett.«

Ich frage mich, ob Vanessa sie auch so wahnsinnig nett fände, wenn Stefanie im Nagelstudio und Rolf auf dem Einwohnermeldeamt arbeiten würde. Daran brauche ich keine weiteren Gedanken zu verschwenden, denn Vanessa ist schon beim nächsten Objekt: »Siehst du die Blondine dahinten?« Da ich nicht sofort reagiere, fügt sie ungeduldig hinzu:

»Na, die da am Wasser mit dem kleinen Mädchen im lila Bikini.«

Jetzt sehe ich sie: eine gut aussehende Frau mit weißem Strohhut, Typ Stewardess. Während ich mich frage, ob es am Strand von Spiekeroog eigentlich auch Frauen gibt, die über keinen Alabaster-Körper verfügen, poltert Vanessa unvermittelt los: »Doofe Kuh, kann ich nur sagen. Hat sich über Linus beschwert.« Ach? Kann ich mir gut vorstellen, denke ich, frage aber neutral: »Und warum?«

»Weil er aus Versehen ihre Tochter nass gespritzt hat. Oder haben soll. Ich habe es ja nicht gesehen.« Aus Versehen? Linus, der Krawallmacher. Wir kommen aber nicht dazu, das Thema weiter zu vertiefen, denn Vanessa fährt mit ihrer Vorstellungsrunde fort.

»Ach, da kommen die Leinemanns«, sagt Vanessa schon und nickt nach rechts, wo ein Ehepaar mit zwei fast erwachsenen Kindern die Handtücher auf dem Sand ausbreitet. »Eine wahnsinnig nette Familie aus Hamburg. Er ist Unternehmensberater …«

Nach kurzer Zeit weiß ich Namen, Profession und Charaktereigenschaften fast aller Familien am Strand. Aber irgendwie fühle ich mich jetzt erschöpft. Zum Glück ist Vanessa aufgestanden und unterhält sich angeregt mit der Gynäkologen-Gattin.

Ich überlege kurz, ob ich meinen Krimi nun endlich zu Ende lesen soll, da taucht Gisele mit Linus auf, der schmollend nach unten schaut und einen Fußball unter dem Arm trägt. Rainer kommt gerade mit Sofie aus dem Wasser. »Wollen wir spielen?«, fragt er Linus, dessen Gesicht sich sofort erhellt.

Sofie kniet sich neben die Handtücher von Linus' Schwestern und stellt Fragen. Dass die beiden Kopfhörer haben, scheint sie zunächst nicht zu stören. Schließlich erbarmt sich Emma Tiger und lässt sie mit einem Ohrenstöpsel mithören. Sofie legt sich zwischen die beiden und ist selig.

»Gisele«, höre ich Vanessa sagen, die jetzt wieder am Strandkorb steht. »Können Sie bitte dafür sorgen, dass Linus sich immer sofort abtrocknet, wenn er aus dem Wasser kommt?«

»Ja, sicher«, antwortet Gisele schüchtern und fragt: »Kann ich in Wasser gehen?«

»Natürlich, Gisele«, sagt Vanessa. »Linus spielt ja gerade Fußball.«

Ich beobachte die Brasilianerin, wie sie mit elegantem Hüftschwung ins Wasser läuft. Rainer blickt ihr auch versonnen nach und wird zur Strafe unsanft aus seinen Träumen gerissen: Linus knallt ihm den Ball gegen den Kopf.

»Gisele ist ein Glücksfall«, schwärmt Vanessa. »Man hört ja so viele schlimme Geschichten von Au-pair-Mädchen, die klauen oder – noch schlimmer – mit irgendwelchen Typen abhängen und dann schwanger werden. Sie scheint aber aus gutem Hause zu sein. Nur kochen kann sie nicht. Gestern hat sie so einen scheußlichen Bohneneintopf gemacht. Den hat Linus gleich in die Mülltonne geschüttet.«

»Und wie findet Oliver Gisele?«

Vanessa dreht ruckartig den Kopf zu mir: »Wie meinst du das?«

Oh, oh, heikles Thema.

»Äh, ich meine nur, sie sitzt ja jetzt immer mit euch beim Essen, da muss man sich ja erst mal dran gewöhnen«, versuche ich die Kurve zu kriegen.

»Unter der Woche ist er ja fast nie da«, antwortet Vanessa schnell. »Und am Wochenende hat Gisele meistens frei.«

Aha, sie hat das Risiko also minimiert, schließlich gibt es ja genug Fälle – sogar in Hollywood –, wo Papa mit dem Kindermädchen durchbrennt.

Als ich zum Wasser blicke, sehe ich, dass Gisele bei einem jungen Mann steht. Er dürfte etwa in ihrem Alter sein. Gemeinsam schlendern sie in Richtung unseres Strandkorbs.

»Ach schau mal, das ist der älteste Sohn von den Leinemanns«, erklärt Vanessa. »Er hat gerade Abitur gemacht und will jetzt BWL studieren.«

»Hi, ich bin Johannes«, sagt der junge Mann zur Begrüßung und gibt jedem von uns die Hand. Ich bin beeindruckt, nicht nur weil er gut erzogen ist, sondern weil er aussieht wie Ashton Kutcher, noch dazu mit Waschbrettbauch. Aus den Augenwinkeln sehe ich, wie Rainer/Tom Cruise verstohlen zu uns herüberschaut. Dann beginnt er, wie ein brasilianischer Fußballer zu dribbeln und den Ball mit der Fußspitze in die Luft zu schießen, doch Gisele würdigt ihn keines Blickes.

Armer Rainer! Ich schwanke zwischen Triumph und Mitleid. Wie konnte er annehmen, dass ein halb so altes Mädchen, das noch dazu aussieht wie ein Model, ihn toll findet?

Ashton Kutcher fragt jetzt, ob wir was trinken wollen. Natürlich will er damit nur Gisele beeindrucken, aber sein Auftritt als Gentleman beeindruckt auch die ältere Generation.

»Oh ja, gerne, eine Cola light bitte«, sage ich deshalb.

»Danke nein, bitte nichts«, murmelt Vanessa mit kühlem Blick.

Als der junge Mann hinter den Dünen in Richtung Strandrestaurant verschwunden ist, holt Vanessa ihr Au-pair-Mädchen auf den Boden der Tatsachen zurück: »Gisele, wären Sie so lieb, noch mal schnell ins Haus zu laufen und Sonnencreme zu holen? Die haben wir leider vergessen.«

Das finde ich so gemein, dass ich aufspringe und sage: »Das kann ich doch schnell machen!«

»Aber Anke, ich bitte dich, du bist doch im Urlaub«, sagt Vanessa knapp und macht damit unmissverständlich klar, dass ich mich rauszuhalten habe.

Gisele jedenfalls lässt sich ihre Enttäuschung nicht anmerken, sagt brav: »Ja, natürlich«, und läuft los.

Als Johannes zurückkommt, sage ich schnell: »Gisele kommt gleich wieder! Warten Sie doch einfach hier.« Vanessa schaut mich strafend an, aber ich lächele nur zurück. Als ich in Richtung Meer schaue, fällt mein Blick auf Rainer: Er sitzt im Sand und hält mit schmerzverzerrtem Gesicht seinen rechten Knöchel fest.

24. »Sieht nich' good aus«

Mir fallen vor Müdigkeit fast die Augen zu. Ich sitze unter Deck und habe bei Lukas dem Lokomotivführer eine Cola bestellt. Was für ein Tag! Und alles nur wegen der kleinen Brasilianerin, vor der Rainer so eine Show abziehen musste. Beim Dribbeln ist er mit dem Fuß in ein Loch geraten, das irgendwelche Heinis beim Strandburgenbauen gebuddelt haben. Mit Hilfe von Ashton und seinem Vater schleppten wir ihn in den Sanitätsraum der Badeaufsicht.

»Oh weia. Dat sieht man nich' gut aus«, sagte der Zwei-Meter-Hüne vom DLRG, als er auf Rainers geschwollenen Knöchel blickte. Er machte einen notdürftigen Verband und sagte: »Jo, da müsst ihr noma' zum Arzt, nich'. Dat sieht nach Gips aus.« Mir wurde schlagartig schlecht. Musste das jetzt sein? Am letzten Urlaubstag? Auf Spiekeroog?

Rainer schaute mich betroffen an. Na ja, irgendwie konnte er ja nichts dafür. »Kriegen wir schon hin«, sagte ich aufmunternd und drückte ihm den Oberarm.

Das erste Problem hatte ich sofort vor Augen: Wie kommen wir zur Fähre?

Vanessa hatte dann die zündende Idee: Wir setzten Rainer in den Bollerwagen, in dem sonst Badehandtücher, Taschen und Linus, wenn er müde ist, transportiert werden. Ashton alias Johannes erwies sich als überaus hilfsbereit und zog Rainer gemeinsam mit Gisele durch die Dünen und das Dorf bis zur Fähre. Sofie hopste nebenher und lachte fröhlich. Emma Tiger und Lila Grace kicherten verstohlen. Ein dreiundvierzig Jahre alter Mann, der gerade eben noch wie ein junger

Fußballgott wirken wollte, in einem Bollerwagen. Das war lustig. Und für Rainer eine Schmach.

Auf Ashton gestützt, humpelte er auf das Schiff und ließ sich schweigend auf eine Bank fallen, von der er sich bis zur Ankunft am Festland nicht mehr erheben sollte. »Wird schon!«, sagte ich und verschwand mit Sofie unter Deck, denn es war nun merklich kühler geworden.

Nachdem ich die Cola getrunken habe, geht's mir besser.

»Kann Papa jetzt nie mehr laufen?«, fragt Sofie besorgt.

»Doch, mein Schatz, erst mal bekommt er aber einen Gips.«

Morgen ist unser letzter Tag! Ein Schwall Traurigkeit strömt durch meinen Körper. Vor meinem inneren Auge zieht noch mal alles vorbei: die Ankunft, die Möwen-Attacke, die erste Begegnung mit Tanja und Jürgen, die Watt-Wanderung, die Seehunde mit ihren niedlichen Knopfaugen und dann das bezaubernde Spiekeroog. Bevor ich vollends in Melancholie versinke, holt mich der stark verschnupfte Dieter Bohlen ins Leben zurück: »Jo, meinä lieben Passagierä. Wir erreichen gleich den Hafen Neuharlingärsiel. Biddä allä aussteigän.«

Ich hetze mit Sofie nach oben. Rainer ist durchgefroren und sauer: »Wo bleibt ihr denn? Mir ist kalt, und ich habe Hunger.« Den Vorwurf ignoriere ich und beobachte, wie am Ausgang Bewegung entsteht und sich langsam eine Schlange bildet.

Es ist kühl geworden. Vorsichtshalber wickele ich mein Halstuch um Sofie.

»Papa, Armi!«, jammert sie.

Das sagte Sofie immer, wenn sie als kleines Kind auf den

Arm wollte. Inzwischen dient die Babysprache dazu, Rainer wachsweich zu machen.

Nützt nur heute nichts.

»Sofiechen, das geht leider nicht. Ich darf mit meinem Fuß nicht auftreten«, sagt er leise und streichelt ihr über den Kopf.

Als Lukas der Lokomotivführer auftaucht, der jetzt irgendwie wieder mehr wie Ottfried Fischer aussieht, spreche ich ihn schnell an: »Könnten Sie uns vielleicht helfen? Mein Mann ist etwas lädiert und müsste gestützt werden.«

»Mok ik gern!«, antwortet er und wirft einen mitleidigen Blick auf Rainers Knöchel: »Wenn ik mi dat bekieken do: Sieht nich' good aus!«

»Ach was, geht schon«, versucht Rainer, sich selbst Mut zuzusprechen. Er scheint hierbei allerdings aus dem Blick verloren zu haben, dass sein Knöchel mittlerweile die Form einer Avocado angenommen hat.

Wir lassen zuerst alle anderen Passagiere aussteigen. Dann humpelt Rainer auf Lukas' Arm gestützt den Steg hinunter. Während er mit Sofie am Kai wartet, hole ich schnell das Auto. Schweigend fahren wir nach Hause. Sofie sitzt ausnahmsweise vorne. Die Rückbank haben wir mit Decken und Mänteln ausstaffiert, auf denen Rainer thront.

Als ich das Licht in unserem Ferienhaus anknipse, nachdem ich Rainer irgendwie bis zur Haustür gehievt habe, denke ich einen kurzen Moment lang an Vanessas Feriendomizil, doch dann besinne ich mich auf meine Rolle als Familienkapitän und frage: »Wer hat Hunger?«

»Ich!«

»Ich!«

Hört sich an, als müsste es schnell gehen: Wasser kochen, Nudeln rein, schnelle Tomatensoße, mit Karotten aufgepeppt.

Sofie zieht ihre Puppen aus und wickelt sie. Rainer sitzt auf dem Sofa, das rechte Bein hochgelegt, und wischt mit dem Zeigefinger auf dem Bildschirm seines iPads rum. »Ich schau mal nach Unfallärzten hier in der Nähe.«

Um 20 Uhr stellt Rainer den Fernseher an, um Nachrichten zu sehen.

»Gibt gleich Essen!«, sage ich mahnend.

Als ich die Nudeln auf die Teller gebe, sehe ich, dass *Wetten, dass ...?* läuft.

»Mama, darf ich fernsehen?« Normalerweise antworte ich um diese Zeit auf diese Frage: »Nein!«

Diesmal denke ich: Was soll's, es ist der vorletzte Ferientag, Rainer ist nicht mehr zu gebrauchen und wir sind alle völlig kaputt. Also stelle ich die Teller mit Nudeln auf den kleinen Wohnzimmertisch und sage zu Rainer, der mich fragend anblickt: »Es heißt doch immer: Deutschlands erfolgreichste Familiensendung. Also gucken wir die gemeinsam.«

Bei der dritten Wette – ein Österreicher erkennt seine Kühe am Befühlen der Hörner – ist Sofie eingeschlafen. Während ich sie die Treppe hochtrage, murmelt sie halb im Schlaf: »Wann fahren wir wieder nach Schpiekerkok?«

»Das sehen wir mal, Schätzchen«, sage ich leise und überlege, ob Spiekeroog nicht auf ewig mit Vanessa, Gisele und Rainers Unfall verbunden sein wird.

Später mache ich Rainer das Bett auf dem Sofa, damit ich ihn nicht die Treppen raufschaffen muss. Gemeinsam schauen wir noch einen schwedischen Krimi, bei dem ich schließlich einschlafe.

Ich wache auf vom Klingeln an der Tür. Noch ganz benommen rufe ich Rainer. Da fällt mir ein, dass er heute Nacht unten geschlafen hat.

Durch die Ritzen des Rollladens sehe ich, dass es schon hell ist. Ein Blick auf die Uhr lässt mich hochschrecken: schon 9.30 Uhr. Rasch ziehe ich mir Jeans und T-Shirt an und hetze nach unten, um zu öffnen.

Vor der Tür stehen Vanessa, Linus, Emma Tiger, Lila Grace und Gisele, die Johannes im Schlepptau hat. Alle sechs wie aus dem Ei gepellt. Ich trotze mir ein Lächeln ab und frage dann doch einigermaßen verständnislos: »Was wollt ihr denn hier?«

»Wir haben heute morgen die erste Fähre genommen«, strahlt Vanessa. »Wir wollen mit den Kindern ins Aquarium und dachten, Sofie will vielleicht mit. Dann könnt ihr in Ruhe zum Arzt gehen.«

Ich bin platt. Das ist nun wirklich nett von Vanessa. Schon gestern dachte ich darüber nach, wie ich Sofie bei Laune halten kann, wenn wir stundenlang beim Arzt sitzen.

»Ja, ähm, super Idee«, sage ich schnell. Und: »Kommt erst mal rein. Wollt ihr einen Kaffee?«, stammele ich.

»Gerne!«, sagt Vanessa und scheucht ihre Meute ins Haus. Sie trägt ein zauberhaftes Sommerkleid mit Blümchendruck und einen weitkrempigen Strohhut. Ich dagegen bin ungekämmt und ungeduscht. Dann fällt mir ein, dass Rainer noch im Wohnzimmer auf dem Sofa liegt.

Zu spät!

»Uups, Rainer. Sorry«, höre ich Vanessa rufen. Sofort bin ich zur Stelle: »Geht doch schon mal auf die Terrasse. Ich bringe dann den Kaffee.«

Als alle draußen sind, helfe ich Rainer auf die Toilette im Flur.

Vanessa ist unterdessen wieder hereingekommen.

»Kann ich dir helfen?«

»Danke, geht schon.« Nachdem ich den Filter in die Kaffeemaschine gesteckt habe, hole ich Tassen aus dem Küchenschrank und überhöre ihren Kommentar: »Filterkaffee? Das gibt es noch? Süß!«

»Bin gleich wieder da«, murmele ich und gehe die Treppe hoch.

Bevor ich Sofie wecke, putze ich mir schnell noch die Zähne und wasche mein Gesicht. Dann ziehe ich den Rollladen hoch und sage: »Komm, Schätzchen, zieh dich an, Emma Tiger und Lila Grace sind da.«

Bevor sie mich mit weiteren Fragen bombardieren kann, hetze ich schnell wieder runter, um den Kaffee auf die Terrasse zu bringen. Weil nicht genug Stühle da sind, haben sich Vanessas Mädels mit Gisele auf die Liege gesetzt, und Linus spielt mit Johannes auf dem kleinen Stück Rasen Fußball.

»Ach, ich freu mich auch wieder auf zu Hause«, philosophiert Vanessa. »Ist doch alles etwas komfortabler.« Dann klingelt ihr Handy.

»Sugar!«, flötet sie ins Telefon. Es ist offenbar Oliver, live aus Manhattan. »Wir sind gerade bei Anke und Rainer im Ferienhaus und trinken Kaffee … Ja. Sehr schön hier … Aber stell dir vor: Der arme Rainer hat seinen Knöchel gebrochen … Was? N … Nein, nicht beim Tennis. Am Strand. Beim Fußball … Wir dich auch, Sugar … Und denkst du bitte an die Klamotten für die Mädels? Bye, bye!«

»Die Mädels haben ihm eine Riesenliste mitgegeben«, erklärt sie, nachdem sie aufgelegt hat, und fügt etwas leiser hinzu: »Die stehen gerade total auf Abercrombie & Fitch. Und das Zeug kriegst du hier einfach nicht.«

Ich habe von der überteuerten Teenager-Marke gehört und hoffe inständig, dass Sofie später mal nicht so eine Markenfetischistin sein wird.

»Hallo!« Rainer steht in der Terrassentür. Gisele schaut gar nicht auf, als sie ein »'allo« erwidert. Armes Rainerchen!

Es entsteht eine kurze Stille. Ich merke, dass ich gar nicht weiß, über was ich mich mit Vanessa eigentlich unterhalten soll. Meistens redet sie ja, was die Sache einfacher macht.

»Stellt euch mal vor«, plappert sie auch schon weiter. »Gestern Abend haben wir beim Essen im Restaurant noch eine wahnsinnig nette Familie kennengelernt.« Lass mich raten, denke ich: Er ist Unternehmensberater? Chefingenieur? Lufthansapilot?

Bevor ich die Antwort erfahre, schwärmt Vanessa erst mal von den ausgefallenen Kleidern, die seine Gattin trug. Dann kommt's raus: Ihm gehört eine Süßwarenfabrik in Essen. »Und sie besitzen ein eigenes Ferienhaus auf Spiekeroog. Aber ganz bescheidene Menschen!«, setzt sie nach.

Unruhig rutsche ich auf meinem Stuhl hin und her. Ich würde gerne so bald wie möglich mit Rainer zum Arzt fahren.

»Sofie«, sage ich erst mal, »hast du Lust, mit den anderen ins Aquarium zu fahren?« Sofie schaut zu Linus und sieht wenig motiviert aus.

»Im Auto könnt ihr *Cinderella* auf DVD schauen«, wirft Vanessa schnell ein. Das überzeugt Sofie sofort.

Vanessa nippt noch kurz am Filterkaffee, lässt den Rest stehen und bläst zum Aufbruch: »Los geht's! Gisele, können Sie die Kinder bitte schon mal ins Auto bringen?«

Nachdem sie die Meute weggescheucht hatte, flüstert sie mir zu: »Fand ich ja etwas aufdringlich, dass Johannes auch mitwollte. Aber morgen Abend sind wir bei seinen Eltern zum Barbecue eingeladen sind. Da konnte ich schlecht Nein sagen.« Ein bisschen bewundere ich ja Vanessa. Selbst an der schnöden Nordsee erweist sie sich als Königin des Socializing auf hohem Niveau.

Als ich alle verabschiedet habe, finde ich Rainer in der Küche, wie er sich ein Brot schmiert. Ich seufze. Endlich Ruhe!

»Ich habe schon beim Arzt angerufen«, sagt Rainer, »ein Orthopäde. Der kann uns um 12 dazwischenschieben.«

Dazu müssen wir 20 Kilometer fahren. Das heißt: Ich fahre und Rainer sitzt hinten, damit er seinen Fuß hochlegen kann. Leider hält ihn das nicht davon ab, den Fahrlehrer zu spielen: »Gib doch mal Gas, die Ampel wird gleich rot!«, »Achtung: rechts vor links!«, »Fahr nicht so dicht auf!«, »Warum hast du denn jetzt so sinnlos gebremst?«

Ich kralle mich am Lenkrad fest und schweige. Hat eh keinen Sinn zu diskutieren. Schon gar nicht mit einem Kranken!

Nach einer halben Stunde hat uns das Navi tatsächlich an den richtigen Ort gebracht. Die Praxis liegt in einem schmucklosen Mehrfamilienhaus an einer viel befahrenen Straße. Andererseits: Seit Sofies Ohrenschmerzen bin ich davon kuriert, Landärzte zu glorifizieren.

»Dr. Holt, Facharzt für Orthopädie und Sportheilkunde« steht neben der Tür. Zum Glück gibt es einen Aufzug, denn ich hätte Rainer unmöglich die Treppe hochhelfen können.

»Sieht nach klassischer Sprunggelenksfraktur aus«, sagt Dr.

Holt. »Wir röntgen aber noch mal.« Es bleibt bei der Diagnose, und Dr. Holt verpasst Rainer eine blau-schwarze Schiene für den Knöchel und gibt ihm noch zwei Krücken mit. Beweglicher wird er damit nicht wirklich.

25. »Wann sind wir endlich daaa-heim?«

Heute Nacht träumte ich, dass ich mit Herrn Drechsler eine Schiffsfahrt mache und wir in einen Sturm geraten. Die Jacht, mit der wir gestartet waren, wurde plötzlich zum Schlauchboot und drohte zu kentern. Herr Drechsler hielt seine Umhängetasche fest und sagte immer wieder: »Glei' is' Ebbe. Glaams mir! Dees Wadd is mei' Leidenschaft. Obachd ...« Dann wurde er von einer Welle fortgespült. Ich stand schon bis zur Hüfte im Wasser, als sich ein Seenotrettungsschiff näherte. Der Kapitän winkte mir zu. Es war José! Er zog mich mit den Armen aus dem Wasser und sagte: »'alt dich fest an mich!«. Das tat ich natürlich sofort. Er drückte mich fest an sich und flüsterte: »Ich 'atte Angst um dich.« Gerade als ich ihn küssen wollte, sah ich, wie Rainer von links gekrault kam und rief: »Anke, du musst sofort kommen. Sofie muss mal!« Dann wachte ich leider auf und merkte, dass Sofie vor meinem Bett stand: »Mama, ich muss mal!«

Es ist unsere letzte Nacht und sie endet um 6.15 Uhr. Natürlich hat Sofie nach dem Pipimachen keine Lust mehr einzuschlafen. Ich aber habe die Schnauze voll und setze sie vor den Fernseher.

Kika sendet zum Glück schon ab 6 Uhr!

Rainer hatte es gestern Abend mit Hilfe der Krücken wieder die Treppe hoch geschafft und konnte im Bett schlafen. Trotzdem: Eine große Hilfe wird er heute nicht sein können. Ich nutze also die Zeit und fange in der Küche an zu packen. Das meiste schmeiße ich einfach weg. Dann bereite ich das

Frühstück vor, schmiere schon mal ein paar Brote für die Fahrt und lege die mitgebrachten Tischdecken zusammen.

Was soll ich sagen: Ich hasse den letzten Urlaubstag! Noch ist man im Urlaub, aber in Gedanken schon wieder zu Hause. Der Alltag liegt jetzt schon zentnerschwer auf meinen Schultern, in all seinen Facetten: früh aufstehen, Kind anmeckern, ins Büro hetzen, Meeting vergessen, Chef unzufrieden, zu spät im Kindergarten, einkaufen, Abendbrot machen, mit Rainer streiten, nölendes Kind ins Bett bringen, vorm Fernseher einschlafen. Das alles versuche ich, am letzten Urlaubstag zu verdrängen. Aber meistens gelingt es mir nicht.

Deshalb bin ich für den kurzen Prozess: Koffer packen, aufräumen, Abfahrt!

Manchmal schlägt Rainer vor, auf dem Rückweg noch einen Abstecher zu machen und irgendwas zu besichtigen. Ich will aber nur nach Hause, damit ich nicht mehr darüber nachdenken muss, was mich nach meiner Rückkehr alles erwartet. Nur dass es diesmal noch schlimmer ist: Rainer ist seit seinem Unfall nicht einsetzbar.

Es ist 9 Uhr. Um 10 Uhr müssen wir das Ferienhaus räumen. So steht es im Ordner von Herrn Janssen. Mir ist schleierhaft, wie das diesmal funktionieren soll. Laute Geräusche zeigen an, dass Rainer sich nach unten kämpft. Na endlich!

»Guten Morgen«, sage ich knapp.

»Hallo«, stöhnt Rainer und schaut mich an. Offenbar erwartet er ein Lob dafür, dass er alleine die Treppe geschafft hat. Dazu habe ich aber leider keine Zeit, denn ich muss oben noch Koffer packen. Nicht nur meinen, sondern auch seinen und den von Sofie. In Windeseile werfe ich Zahnbürste,

Pasta, Deo, Shampoo in die Waschbeutel, nehme stapelweise die Wäsche aus dem Schrank und feuere sie einigermaßen unüberlegt in die Koffer.

Unten entdecke ich Rainer, wie er am Esstisch sitzt und apathisch vor sich hin starrt. Sofie hat ein 100-Teile-Puzzle aus ihrem Koffer geholt und breitet es gerade auf dem Wohnzimmerteppich aus. Es ist 9.25 Uhr. Bei mir setzt rhythmische Schnappatmung ein. Konzentriert versuche ich, mich aus der emotionalen Gefahrenzone herauszuatmen. Vergebens.

»Sofieee! Was genau hast du nicht verstanden von ›wir müssen uns jetzt wirklich beeilen‹? Sag's mir!«

Keine Antwort. Natürlich passiert nichts. Warum auch? Ist ja nur mal wieder die Mama, die was will. Wutschnaubend schnappe ich die Puzzleteile und schmeiße sie in den Karton. Sofie schreit auf. Egal. Ich gehe nach oben und packe das Puzzle weg.

Als ich die Koffer die Treppen runterschleppe, schnaufe ich demonstrativ. Rainer soll ruhig ein schlechtes Gewissen bekommen, wie ich hier schuften muss. Ich habe fast fünfzehn Minuten gebraucht, die Koffer zuzukriegen. Eigentlich nehmen wir genau das wieder mit nach Hause, was wir hergebracht haben, bis auf ein paar Kinkerlitzchen. Aber das ganze Zeug will einfach nicht mehr in die Koffer reinpassen. Also habe ich einen Teil der schmutzigen Wäsche einfach in Plastiktüten gesteckt. Das wiederum hat leider zur Folge: Das Auto platzt aus allen Nähten.

Rainer hat sich mit seinen Krücken zum Parkplatz geschafft und dirigiert den Packvorgang: »Leg' doch den großen Koffer nach hinten, darüber zwei Reisetaschen und vorne den Kleinkram.«

Allmählich laufe ich auf gefährlicher Betriebstemperatur und fange innerlich an zu brodeln: Nicht helfen können, aber mit den Krücken den Takt vorgeben! Das lieb' ich ja wie Zahnschmerzen.

Als wir den Kofferraum zum dritten Mal umpacken, erscheint Herr Drechsler von nebenan in der Tür. Er kommt mir plötzlich so vertraut vor, nach unserem gemeinsamen Erlebnis heute Nacht. Na ja, jedenfalls scheint er überlebt zu haben.

»Fahrens heim?«, fragt er.

»Nein, wir machen einen Ausflug zum Strand.«

Das sage ich natürlich nicht, sondern artig: »Ja, leider. War schön hier.«

»Is' aweng viel Gepäck!«, sagt er beim Anblick unseres überfüllten Kofferraums. Und als er Rainers Krücken sieht: »Jessas. Was is doh passiert?«

Rainer scheint über jede Form von Anteilnahme erfreut zu sein und gibt für meinen Geschmack etwas zu ausführlich den Unfallhergang wieder.

»Na ja, olls Guuade!«, sagt Herr Drechsler schließlich und tippt mit zwei Fingern an die Krempe seines Hutes. Am Küchenfenster von Drechslers Haus bewegt sich die weiße Rüschengardine. Ich erkenne dahinter den weißen Schopf von Frau Drechsler. Auf ihrem T-Shirt glitzert der Paillettenpfau. Ich winke ihr freundlich zu. Aber sie fühlt sich offenbar ertappt und verschwindet schnell in der Tiefe ihrer Küche.

So richtig warm geworden sind wir nicht miteinander. Vielleicht weil wir unsere Fahrräder ganze zwei Wochen an ihren Zaun gekettet haben. Jetzt erst fällt mir nämlich wieder ein, dass sie ja deshalb mal bei uns geklingelt hat. Und: dass wir die Fahrräder wieder zum Verleih zurückbringen müssen.

»Ich bringe noch schnell den Schlüssel zu Herrn Janssen«, rufe ich Rainer zu. »Will mit!«, sagt Sofie.

Als wir an seinem Haus klingeln, dauert es eine Weile, bis Käpt'n Blaubär die Tür öffnet.

»Moin, Moin«, sagt er.

»Wir bringen die Schlüssel zurück.«

»Jo.«

Ich plappere etwas davon, wie toll alles war. Und dass wir wiederkommen. Und die gute Luft. Die netten Menschen. Herr Janssen lächelt nur und sagt: »Denn man alles Goode, nich'!« Neulich war er deutlich gesprächiger, aber was soll's. Sofie fragt noch im Weggehen: »Warum hat der Mann eine so rote Nase?« Vermutlich hat er das gehört. Aber ich schiebe Sofie einfach weiter und zische: »Weiß ich auch nicht!«

So, und jetzt die Fahrräder. Wie genau ich das machen soll, weiß ich noch nicht. Rainer sitzt schon auf dem Rücksitz, hat sein rechtes Bein zwischen die Vordersitze gelegt und glotzt auf sein iPad.

Ich versuche, auf meinem Rad zu fahren und dabei mit der rechten Hand Rainers Rad zu schieben. Das geht genau zwanzig Meter gut. Dann falle ich zur Seite und lande zum Glück einigermaßen sanft auf einem regenweichen Grasstück. Also Planänderung: Zuerst fahre ich mein Rad, dann Rainers. Und Sofie neben mir. Das funktioniert.

Als ich zurück zum Auto komme, bin ich nass geschwitzt. Keuchend setze ich mich ans Steuer.

»Alles klar, Schatz?«, fragt Rainer. Doch auf eine Antwort wartet er nicht: »Fahr am besten rückwärts langsam raus.«

Die Zähne zusammenbeißend lenke ich den Wagen zur Hauptstraße.

»Tschüss *Spielscheune*«, sagt Sofie und winkt.

»Tschüss *Wattwurm*«, sage ich und merke, wie meine Augen feucht werden.

»Wir müssen tanken«, sagt Rainer.

Wie die meisten Männer neigt er nicht zu Sentimentalitäten. Das hat auch seine Vorteile. Als wir schon fast aus dem Ort raus sind, sehe ich ausgerechnet José. Es versetzt mir einen leichten Stich. Dass ich auch noch von ihm träumen musste. Wie albern. Hastig versuche ich, mich abzulenken, und reiche Rainer das Navi nach hinten: »Kannst du das mal rasch machen? Einfach nur ›Heimatadresse‹ eingeben.«

»Kein Thema!«

Als Rainer mir das Gerät nach cirka fünfzehn Minuten wieder nach vorne gibt, haben wir die gesamte Bandbreite seiner Flüche gehört: »Mist, jetzt ist wieder alles weg« oder »Das gibt's doch nicht. Scheiß-Ding.«

»›Scheiße‹ sagt man nicht«, kräht Sofie.

»Ja, ja«, mault unser IT-Spezialist.

Ich vergewissere mich, ob er alles richtig eingestellt hat. Voraussichtliche Ankunftszeit in Frankfurt: 15.50 Uhr.

Ich frage Sofie erst gar nicht, was sie machen möchte, sondern lege eine CD ein. Irgendeine dieser *Conni*-Dinger. Die Lautsprecher stelle ich nach hinten. Rainer ist eingeschlafen, noch bevor wir die Autobahn erreicht haben. Mir graut davor, fünf Stunden am Steuer sitzen zu müssen.

Auf der Höhe von Münster ist die CD zu Ende und Sofie fragt: »Wann sind wir daaa?« Ich lege die nächste CD ein, weil ich Ruhe haben möchte. Zum Glück hält sich der Verkehr in Grenzen. Bisher gab es noch nicht mal den Anflug eines Staus.

Nach einer Stunde machen wir eine Pause. Sofie muss Pipi. Rainer hatte auf seinem iPad eine »Raststätten-App« geladen: »Noch zwanzig Kilometer bis zur nächsten Sanifair!«

Immerhin: Wenn er wach ist, bemüht er sich, ein guter Beifahrer zu sein.

Als wir dort ankommen, ziehen Sofie und ich Rainer aus dem Auto. Mit Hilfe seiner Krücken humpelt er in die Raststätte.

Während Sofie in der Spielecke einen Turm aus Riesenlegosteinen baut, hole ich Kaffee für uns.

»Wie kommst du denn morgen ins Büro?«, frage ich.

»Na, du musst mich bringen«, sagt Rainer ganz selbstverständlich. Irgendwie war mir das klar. Es in dieser Deutlichkeit zu hören, ist trotzdem ein Schock. Denn in den nächsten Wochen werde ich quasi zwei Kinder zu betreuen habe.

»Weiter geht's«, sage ich trotzdem verhalten optimistisch. Den Kaffee lasse ich stehen. Mir ist schlecht. Stattdessen kaufe ich mir für die Fahrt noch einen Liter Cola light.

»Im Moment sind die Straßen frei. Wir wünschen Ihnen eine gute Faaahrt!« Es ist die gleiche Radio-Moderatorin wie auf der Herfahrt. Bei frohen Botschaften ist ihr Geflöte ganz gut zu ertragen.

Nach zwei Stunden passieren wir die Raststätte Wetterau. Noch 18 Kilometer bis Frankfurt. Ich fahre noch mal raus, weil ich den Zeitpunkt des Heimkommens jetzt doch kurz rauszögern möchte. Es hat angefangen zu regnen. Über dem Taunus hängt eine dicke Wolkenschicht.

»Sind wir da?«, fragt Rainer verschlafen. Sofie regt sich nicht.

»Nein, na ja, fast. Komm, lass uns noch schnell einen Kaffee trinken.«

»Hä? Hier? Wir sind doch gleich zu Hause.«

»Ich muss mal dringend«, behaupte ich schnell, damit es keine Diskussion gibt.

Wir setzen uns an die Theke mit der Espressobar. Ich bestelle eine Latte macchiato und rühre verträumt in der geschäumten Milch herum. Meine letzten Urlaubsminuten! Es wird eine Weile dauern, bis wir wieder vor die Tür kommen. Vielleicht erst zum Skiurlaub. Vorausgesetzt, Rainer ist dann wieder fit.

Davor aber müssen wir mindestens vier Monate überflüssigen Herbst und den halben Winter mit Schneeregen und Kälte überstehen.

Rainer schaut ständig auf seine Uhr. Er ist jetzt ungeduldig. Okay. Okay. Ich zahle und gehe schnell noch mal mit Sofie auf Toilette.

»Kann ich ein Eis haben?«

Sie darf es sogar im Auto essen, denn für das Thema Konsequenz fühle ich mich jetzt zu schwach.

Als wir wieder auf die Autobahn fahren, sehen wir plötzlich blinkende Autos vor uns.

Oh, nein. Jetzt noch ein Stau! SCHEISSE!

»Mist!«, sagt Rainer vorbildhaft.

Wegen einer Baustelle sind die Fahrspuren von drei auf zwei reduziert. Am Fahrbahnrand sind regelmäßig überlebensgroße Plakate montiert, auf denen zwei Kinder Durchhalteparolen ausgeben: »Bald haben Sie es geschafft!«, »Nur noch ein Kilometer!« Das ist ja nett gemeint, aber ehrlich gesagt bringt es gar nichts, wenn man Stop-and-go fahren muss. Mein Rücken schmerzt jetzt.

Es dauert leider noch eine gute halbe Stunde, bis wir zu Hause sind. Sofie hat mindestens dreißig Mal gefragt, wann wir endlich da sind, und in dieser Zeit auch nicht vergessen, die ganze Palette ihrer nervigsten Statements an den Mann zu bringen:

»Mir ist langweilig!«

»Ich muss mal!«

»Hunger!«

Und was mache ich?

Ich schweige. Ja! Mama schweigt. Mama hat keinen Bock mehr. Sollen doch andere für gute Laune, Essen, Trinken, Bordprogramm sorgen. Ich habe mein Soll erfüllt.

»Wir sind daaa!«, ruft Sofie, als wir vor unserem Haus anhalten. Seltsamerweise finden wir sogar gleich einen Parkplatz. Vor unserer Wohnungstür liegt die Post, die unsere Nachbarn rausgeholt haben. Ich schaue mir kurz die oben liegenden Umschläge an, identifiziere sie als Rechnungen und lege sie gleich wieder zurück bzw. auf Rainers Poststapel. Meine Laune muss ja nicht noch schlechter werden.

Es mieft etwas in der Wohnung, ich reiße sofort die Fenster auf. Im Flur liegt Bärli. Vermutlich war er aus irgendeiner Tasche rausgefallen.

Sofie nimmt ihn auf den Arm und sagt mit leiser Stimme: »Oh, mein armes kleines Bärli, Mama ist wieder da.«

Dann verschwindet sie in ihrem Zimmer und begrüßt jede

ihrer Puppen einzeln. Den Urlaub-ist-zu-Ende-Blues haben Kinder zum Glück nicht. Wäre ja auch zu anstrengend, wenn man nicht nur sich selbst, sondern auch noch das Kleingemüse aufbauen müsste.

Mühsam schleppe ich die Koffer in den zweiten Stock und fange an, die Sachen auszupacken, während Rainer seinen Fuß hochlegt und den Fernseher anmacht.

Schlecht gelaunt lasse ich meinen Frust an der schmutzigen Wäsche aus, die ich vorsortiert in Körbe schmeiße. Beim Auspacken fällt mir mein Krimi in die Hände. Es wären noch vierunddreißig Seiten gewesen. Dass ich es nicht geschafft habe, ihn zu Ende zu lesen, empfinde ich als echte Niederlage. Mit den Nerven am Ende trete ich gegen den Korb mit der 40-Grad-Wäsche und fange an zu heulen.

26. Blick zurück – im Glück!

Wir sind angekommen. Im Alltag. Gestern war Sofie das erste Mal wieder im Kindergarten. Morgens das übliche Chaos: Nur mit Schreien, Flehen, Erpressen, Androhung von vierzehntägigem Fernsehverbot, verbunden mit sofortigem Süßigkeitenentzug, zog sie sich endlich an.

Rainer hatte sich dann doch mit dem Taxi ins Büro fahren lassen.

Kaum aus der Tür raus, entdeckte ich einen Müslifleck auf meinem Rock. Mist!

Im Kindergarten freute sich Sofie riesig, ihre Freundin Lara zu sehen. Die beiden umarmten sich und quietschten vor Vergnügen.

»Tschüss, mein Schätzchen. Ich winke dir noch«, sagte ich und gab Sofie einen Kuss auf die Wange.

»Tschüss, Mama«, sagte sie und verschwand an der Hand von Lara im Gruppenraum. Am Fenster erschien sie nicht. Also winkte ich einfach den anderen Kindern.

Im Büro ging ich erst mal auf die Toilette, um meinen Rock zu säubern.

»Wie war der Urlaub?«, fragte mich ein Kollege auf dem Gang.

»Super! Die Nordsee ist besser als ihr Ruf. Oh, ich muss in die Konferenz«, antwortete ich im Vorbeigehen.

In der Mittagspause ging ich auf Facebook und sah, dass Vanessa Fotos von Spiekeroog gepostet hatte: Emma Tiger und Lila Grace im Sonnenuntergang am Strand. Linus, wie er im Strandkorb schlief. Natürlich war auch ein Selbstporträt dabei, auf dem Vanessa einen knappen Häkelbikini trug und, tja, leider umwerfend aussah. Gisele war auf keinem der Bilder zu sehen. Ein Foto ihres großzügigen Ferienhauses untertitelte sie mit den Worten: »Being relaxed an der Nordsee!«

Ich wurde sofort wehmütig. Die Nordsee! Die frische Luft! Unser kleines Zuhause!

Nachmittags schaute ich noch mal auf Facebook und fand eine Nachricht von Rainer an seine hundertsechsundfünfzig Freunde: »Zurück vom Abenteuerurlaub!« Dazu hatte er ein Handyfoto von seinem lädierten Knöchel gepostet.

Als ich Sofie vom Kindergarten abholte, kam die Erzieherin auf mich zu: »Wo wart ihr eigentlich im Urlaub? In England?«

Ich war etwas irritiert. England? Wie kam sie denn darauf?

»Weil Sofie von einer Lila Grace und einer Emma Tiger geschwärmt hat. Das seien ihre neuen Freundinnen.«

»Haha«, lächelte ich verlegen. »Nein, wir waren an der Nordsee.«

Hätte Sofie nicht mal was von den niedlichen Seehunden oder den Möwen erzählen können, wie es sich für ein fünf Jahre altes Mädchen gehört? Alles, was sie in Erinnerung behalten hat, sind Vanessas aufgetakelte Gören, die dafür gesorgt haben, dass Sofie jetzt unbedingt eine CD von Justin Bieber haben möchte.

Drei Tage später treffe ich die anderen Mütter auf dem Spielplatz. Es ist ein heißer Tag. Immerhin: So warm war es selten an der Nordsee. Ich schwitze wahnsinnig und fühle mich irgendwie schwindelig. Am Kletterhaus treffen wir Carola mit ihren Kindern Lara und Anna. Sie sieht wahnsinnig erholt aus.

Mir dagegen ist heute Morgen aufgefallen, dass ich doch ziemlich blass aussehe. Vielleicht hätte ich mich nicht permanent mit Lichtschutzfaktor 50+ einreiben sollen.

»Wie war's?«, fragt Carola. Ich erzähle im Schnelldurchlauf von unserem Ferienhaus, den Monstermöwen, den Robben, den Schmittkes, Rainers Knöchelbruch und von Vanessas schillerndem Auftritt auf Spiekeroog: »Schau mal auf Facebook, da weißt du Bescheid!«

»Klingt doch toll. Bei uns war's echt anstrengend«, erzählt Carola. »Sizilien hat uns sehr gefallen, aber die Kinder haben sich ständig gestritten. Sei froh, dass du nur eins hast.«

Irgendwie bereitet mir diese Aussage Unwohlsein.

Später taucht auch noch Vanessa auf. Sie umarmt mich überschwänglich. Offenbar sieht sie mich nach unserem gemeinsamen Urlaubstag als enge Freundin.

»Wie war die Rückfahrt?«, fragt sie, um, ohne meine Antwort abzuwarten, weiterzuerzählen: »Stell dir vor, ich war mit den Kindern vorgestern noch golfen. Eine wunderbare Anlage mit Pferdegestüt direkt am Meer. Die Kinder haben sich gleich mit zwei Mädchen aus Hamburg angefreundet. Die Eltern wohnen in einer Villa direkt an der Alster …«

Ich schalte auf Durchzug. Vanessas Upperclass-Bekanntschaften interessieren mich jetzt wirklich nicht. Während ich Sofie zurufe: »Wir gehen!«, denke ich nur daran, dass ich heute Abend unbedingt mit Rainer reden muss.

27. Epilog

Unser Urlaub ist jetzt schon fünf Monate her. Bald ist Weihnachten und ich sitze zugedeckt auf dem Sofa. Rainer hat mir einen Tee gebracht und bereitet das Abendessen vor. Ja, unglaublich, mein Rainer.

Als wir damals von der Nordsee kamen, ahnte ich es schon. Ein Test brachte Gewissheit: Ich bin schwanger!

Aus allen Wolken bin ich dann allerdings gefallen, als Vanessa drei Wochen später anrief und mir mitteilte: »Stell dir vor, Gisele ist schwanger. Von wem, weiß sie nicht genau. Ich tippe ja auf Johannes, den Sohn von diesem Unternehmensberater, aber der hat sich seitdem nicht mehr gemeldet. Na ja, jedenfalls fliegt sie am Freitag wieder nach Brasilien, und ich habe mit der Sache nichts mehr zu tun.«

Letztens bekamen wir eine sehr nette E-Mail von den Schmittkes aus Gelsenkirchen: Ob wir uns nächstes Jahr wieder an der Nordsee sehen?

Vorerst halte ich mir alles offen.

Inhalt